Imprint

Moriarty-Self-Publishing

Vielen Dank und gute Unterhaltung
wünscht

Inhaltsverzeichnis

Natural Instincts

- Ende von Teil 1 -

Im jungen Alter von nur neun Jahren ermordet MARCO MILZ seine gesamte Familie nachts im Schlaf. Die umliegende Nachbarschaft wird Zeuge dieses Verbrechens, doch niemand verdächtigt den kleinen Jungen, der weinend am Straßenrand steht und sich als Opfer darstellt.

Über Jahre hinweg erfährt Marco anschließend ein Leben voller Isolation und Einsamkeit. Zusammen mit seinen Adoptiveltern zieht er von Stadt zu Stadt, immer auf der Suche nach jenem Gefühl, welches ihm erneut die Befriedigung jener Nacht verschaffen könnte. In Arzdorf glaubt er endlich in dem verschlossenen DENNIS BENDER einen Freund gefunden zu haben, mit dem er seine Gedanken, Gefühle und Fantasien offen teilen kann. Doch Dennis, der ebenfalls traurig und entfremdet der Welt gegenübertritt, hegt kein Interesse an einer gemeinsamen Beziehung. An den Rollstuhl gefesselt erkennt dieser sehr früh, dass sein selbsternannter Helfer nicht das ist, was er vorgibt zu sein. Dennis versucht sich aus dieser aufgezwungenen Beziehung zu befreien, doch die Schlinge, die Marco um seinen Hals gelegt hat, sitzt bereits zu eng.

Als dann plötzlich noch die erste Leiche auftaucht, geht es plötzlich Schlag auf Schlag. Die Presse nennt ihn "DNA-KILLER". Ein Serienmörder, der fremde DNS am Tatort hinterlässt und scheinbar eine Spur zu den beiden Jungen zu legen scheint. Doch sehr früh müssen Marco und Dennis erkennen, dass sie nicht nur um ihre Zukunft in Freiheit fürchten müssen, sondern schon sehr bald auch um ihr Leben.

Mit **Teil 1** von Natural Instincts beginnt Ihre Reise bei den Anfängen der beiden Protagonisten

Marco und Dennis

Begleiten Sie die Beiden auf einen unvergleichbaren Kreuzzug, der mehr als nur ein Leben fordern wird.

Viel Vergnügen.

Erleben Sie im ersten Teil der BLACK & WHITE Reihe die verstörende Geschichte zweier junger Männer auf einer vollkommen neuen psychologischen Ebene, im Zuge dessen Sie selbst intensiv mit Ihren moralischen Wertvorstellungen und ihrem vermeintlichen Wissen über die menschliche Natur konfrontiert werden. Nehmen Sie die Herausforderung an, sich manipulieren zu lassen und ihrem Geist neue Perspektiven zu eröffnen.

Beobachten Sie parallel dazu die spannende Entwicklung der Protagonisten, wie diese versuchen zu sich selbst zu finden und dabei stets an ihren eigenen menschlichen Schwächen zu scheitern drohen. Sie begleiten nicht nur eine Handlung über einen Zeitraum von 30 Jahren hinweg, sie begeben sich selbst auf die blutige Spur, die der DNA-KILLER eigens für Sie, den Leser, hinterlässt. Versuchen Sie das Rätsel rund um die Geschehnisse zu lüften und dabei Ihre eigenen natürlichen Abgründe zu erforschen. Werden Sie ein Teil der Handlung und fragen Sie sich nach jedem Kapitel einmal selbst:

»Wer oder was bin ich?«

Wes Moriarty, 1984 in Remagen, Deutschland, geboren, schloss 2015 seine akademische Laufbahn als M.Sc. an der University of Applied Science in Koblenz ab und veröffentlicht seit 2006 verschiedene Kurzfilm- und Literaturprojekte. Mit seinem Debüt-Roman „Natural Instincts" wagte der Autor 2014 erstmals Schritte in den internationalen Buchhandel.

»Ich wollte einen intelligenten Psychothriller schaffen, der sich langsam aufbaut, am Ende in sich zusammenstürzt und den Leser mitreißt.«

Wes Moriarty, Autor

Prolog

Das kostbarste Gut auf Erden entspricht dem Leben. Doch beinahe jeden Tag legen wir es leichtgläubig in die Hände fremder Menschen. Das Schicksal begünstigt dabei stets den Wachsamen und nur wer vorbereitet ist, kann im entscheidenden Moment die Wende erzielen. Doch wir denken nicht so. Wir sind stumpf und müde. Wir realisieren nicht wirklich was und wieso wir das Eine oder Andere tun oder getan haben. Der Alltag ist der Herr von einem jedem von uns selbst geworden. Er hat uns blind gemacht. Blind vor Gefahren und dem sich anschleichenden, unausweichlichen Ende, welches für jeden von uns bestimmt ist. Die Langeweile ist erdrückend. Viele fliehen aus Angst oder Scham, verlieren sich in den unsichtbaren Fängen moderner Social Networks und Seifenopern. Alles, was weltfern ist und sich jenseits der greifbaren Realität befindet. Es reizt, weil es anders ist. Sie versprechen bessere Welten, doch bringen sie nur das Schlimmste in uns hervor. Wen wundert es da, dass hin und wieder ein Mensch ausbricht und zu seiner wahren Natur zurückkehrt.

Früher einmal glaubte ich daran. Ich schätzte die Anwesenheit gesellschaftlicher Konventionen. Heute, wenn ich durch die verlassene Wohnung mit den ständig herabgelassenen Rollläden schreite und die Gemälde an den Wänden betrachte, erscheint mir diese Vergangenheit zunehmend fremder. Die Gesichter verblassen, Erinnerungen schwinden.

Vielleicht erhalte ich deswegen diese zweite Chance. Hoher Besuch hatte sich für diesen Abend angekündigt, um einen winzigen Lichtstrahl in die endlose Dunkelheit meines Verstandes zu treiben. Eine Gestalt aus der Vergangenheit. Das Alter hinterlässt Spuren. Doch blicke ich in den Spiegel, dann sehe ich noch immer das Antlitz des 20-Jährigen, der vor Naivität überstrotzt und einen eisernen Willen vorweisen kann. Der alte, bedeutungslose Mann, der nur als Reflexion erscheint, existiert nicht. Man kann nicht loslassen. Vermutlich wie mein mysteriöser Besuch.

Ich weiß, wieso er kommt. Der DNA-Killer. Einst schmückte er zahlreiche Titelblätter. Heute ist er nur noch ein Relikt einer vergangenen Generation. Viele folgten auf seinem Pfad. Nicht Wenige aufgrund seines Schaffens. Häufig ertappe ich mich dabei, wie ich in der alten, grauen Mappe umher blättere und mich frage, wie ich damals nur so blind sein konnte. Ich möchte einerseits vergessen, andererseits die Geschichte so erzählt wissen, wie sie sich wirklich zugetragen hat. Dieser Konflikt begleitet mich seit damals täglich. Doch es ist eine Sache über eine Geschichte zu schreiben oder sie zu lesen, eine völlig andere sie auch zu verstehen. Mein Besuch wird mit großer Wahrscheinlichkeit zu denen gehören, die sie nicht verstehen können. Das konnten bisher nur die Wenigsten. Aber es ist wichtig, dass all das nie in Vergessenheit geraten würde. Heute, als alter Mann, gestehe ich mir das ein. Ich bin reifer geworden, doch blieb vieles unbeantwortet. Vielleicht erhoffe ich mir heute Abend genauso viele Antworten wie Fragen, auch wenn ich nicht wirklich darauf vorbereitet bin. Damals fiel mir so etwas leichter. Damals hatte ich noch dieses Gespür für solche Dinge. Ich las Menschen, ich las Taten. Es ist keine Sache von Talent oder etwas was erlernt werden konnte, auch wenn viele das bis heute behaupten. Es definiert sich durch das Werteempfinden und dem eigenen Bezug zu seiner Umwelt. Die naturgemäße Wahrnehmung und Reaktion auf den einzig wahren Stimulus. Das berauschende Gefühl, das nur Wenigen zuteilwurde. Es ist ein selten auftretendes Privileg. Ein Instinkt, könnte man sagen.

Mein Besuch verspätet sich und ich bin verärgert. Anders als früher. Die gegenläufige Meinung glaubt, der Zeitdruck nehme mit steigendem Alter ab. Alles Quatsch, denn die Zeit verrinnt. Die Angst, jede Handlung könnte die Letzte sein, drängt das Wesen in immer enger werdende Schluchten und fördert den immens ansteigenden Tatendrang immer häufiger zutage. Doch heute soll die Wut über etwas derart Banalem nicht mein Ansporn sein. Irgendwie freue ich mich sogar auf ihn. Ich bekomme nur selten Besuch. Dieser Austausch wird mir gut tun. Insgeheim sehne ich mich nach dieser Aufmerksamkeit, sei sie noch so gering. Doch ich muss Vorsicht walten lassen, nicht alles war für die Öffentlichkeit bestimmt.

Der Mensch denkt, ehe er handelt. Ein wesentlicher Faktor, der uns von der Tierwelt unterscheiden soll.

Wir erschaffen uns damit die Illusionen der inneren Sicherheit. Mein Nachbar ist mein Freund. Ein Fremder nicht mein Feind. Er kennt mich nicht. Wir sind uns nie begegnet. Also hegt er auch keinen Groll gegen mich.

»Ich bin sicher.«

Naturgemäß falsch gedacht.

Kapitel I – Naturgemäßes Schaffen

Geschichte wird stets am Anfang geschrieben. Meist hinter verschlossenen Türen und den eigenen vier Wänden. Ich war neun, als ich mein erstes Haus anzündete und es ist, so glaube ich zumindest, wichtig zu erwähnen, dass ich damals schon sehr weit für mein Alter war. Mit neun interessierten sich die Kinder in meiner Klasse für gänzlich andere Dinge. Mädchen wurden noch als gleichwertige Spielgefährtinnen angesehen, mit denen man Bauklötze hin und her schob, Mama und Papa oder einfach nur „Fangen" spielte. Von dem aufdrängenden Gedanken an Lust waren wir zeitlich gesehen noch Lichtjahre entfernt. Ich konnte damit irgendwie nie etwas anfangen. Meine Interessen überschnitten sich kaum mit ihren Belangen, was zwangsläufig hin und wieder zu Differenzen untereinander führen musste. Meine Kindheit war erfüllt von solchen Auseinandersetzungen, worunter mein Intellekt früh leiden sollte. Wie gesagt, ich war neun und somit war ich eben für die Anderen anders. Und wer anders war, der musste immer etwas mehr tun, um von seinem Umfeld akzeptiert und in der Gemeinschaft aufgenommen zu werden.

Ich nahm also die Streichhölzer, die mein Vater im Esszimmer in einer Schublade weggeschlossen hatte, entfachte sie und hielt die Hölzer mit ruhiger Hand an die vor mir liegende Fassade. So einfach konnte es sein, wenn man sich erst einmal dazu entschieden hatte. Das Leuchten des Feuers wirkte schon immer hypnotisch auf mich. An meinem achten Geburtstag, so erinnere ich mich, habe ich zehn Minuten stillschweigend auf die Kerzen gestarrt, während die Anderen darauf warteten, dass ich mir endlich etwas wünschte, diese Dummköpfe. Ich starrte also auf dieses Feuer. Dieses kleine Etwas, dass zu so viel mehr fähig war. Mein Kopf, der sich im Takt der Flammen bewegte, schaltete kurzeitig ab. Voller Stolz betrachtete ich mein Werk und sah zu, wie sich die Flammen Stück für Stück voran fraßen, anstiegen und sich ausbreiteten. In meinem tiefsten Inneren spielte ich die verschiedensten Szenarien durch, die ich mir bereits mittels meiner Spielzeuge seit Wochen zurechtgelegt hatte. Feuerwehrlöschzüge, Polizeiformationen, Krankenwagenkolonen. Sie alle kamen in den unterschiedlichsten Reihenfolgen zu dem Haus um die armen, hilflosen Menschen zu retten, denen ich so wissentlich Unglück bescheren würde. Für Einige kam jede Hilfe zu spät. Doch manchmal, wenn ich einen guten Tag hinter mir hatte, stellte ich meine Bedürfnisse zurück und erlaubte es den wenigen Auserwählten ihr bescheidenes Leben fortzuführen. Dies geschah natürlich überaus selten. Ich wusste nie, wen ich retten sollte oder wem ich die schlimmsten Schmerzen zufügen wollte, denn sie alle waren in meinen Augen eines: Schuldig. Die Dinge, die ich mir in meinem Kopf ausmalte, zeugten von einer überaus hohen Vielfältigkeit. Damals war es mir einfach nicht bewusst, dass es falsch war. Die Konsequenzen waren schlichtweg nicht existent, denn so wirklich kannte ich sie ja nicht. Für mich bedeutete Freiheit zu tun und zu lassen, was man wollte und das ohne den Gedanken an jene Konsequenzen zu verschwenden. Also einfach ein Kind zu sein. Und dies wollte ich so einfach und konsequent umsetzen wie nur irgendwie möglich.

Je länger ich also so dasaß, bemerkte ich, dass es nie die perfekte Lösung für meine Probleme geben würde. Woraus ich nur schließen konnte, dass es für mich an der Zeit war, alles einfach so geschehen zu lassen, wie es sich unter den physikalischen und chemischen Bedingungen der Natur entwickeln würde. Ich würde also, wie ein Vater, seinem Sprössling beim Wachsen zusehen. Und, dass Kinder manchmal ihren eigenen Kopf haben konnten bewies mir eindeutig meine kleine Schöpfung vor meinen Füßen. Manche würden behaupten, es ist einfacher derartige Dinge in Gottes Hände zu legen oder es den Zufall entscheiden zu lassen. Doch meine Schwester hätte mich wahrscheinlich umgebracht, wenn sie gesehen hätte, was ich gerade mit ihrem Puppenhaus angestellt hatte. Gott dürfte hier keine Entscheidungen für mich treffen. Wer weiß, ob er es überhaupt jemals getan hatte. Diese winzige Entscheidung über meine kleine Schöpfung oblag nun mir allein. Es war schließlich nur ein kleines Feuer, das schon sehr bald ausgehen würde, falls ich mich erst einmal dazu entschieden hätte. Die Schreie und Sirenen waren nicht echt. Sie waren nur in meinem

Kopf. Wem also würde es wirklichen Schaden zufügen? Wem wäre ich Rechenschaft schuldig? Spass ist Spass und eine kleine Flucht aus der Realität konnte eine heilende Wirkung für jemanden wie mich haben. Ich brauchte das. *»Beängstigend«*, würden viele Eltern jetzt vermutlich sagen. Was ist bei dem denn schief gelaufen? Ganz ehrlich, meine Eltern haben mich nach Strich und Faden verwöhnt. Nicht, dass sie das mit absichtlich gemacht hätten, aber als Erstgeborener genießt man gewisse Privilegien, die mit der Geburt meiner Schwester natürlich immer mehr zurückgingen. Ich brauchte Aufmerksamkeit, Beschäftigung. Ich wollte nie nur danebenstehen und zusehen, während die anderen Spass haben durften. Meine Familie wollte das jedoch nie richtig verstehen oder würde jemals noch die Gelegenheit dazu haben. Sie lagen ebenso ahnungslos, wie hilflos in ihren Betten, so wie all die Anderen in unserer Straße. Es war kurz nach drei Uhr. Niemand würde es bemerken. Die Einsamkeit blieb weiterhin mein stetiger Begleiter. Der Reiz des Unbekannten übernahm die Oberhand. Das mit dem Zufall war eine zu verlockende Sache. Nur so konnte ich mir selbst den Ausgang der Geschichte nicht vorausnehmen; die Fantasie hätte hier kein Vorrecht mehr. Ich wäre am Ende also ebenso überrascht wie alle anderen. Ein zu reizvoller Gedanke.

Also stand ich einfach auf. Ich ließ das Puppenhaus brennen und zog mir schnell eine Jacke über. Draußen war es zu dieser Jahreszeit recht kühl, etwas zu frisch für meinen anfälligen Körper. Ich öffnete die

Vordertür und konnte bereits vom unteren Flur sehen, wie sich das Feuer langsam in meinem Kinderzimmer ausgebreitet hatte. *Mein armes Fahrrad*, dachte ich nur, als ich es am Fuße der Treppe angelehnt stehen sah. Zügig ging ich noch einmal zurück, um es an der Laterne neben dem Gebäude in Sicherheit zu wissen. Dabei bemerkte ich erstmals dieses leise Knistern. Oberhalb des Raumes stieg bereits dunkler Rauch aus dem gekippten Fenster. Feuer muss atmen; das wusste ich damals schon. Das Fernsehen bot diesbezüglich interessante Bildungsmöglichkeiten für Kinder. Man musste die Tatsachen nur ein wenig zu seinen Gunsten verdrehen oder eben anders sein.

Anfangs war es noch still auf der Straße, aber das würde sich in der nächsten halben Stunde rasch ändern. Ich konnte es kaum noch erwarten. Vielleicht hätte ich gerade so viel Glück gehabt erstmals eine echte, menschliche Fackel zu Gesicht zu bekommen, ehe es zum großen Finale übergegangen wäre. Hätte ich Benzin vergossen, hätte dies womöglich meine Chancen dahin gehend gesteigert. Aber hinterher ist man ja bekanntermaßen immer schlauer. Ein Umstand, der mir bei meinen zukünftigen Vorhaben nicht verborgen bleiben würde. Aber das sollte mich erst einmal nicht belasten. Es wurde zunehmend spannender. Das Feuer musste sich bereits bis zum Mittelteil vorgekämpft haben, denn die Treppe, die hinunter zum Eingangsflur führte, brannte lichterloh. Über der Eingangstür hatten wir dieses große Panoramafenster, von wo aus man bereits die ersten orange-gelben Lichterspitzen aufblitzen sah. Ich zuckte kurz, der kalte Wind vom oberen Feld hatte mich vollends erfasst und fuhr mir durch das schwarze Haar, welches mir in der Nacht den nötigen Schutz vor neugierigen Blicken bot. Warum dauerte das nur so lange? Im Fernsehen ging das immer recht flott. Meine Finger froren und ich wollte schließlich nicht die ganze Nacht hier draußen verbringen. *»Morgen wenigstens keine Hausaufgaben«*, scherzte ich innerlich. Dann endlich kam es zu einer ersten Reaktion. Meine Mutter schrie. Ich wusste, dass der Weg nach unten versperrt war, denn die Treppe hatte der glühenden Hitze längst nicht mehr Stand gehalten. Ich konnte mir damals, beim Gedanken daran, ein Grinsen einfach nicht verkneifen. Sie musste die Erste gewesen sein, die die Flammen bemerkte. Pech, wenn Schlaf- und Kinderzimmer zusammen auf einer Etage lagen. Der Wunsch meines Vaters. Meine Herzfrequenz verdoppelte sich. Der Schrei hatte die ersten Nachbarn bereits aus ihren Federn gerissen, woraufhin die ersten Lichter unterhalb des Hauses der gegenüberliegenden Straßenseite aufleuchteten. Eine innere Wärme durchfuhr mich. Womöglich könnte es auch der beißende Rauch gewesen sein, der mich sanft in eine warme Decke hüllte, ich weiß es nicht mehr. Voller Bewunderung stellte ich fest, dass diese Nachbarn ihr Schlafzimmer im Erdgeschoss hatten, so viel war sicher. Klüger so.

Doch das Feuer war bereits zu faszinierend für mich, sodass ich meinen Blick nicht mehr von dem

Geschehen vor mir abwenden wollte. Neben den Schreien konnte ich durch die große Scheibe nun auch die zugehörigen Schatten sehen. Leider sollte sich dies jedoch als ziemlicher Dämpfer für meine Fantasie herausstellen. Bilder beraubten einen immer der Vorstellungskraft. Sie kauen einem etwas vor, sodass es einem schwerfällt, sich selbst auszumalen, was gerade geschieht oder was man sich eigentlich erhofft hatte. Meine Bewunderung schenkte ich lieber den Klängen solider Töne. Dieses Knistern und Knattern vereint in einer Symphonie des Rausches, welche die Fantasie beflügelte. Es war herrlich. Angeführt von den lieblich klingenden Schreien meiner Mutter. Hinter mir schoss die Tür auf und aus dem Sonett wurde ein Duett. Unser Nachbar hatte nicht gerade eine maskuline Stimmlage. Das ergriffene *»Oh Gott«* klang mehr wie ein Hilferuf eines anonymen Eunuchen, der hinunterblickte und schmerzlich feststellen musste, dass etwas Wichtiges fehlte. Wieder verfiel ich meinem kindlichen Gemüt und musste kurz lachen. Gleichzeitig langweilte er mich jetzt schon. Natürlich kam er direkt angerannt und nahm die Heldenrolle für sich in Anspruch. Ich hielt es für klüger, mich derweilen lieber weiter im Hintergrund zu halten und nicht auf mich aufmerksam zu machen. Dann hörte ich meinen Vater, worauf ich mich wieder voller Begeisterung meiner Hauptattraktion widmete und etwas aus der Dunkelheit hervorstach, um einen besseren Überblick zu erhaschen. Der Rauch verdichtete sich zunehmend und vernebelte die Sicht. Doch wenn man genauer hinsah, so wirkte es, als würden er und meine Mutter nun fortwährend gemeinsam durch das Feuer tanzen. Ich war entzückt. Bach's „Air on G-string" hätte gepasst, oder vielleicht Delibe's „Blumenduett". Musik, die uns unser Vater bereits sehr früh vorgespielt hatte, da er die Auffassung vertrat, es würde unserer Entwicklung gut tun. Ich muss aber zugeben, klassische Musik war tatsächlich so was wie Balsam für die Seele, wie es mein Vater ausdrückte. Ob es meiner Entwicklung allerdings geholfen hat? Ich weiß nicht. Urteilen Sie selbst! Wie gesagt, die Musik hätte gepasst. Doch irgendwie verharrte ich in diesem Moment innerlich bei dem Stück „Nessum Dorma". Die inneren Vibrationen, ausgelöst durch die sporadisch pulsierenden Emotionen, die einhergehenden Gänsehautmomente. All das wollte ich am liebsten öffentlich teilen. Es wäre vollendete Kunst gewesen. Ich kannte dieses Gefühl nicht, doch es gefiel mir, beflügelte mich und mein Drang nach mehr wuchs. Immer wieder stieß unser Nachbar Herb seinen Körper gegen die massive Vordertür aus Eichenholz. Ich war so aufgeregt. Ich hätte ihm sagen können, dass ich sie zuvor verschlossen hatte, doch dann hätte das Ganze wohl an Witz verloren. In meiner Tasche rieb ich derweilen insgeheim am besagten Schlüsselbund. Für mich war es eine Art Zeichen der Überlegenheit. Es ging nicht ums Ego, aber es verschaffte mir den Kick, den ich brauchte. Alles verlief hervorragend, bis Herb's Frau mich unerwartet bemerkt hatte, wie ich so dastand und das ganze Spektakel aus der Ferne beobachtete. Sie kam wie eine Furie auf mich zu und zog mich zur Seite, beraubte mich meines verdienten Logenplatzes. Am liebsten hätte ich ihr was geflüstert. Sie drückte mir ihre Hände auf die Wangen und rieb mir den schwarzen Schmauch aus dem Gesicht. Ich sah durch ihre Arme hinüber zu dem alten Haus, etwas weiter am Ende der Straße, von dem ich hoffte, auch dessen Fenster und Türen öffnen zu können. Doch dort schien ich keine Aufmerksamkeit erregt zu haben. Enttäuschend, jedoch zu erwarten. Er war so etwas wie mein Vertrauter, ein Vater im Geiste. Ihm musste aber immer schon mehr geboten werden, mehr als das Offensichtliche. Irgendwann würde ich ihm dieses Geschenk bereiten, aber scheinbar nicht heute. Herb blieb unterdessen weiter Herb. Er war ja zu beschäftigt auch nur die Spur einer Notiz von mir zu nehmen, worauf Misses Herb sichtlich stolz gewesen war. *Verdammt*, dachte ich nur, *jetzt ist er mittendrin, während ich das Beste verpassen sollte.* Hier wo es wieder kalt war, während er durch die Haut den Stimulus dieser Geschichte intensivierte.

Ich konnte schwach die Sirenen und Blaulichter vernehmen, die tosend bereits in unsere Richtung unterwegs waren und das Ereignis quer durch die Stadt, über diese Straße hinaus trugen. Leider etwas zu früh. Ich machte mir Sorgen, die Vorstellung würde etwas zu abrupt ihr Ende finden. Doch genau in diesem Moment, unerwartet und doch graziös, zerschellt das gigantische Panoramafenster über

Herb's Kopf. Gefolgt von einem riesigen Feuerball, der mitten hindurch schoss und sich auf der Straße auflöste. Der Hitze und dem sich daraus resultierenden Druck konnte es wohl nicht länger standhalten. Der Sog zog so viel Sauerstoff in das Innere des Gebäudes, dass er vollendend das Feuer überproportional nährte. Hab ich doch schön gesagt, oder? Ich musste laut auflachen, was durch den gewaltigen Knall glücklicherweise übertönt und von Misses Milz nicht vernommen wurde. Innerlich freute ich mich wie ein kleines Kind, was ich überraschenderweise ja auch noch war. Damit hatte ich nicht gerechnet, niemand hätte das. Eine Art Zugabe, die mir geboten wurde und von der ich sichtlich nicht abgeneigt war. Doch viel mehr freute es mich, dass sich die Akustik nun um ein Vielfaches verbessert hatte. Es war wie eine Umstellung von einem Harfenzupfen zum Paukenschlag. Nun konnte ich hören wie und was meine Eltern eigentlich wirklich schrien. Der Ruf nach meiner Schwester, das Gejammer um Beistand. Ich fühlte regelrecht ihre Tränen auf meinen Wangen. Wie sie hinabglitten und beinahe gleichzeitig durch die Hitze zu verpuffen schienen. Einige Male konnte ich sogar hören, wie sie auch nach mir zu rufen begannen. Ich stellte mir vor, wie meine Schwester kreischend, an einen Teddy geklammert, in einer Ecke zusammengekauert, hilflos durch die Flammen blickend nach ihrem Bruder Ausschau hielt. Genau so, wie ich es mit ihren Puppen und meinem Actionspielzeug geprobt hatte. Aber ich würde nicht kommen, niemals, egal wie groß sie ihre Hoffnungen schüren sollte. Ich war sicher, sie nicht. Und darauf kam es schließlich an. Misses Milz versuchte mir ständig die Ohren zu zuhalten, aus Angst, es könnte mir das Herz brechen. Ihr zwanghafter Eifer mich zu schützen entfachte in mir blanke Raserei. Ich brauchte diese Intensität, derer ich aber schließlich von dem Geheule der ankommenden Rettungsfahrzeuge nun völlig beraubt wurde. Überall sprangen Männer aus den Wagen, von der Seite, von vorne, von hinten. Sie alle, wie ich sie einlud, wild entschlossen etwas Gutes zu tun und sich etwas Bösem entgegen zu stellen. Ich stellte mich ihnen dabei natürlich nicht in den Weg. Denn sowohl ihnen, als auch Herb war bereits bei ihrem Eintreffen klar, dass es keine Rettung mehr geben würde. Das halbe Haus hatte sich nach der Explosion an Stellen entzündet, für die die ursprünglichen Flammen, ohne das zerschellte Fenster, vielleicht noch mehrere Minuten gebraucht hätten. Das Dach bestand nur noch aus einem einzigen Feuermeer. Die Chancen Lotto zu spielen und zu gewinnen standen höher, als auch nur eine Seele unbeschadet aus dieser Hölle retten zu können. Eine Ansammlung von Menschen füllte unterdessen das gesamte Areal. Sie alle waren aus ihren Häusern gekrochen, um an meiner Show teilzunehmen. Ich erkannte die junge Witwe Hoffmann, welche sich unentwegt bekreuzigte und dachte ihre Gebete würden von jenem Gott erhört, der hier diesmal nichts zu Kamellen hatte. Die verrückte Madame Rouge mit ihrem weit jüngeren Ehemann Jean, zwei Häuser weiter. Es waren gute

Bekannte meiner Mutter. Kinder, Rentner, Arbeitnehmer, Arbeitslose. Sie alle kamen. Sie alle bestaunten die Bühne des Schicksals. Alle, bis auf den einen, von dessen Abwesenheit ich mittlerweile mehr als enttäuscht gewesen war und dessen Haus am Ende der Straße ich nur einen verachteten Blick zuwerfen konnte. Ich sah, wie sich die Vorhänge vor seinem Fenster zusammenzogen und für einen kurzen Moment wurde es plötzlich ganz still in mir. Er hatte doch endlich Notiz genommen und das war mehr als ich erwarten konnte. Nun wusste es wirklich jeder. Etwas Vergleichbares wurde ihnen noch nie zuvor geboten. Betroffenheit, schockierte Gesichter, Tränen, das alles übertraf meine kühnsten Vorstellungen.

Ich hätte Applaus gefordert, wenn es mir möglich gewesen wäre, denn das Ende schien nicht mehr weit und sämtliche Highlights waren aufgebraucht. Dennoch erfüllte es mich mit Stolz, mein Werk mit solch einem Finale vollendet zu sehen. Und plötzlich spürte ich tatsächlich eine Träne, die meine zarte Haut benetzte. Ein gebührender Ausdruck meiner Emotionen. *»Oh bitte, wein doch nicht. Alles wird wieder gut, wir sind bei dir. Es geht ihnen bestimmt gut... wir... du musst stark bleiben.«* Ich blickte auf und sah in die Augen von Herb's Frau, die mich tränenunterlaufen anstarrten und mich mit tröstenden Blicken milde stimmen sollten. *Blöde Kuh*, dachte ich mir und sah zu, wie die Wassermassen aus den gewaltigen Schläuchen auf das Dach niederprassten. Nach und nach verstummten die

Schreie und sowohl das Knistern des Feuers als auch das Rauschen des Wasserstrahls überragten völlig die sonst so vielfältige Akustik. Das Gemurmel hinter mir schien kein Ende zu nehmen. Überall flüsterten, spekulierten und trauerten die Leute. Selbst der alte Moss, 80 Jahre, dement und gebrechlich, fand seinen Platz neben Madame Rouge und würde diesen Moment womöglich nie wieder vergessen können. Die karge Luft füllte sich langsam mehr und mehr dominant mit dem Gestank vom frischen Ruß und verbranntem Fleisch. Es war komisch, doch es erinnerte mich an die Grillparty am Tag zuvor, wo Papi lächelnd heiße Würstchen und Koteletts servierte und Mami sich im Bikini auf der Wiese sonnte. Es war ein vergleichsweise schöner Sonntag, an dem wir alle lachten und mein Vater als Torwart meine Schüsse auffing. Das äußerliche Bild einer intakten und sich liebenden Familie, tags drauf zerstört von der wahrhaftigen Stimme eines ihnen entsprungenen Elements. Es würde sich mit ihnen nicht wiederholen. Aber sie waren nur die Vorspeise und mein Hauptgericht konnte ich schon gar nicht mehr abwarten.

Samstag, 18:42 Uhr
»Und dann… was geschah dann?« Mein Besucher war vor 20 Minuten eingetroffen. Ich bot ihm Kaffee an, er nahm Tee. Ich antworte ihm nur, »Naja, Herb's Schlafzimmer war im Erdgeschoss, also musste er sich wohl oder übel etwas anderes einfallen lassen« und

lächele. Wir stehen schließlich erst am Anfang und die Nacht würde für uns eventuell nie enden.

Vier Jahre verstrichen. Ich konnte wirklich nicht behaupten es seien gute Jahre gewesen, aber es waren Erfahrungen dabei, die ich nicht missen mochte. Herb und seine Frau Ulrike nahmen mich fürsorglich bei sich auf und behandelten mich wie ihren eigenen Sohn. Auch für sie bedeutete es etwas wie einen Neuanfang, schließlich hatten sie keine eigenen Kinder. Es war nicht so, als hätten sie es nicht versucht. Doch zum Bedauern von Misses Milz schoss Herb nur mit Platzpatronen, was wohl nach ärztlicher Aussage auf seinem überdurchschnittlichen Zigarettenkonsum vor dem Brandvorfall zurückzuführen war. Das Mysterium um das große Feuer blieb übrigens nie vollständig gelöst und sowohl Herb als auch Ulrike sprachen nur sehr selten und äußerst bedingt über die Vorfälle von damals. Sie setzten alles daran, die Vergangenheit hinter sich zu lassen und sie in die Vergessenheit zu drängen. Mir war es einerlei, da auch ich nie wieder eigenständig ein Wort darüber verlieren sollte. Natürlich bemerkte ich die skeptischen Blicke meiner Zieheltern, tat sich in ihnen doch häufiger innerlich die Frage auf, wie ein kleiner Junge unbeschadet das verschlossene Haus verlassen konnte, während ein kräftiger Mann wie Herb es nicht vermochte einzudringen. Aber wer würde schon die Aussagen eines kürzlich verwaisten Kindes jemals infrage stellen? „Vergessen" war zum Pflichtprogramm ernannt worden. Herb hatte seine 15 Minuten Ruhm, eine Erwähnung im Lokalteil und ich meine lang anhaltende Periode des Mitgefühls. Ich war selbst darüber überrascht, wie leicht es mir fiel, meine Umwelt plötzlich so leicht zu meinen Gunsten steuern zu können. Die Fähigkeiten und

Möglichkeiten eines Kindes waren wahrhaftig erstaunlich. Mir war eine zeitlich begrenzte Gabe geschenkt worden, die mich dazu befähigte meine Mitmenschen geradezu so zu manipulieren, dass das Offensichtlichste verborgen blieb. Es war nun daran, diese Fähigkeit, diesen Vorteil, auszubauen und zu entwickeln und vor allem gerade diese nicht in die Vergessenheit zu drängen. Die Zeit war knapp.

Bereits wenige Wochen nach dem Brand verließen wir Andernach schlagartig. Es geschah wohl mir zuliebe, obwohl ich kein Mitspracherecht hatte. Im Nachhinein würde ich es nicht als „schlechten Schritt" bezeichnen, doch ergaben sich in kürzester Zeit recht viele Veränderungen, an die ich mich zu gewöhnen hatte. Es waren nicht wenige Orte, die ich mein neues Zuhause nennen sollte. Orte an die ich mich anzupassen und zu versuchen hatte. Meine Entwicklung sollte es nachhaltig in den darauffolgenden Jahren dennoch überwiegend positiv beeinflussen. Anpassung war für jemanden wie mich schließlich unerlässlich und ein wichtiger Bestandteil meines Trainingsplans. Neue Gesichter bedeuteten neue Geschichten. Meinen kreativen Kommunikationstechniken waren hier keine Grenzen gesetzt, bis Herb eine finale Entscheidung getroffen hatte.

Arzdorf, ein kleines Vorstadtbauernnest nahe dem Rhein, war erkoren worden, uns langfristig Unterschlupf zu gewähren. Räumlich gesehen war es, nach all den kurzlebigen Desastern, eine klare Verbesserung. Das Haus bestritt geradezu das Doppelte der Größen und das der Gelände früherer, begehrter Objekte. Das bunte Vorgartengebilde, das prunkvolle Mauerwerk. Es hatte einen neuzeitlichen

Stil, was in diesem morschen, von Verfall bedrohten Ort geradezu auffällig hervorstach. Der Vorbesitzer, Richard Bachman, ein bis zuletzt hoch verschuldeter Industrieller der umliegenden Großstadt, verstarb, zwei Monate nachdem es fertiggestellt war. Er hinterließ es vorzugsweise seinem unterbelichteten Sohn Stephen, der nicht viel für seinen alten Herrn übrig hatte, woraufhin Herb erst sein richtiges Schnäppchen schlagen konnte. Man konnte fast noch die frische Farbe des gelben Putzes riechen, der auf die Außenfassade vor der grob geschwungenen Doppelgarageneinfahrt aufgetragen war. Herr Bachman musste ziemlich stolz auf sein Schätzchen gewesen sein. Ein Sohn konnte gegen solch ein Bauwerk nur zurückstehen. Schwer für solch jemanden über so etwas hinwegzukommen, selbst über den Tod hinaus. Mein Vater sagte zwar immer: Vergebung statt Vergeltung. Doch ich empfand es als überaus ernüchternd mit anzusehen, dass ich nicht der Einzige war, der dieser Logik widersprach. Auch wenn jeder mit anderen Mitteln arbeitete.

Ich bekam mein eigenes Zimmer, ironischerweise erneut neben dem meiner Zieheltern, jedoch diesmal ansässig im Erdgeschoss. Ich schmunzelte doch sehr, als Herb die Zimmerverteilung verkündete. Ich denke, mit dieser Entscheidung war der Grundstein für eine neue, solide Zukunft gelegt worden. Das Haus hatte in seinem Inneren eine angenehme Atmosphäre, was man über das restliche Umfeld nicht gerade sagen konnte. Ich stand häufiger in der Einfahrt und wunderte mich sehr, wie überhaupt irgendwer freiwillig hier leben wollte. Überall stank es nach Rindviechern und Dünger. Die Pferde entledigten sich ihrer Last teilnahmslos auf den Straßen und trampelten tags darauf wieder seelenruhig hindurch. Oft hatte ich Schwierigkeiten mein Inneres für mich zu behalten. Von dem gerade mal mit 313 Seelen bewohnten Ort bestritt die Hälfte ihren Lebensunterhalt mit dem Scheren von Schafen und Melken von Kühen. Menschen, die ihre Wünsche nach mehr längst hinter sich gelassen hatten. Tragisch.

Abgesehen von der Abgeschiedenheit gewohnter Geräuschkulissen einer Großstadt hatte diese Stadt keinerlei positive Aspekte zu bieten, mit denen ich mich hätte anfreunden können. Dieses Dorf stank geradezu nach Langeweile und Dekadenz. Man sah fast nur alte Menschen, die ausschließlich das Brot vom Bäcker zu sich nach Hause trugen, um weiterhin in den eigenen vier Wänden vor sich hinvegetieren zu können. Für sie, zeitlose Geister, war es mit Sicherheit der perfekte Ort. Hier konnte man schließlich nur leben, um zu sterben.

Ulrike bekam eine Stelle als Hotelfachangestellte auf 400 Euro Basis in einem kleinen Gastronomiebetrieb nahe dem Dorfplatz, welcher zeitweilig auch Zimmer zu vermieten hatte. Für Touristen, die nur für eine Woche hier zu Gast sein durften, schien es ein erholsames und friedliches Ferienparadies zu sein. Doch wer in den Genuss kommen sollte, länger als einen Monat hier die Zeit versickern zu sehen, würde sich schon bald nach dem hektischen Großstadtleben zurücksehnen. Herb und zwei seiner Angestellten, die ebenfalls aus dieser Ecke kamen, ließen sich mit seiner Firma in Bonn nieder. Das KFZ-Geschäft boomte derzeitig regelrecht, was wohl erst den Eifer in ihm weckte, sich häuslich verbessern zu wollen. Er lebte den naiven Traum, dass es immer so sein sollte. Ein vorzeigbares Einkommen, steigende

Auftragszahlen und ein schönes großes Haus am Hügel eines kleinen Berges. Abgeschieden und ruhig. Jeder annähernd normal denkende Sterbliche hätte ihn vielleicht eines Besseren belehren sollen. Arzdorf. Allein bei dem Namen dachte ich unweigerlich an den gemeinen Pöbel des 16. Jahrhunderts, der mit Eseln und Schubkarren das Feld pflügte. Im Falle eines Krieges würde niemand den Gedanken hegen hier eine Bombe abzuwerfen. Und sie hätten recht. Es wäre Verschwendung gewesen. Einige Menschen sahen ohnehin danach aus, als würden sie den nächsten Winter nicht überstehen und den natürlichen Weg alles Irdischen gehen. Ich hasste es. Doch hätte ich damals gewusst, was für eine Überraschung dieses Nirwana für mich bereithielt, so hätte ich mich anders verhalten und vieles, vieles anders gemacht.

Es war am ersten Tag unseres Einzugs, als ich meine erste bedeutsame Entdeckung machte. Gegen Abend, es musste etwa 20 Uhr gewesen sein, klingelte es an der Haustür. Es gab noch Unmengen voller Kartons, unberührt in den Ecken stehend, während wir unsere interne, unspektakuläre Einweihungsparty schmissen. Herb, den Mund noch vollgestopft mit Kartoffelsalat, schlenderte in seinen Badeschlappen seelenruhig zur Eingangstür und öffnete. Ich trotzte derweilen vor Langeweile vor mich hin und stach in Abwesenheit meiner Gedanken in der aufgequollenen Weißwurst umher. Weißwurst und Kartoffelsalat. Gourmetspeisen für manch einen hier. Ich stellte mir vor, was ich hier wohl noch alles erleben würde, was die Zukunft für mich bereithielt. Erst Herb's lautes Lachen brachte mich an den Esstisch zurück und dazu, mal einen Blick hinter mich zu wagen. Ulrike, die gerade Semmel aufschnitt, stand auf und begrüßte in der Ferne jemanden mit ruhiger Stimme und leicht schimmernden blonden Haaren. Sie schien sichtlich erfreut, doch ich wunderte mich, weshalb sie so kontinuierlich die Hand eines Mannes schüttelte, dessen Gestalt nur schwer aus dem Hintergrund zu erkennen war. Es weckte meine Neugierde, da es sich wohl auch nicht um eine flüchtige Bekanntschaft zu handeln schien. Ich erhob mich ebenfalls, um das Ganze aus der Nähe zu betrachten. Erst dann erkannte ich, dass es nicht seine Hand war, die sie hielt. Es waren die Nachbarn von schräg gegenüber, die uns auf ihre Art traditionell in der Straße willkommen heißen wollten. Ulrike klopfte Reste des Kartoffelsalats von dem Körper eines Mannes, auf dem Herb sich wiedermal, beim Versuch zu sprechen, seines gesamten Mundinhalts auf den Frontmann dieser drei Stooges entledigt hatte. Selbst als er sich dafür entschuldigen wollte, versprühte er erneut Reste wie Gürkchen und Ei, was sichtlich peinlich für Ulrike war. Zumindest hatte er das Eis gebrochen.

Da stand sie nun, die typische Hinterwäldler-Familie, dachte ich mir. Mann, Frau und ein Kind, gekleidet wie Zeitreisende aus den 80ern, einheitlich abgetragene Rollkragenpullis, dunkelgraue Jeans. Alle blond, blauäugig und... naja. Die Frau, Svenja Bender, verziert mit einem schlicht gebundenen Zopf, ungeschminkt, von leicht molliger Statur, überspielte die Situation mit einem aufgesetzten Lächeln, wobei hingegen ihr Mann Christoph, herzhaft und lauthals wie Herb, mitlachte. Es war ein erniedrigender, nie enden wollender Moment für mich. Meine Erwartungen an die Eingeborenen wurden nicht enttäuscht. Die dümmsten Bauern ernteten die dicksten Kartoffeln und Svenjas Kartoffeln waren wirklich nicht die Kleinsten. Ich wollte schon kehrt machen, den Primaten beim gegenseitigen Beschnuppern nicht im Wege stehen, da bot sich mir ein Anblick, der womöglich den Rest meines Lebens bestimmen sollte. Ein winziges, interessantes Detail, welches mir der kleine unscheinbare Schatten hinter den beiden zu bieten hatte und dem ich anfangs nur flüchtig Aufmerksamkeit beizollte. Bender Junior. Vorsichtig wagte ich zwei weitere Schritte voran, um ihn mir aus der Nähe besser betrachten zu können. Rein äußerlich gewöhnlich, im ersten Moment vielleicht etwas zu kurz geraten, wirkte er mit einem Schlag nicht mehr so gewöhnlich auf mich. Sein Gesicht war keineswegs stimmig mit der Körpergröße vereinbar, obwohl mir nur Teile seines Gesichts offenbart wurden.

Er schien keinerlei Notiz von dem zu nehmen oder was allgemein gerade um ihn herum passierte. Er drehte seinen Kopf umher, als sei er auf der Suche nach etwas. Doch blickte er meist einfach nur stur geradeaus, als würde er durch sie alle hindurchsehen können. Kein Anzeichen emotionaler Anteilnahme. Aber vermutlich war es gerade das, was mich irgendwie ansprach. Er musste ungefähr in meinem Alter gewesen sein, trug eine Kappe, mit der er sein Gesicht zu verdecken versuchte. Seine Augen verbarg er stellenweise gekonnt. Doch vor mir sollten sie es nicht länger bleiben. Ich lehnte mich ein wenig vor, was wohl sehr verwunderlich für die restlichen Beteiligten anzusehen war. Ich bemerkte wie er, ohne mich anzusehen, auf meine Haltung zu reagieren schien und sich langsam von mir wegdrehte. Doch dann sah ich es. Dieses tiefe blau. Ein blau, dass in Kombination mit der Art und Weise wie er es einsetzte, eine Sprache sprach, welche magisch auf mich zu wirken schien. Ich wusste nicht, was es war, ich erkannte nur etwas mir sehr Vertrautes. Ich starrte nur unentwegt hinein, lies es einfach auf mich wirken. Mir war, als würden diese Augen alles lesen können. Die Tatsache, dass er mich eigentlich gar nicht richtig beachtete störte mich dabei nicht. Ich verlor mich voll und ganz, blendete die umliegenden Stimmen einfach aus. Und erst als ich mich noch etwas näher vorbeugte und nach unten sah, erkannte ich das, was ich seit wenigen Minuten bereits vermutet hatte. Den Rollstuhl. Es erstaunte mich, wie groß er eigentlich hätte sein müssen, würde er aufrecht stehen können. Vermutlich 1,63 Meter. Eine beachtliche Länge für einen Zwölfjährigen. Ein Riese in einem Zwergenkostüm. Er könnte an Karneval stets das Gleiche tragen.

Es dauerte seine Zeit, bis er erstmals zu mir aufsah und meine neugierigen Blicke bemerkte und erwiderte. Er sagte nichts, starrte mich nur unentwegt an. Seine Pupillen schrumpften langsam zu kleinen Stecknadelköpfen zusammen, was seine blaue Regenbogenhaut zum vollen Vorschein brachte. Nun waren es seine Blicke, die mich fixieren sollten. Ein kalter Schauer überflog meinen Nacken, so wie ich ihn schon einmal erlebt hatte. Es war, als drangen sie direkt in die Tiefen meiner Seele ein, als blickten sie hinter die Fassade. Ich vergaß alles um mich herum und er tat es mir gleich. Es war, als unterhielten wir uns auf einer Ebene, die nach außen hin völlig unkenntlich gewesen war. Ein Moment unbeschreiblicher innerlicher Ruhe und Stille. Sie füllte mich ganz und gar aus. Die Stimmen um uns herum verstummten immer mehr, bis sie schließlich nicht mehr zu hören waren. Und immer wieder stellte ich mir innerlich nur die eine Frage: Hatte er vielleicht das, was ich so lange gesucht hatte?

Ich erkannte in den Blicken anderer Menschen für gewöhnlich sofort, was sie einem zu sagen vermochten. So etwas wie, 'Was willst du eigentlich von mir?' oder 'Hey Saftsack, wie war das? Lass mich in Ruhe!' Doch bei ihm war es anders. Etwas derart Neutrales hatte ich noch nie zuvor gegenübergestanden. Die ältere Sektion verabschiedete sich derweilen bereits, was ihm vermutlich gar nicht auffiel. Wir verloren die Zeit. *»So, schön, na dann sehen wir uns morgen Abend, Svenja. Es war schön dich kennenzulernen, Dennis«*, entgegnete Ulrike. Dennis. Endlich ein Name zu diesem Gesicht. Ich merkte gar nicht, dass Svenja bereits hinter ihm stand und ihn vorbereitete. Eilig griff sie zu den Schiebegriffen, löste die Bremsbolzen, woraufhin Dennis abrupt den Blickkontakt unterbrach und sofort wieder zu Boden schaute. Bei mir brauchte es das helle Quietschen der Reifen, um auch mich wieder vollends zurück in die Realität zu bringen. Dabei erhaschte ich unbeabsichtigt einen kurzen Blick auf dessen rechte Handgelenkte, welche unter der dunklen Jacke hervorstach. Weiße Schlieren unterhalb des Ballens. Bedingt verheiltes Narbengewebe. Doch ebenso schnell, wie ich sie bemerkte, erkannte auch er, welches Geheimnis er gerade so nebenbei offenbart hatte. Sofort verdeckte er sie unter seinem Ärmel und richtete sein Kostüm, aber nicht ein einziges Mal sah er wieder hinauf, um zu prüfen, ob es vielleicht jemand bemerkt hatte. Ulrike wartete noch, bis Svenja ihn zum Bürgersteig geschoben hatte, bevor sie die Tür schloss und zum

Esstisch zurückkehrte. *»Ein netter Junge, nicht wahr Herb?«*, hörte ich sie im Hintergrund sagen. Ich hingegen blieb, sah aus dem Fenster und dachte nur, *»Gott, welch ein Anblick.«*

Gleich am nächsten Tag stand ich erneut in der Auffahrt und wartete. Die Landluft machte mir wiedermal zu schaffen, doch ich unterdrückte den Würgreflex. Die Sonne brannte immens auf meiner Stirn. Eine Kappe, wie Dennis sie trug, hätte dem bestimmt Abhilfe leisten können. Vier Stunden. So lange konnte ich in dieser Nacht schlafen. Die Aufregung und die Gedanken, die ich mir seinetwegen machte, ließen einfach nicht von mir ab. Ich versprach mir Heilung und Unterhaltung zugleich. Ich spielte Szenarien durch, wie ich mir seiner Gunst Herr werden konnte. Ich war lange nicht mehr so aufgeregt. Am anderen Ende der Straße war das Quietschen bei der bestehenden Stille leicht zu vernehmen. Dennis hatte an diesem heißen Tag schwer zu kämpfen. Seine sich ständig wiederholenden rhythmischen Armbewegungen ließen darauf schließen, dass er sichtlich erschöpft war. Hinter dem alten Nussbaum wartete ich auf seine Ankunft. Er schien unkonzentriert. Abgelenkt von einer Mücke, die ihm immer und immer wieder durchs Gesicht flog. Kontinuierlich schlug er nach ihr, was sein Vorankommen offenkundig erschwerte. Ich nutzte die Ablenkung, um mich hinter einem Baum in Position zu bringen. Er sollte nicht im letzten Moment einen Rückzieher wagen können. Erst als er auf einer Höhe mit mir war, trat ich langsam hervor und stoppte eines seiner Räder mit meinem Fuß. *»Nicht einfach... von einem Problem zu fliehen, wenn man so gehandicapt ist wie du?«*, scherzte ich.

Seinem leichten Stöhnen zufolge konnte ich entnehmen, dass er keinen Sinn für Humor hatte und über unsere Begegnung nicht sehr erfreut war. Ich sah wie sein Verstand an einer Lösung arbeitete, sich dieser Situation zu entreißen. Wir wussten aber beide, dass es dazu nicht kommen würde. Ich wartete auf eine Reaktion, doch blieb sie bedauerlicherweise aus. Keines Blickes würdigte er mich, doch das ließ mich völlig kalt. *»Normalerweise verlangt es die Höflichkeit, dass sich der Begrüßte von seinem Platz erhebt.«* Ich wollte ihn aus der Reserve locken. Sein Kopf neigte sich zur Seite und sein Blick erfasste unser neues Haus. Er überlegte noch kurz, ehe er antwortete. *»Das gestern war nicht meine Idee. Ich war nicht unbedingt heiß darauf euch kennenzulernen. Also was willst du?«*, entgegnete er in einem verächtlichen Unterton. Ich lehnte mich über ihn, um einen besseren Blick auf seinen Ranzen an seiner Rückenlehne zu bekommen. *»Und? Heute schon etwas gelernt?«* Dennis griff zu den Rädern und machte ruckartig einen Satz nach vorne, woraufhin sein Gefährt gegen mein Bein stieß. *»Geh mir aus dem Weg! Svenja wartet mit dem Essen.«* Es wunderte mich, dass er sie nicht Mama, oder Mutter nannte. Seine kindliche Quengelei enttäuschte mich hingegen sehr. Auch das nervöse Zappeln seiner Finger, als hätte er Angst nicht pünktlich nach Hause kommen zu können. Doch galt mein Interesse ganz anderen Dingen. Meine Motive waren wichtiger als der Verzehr von warmen Erbsen und Möhrchen. Ich musste ihn erst beruhigen, ehe ich ihm die Frage stellen konnte, wegen der ich ihn eigentlich aufsuchte. Ich blickte auf seine Beine, während ich mir behutsam die Nase kratzte. *»Wie ist das passiert?«* Mir fiel auf, wie ernst mein Tonfall dabei eigentlich gewesen war, hatte ich es doch ruhiger einstudiert. Keine Ahnung „wieso", doch irgendwie konnte ich nicht anders. Die Antwort verblüffte daher wohl, etwas anders als erwartet. Kurz, prägnant und geradezu selbstverständlich ironisch aufgezählt. *»Bremsen! Nein, nein, Hilfe. Autounfall. Dritter Pars lumbalis im Arsch. Eltern kleben an und in Windschutzscheibe. Sechs Monate Reha. Kann ich jetzt?«* Mich verblüffte die Kälte und Selbstverständlichkeit, mit welcher er die Worte schwungvoll hinauswarf. Ich erfuhr bereits durch Ulrike, dass Dennis sich bei einem Autounfall diese Verletzung zugezogen hatte. Svenja hatte es kurz angeschnitten, während Dennis und ich unseren Moment hatten. Auch er war eines dieser Kinder, die ihre Eltern im eigenen Beisein verloren. Nur, dass Dennis, im Gegensatz zu mir, seine physischen Konsequenzen dabei zog. Ein hartes Schicksal, ähnlich wie meines.

Dennoch. Ich wollte das Anschließende von ihm selbst hören, die Frage stellen, der wegen ich ihm eigentlich auflauerte. Nur so würde ich erfahren, wie er wirklich zu dieser Thematik stehen sollte. So gesehen aus erster Hand. *»Komische Sache, wenn man nach so was nicht mehr mit einem Messer umzugehen zu wissen scheint.«* Er verstand nicht, doch warf ich meinen Blick direkt auf seine Hände, die unter ein paar kurzen Sportlerhandschuhen verborgen waren. Das Insekt umkreiste ihn erneut und machte ihn nur noch wütender als er ohnehin schon war. Er schlug immer wieder nach ihr. *»Wie blöd muss man sein, sich gleich dreimal an derselben Stelle zu schneiden«,* fügte ich hinzu. Jetzt erkannte er, worauf ich hinaus wollte. Sofort zupfte er hektisch die Handballenfläche weiter hinauf, bis er begriff, dass ich sie von dort, wo ich stand, gar nicht hätte sehen können. *»Hast du keine eigenen Probleme? Meine Probleme gehen dich jedenfalls nicht das Geringste an. Unfälle passieren halt.«* Ein störrischer Esel war nichts im Vergleich zu diesem Knaben. Ich fixierte die Fliege. Mit nur einem Schlag zerdrückte ich sie auf seiner Armlehne. *»Ich glaube, wir haben mehr gemein, als es dir bewusst ist.«*

19:13 Uhr

»Blicken Sie oft auf Ihr früheres Leben zurück?«, schlenderte die Frage durch den Raum, während er auf seinem Notizblock teilnahmslos herumkritzelte. Wir hatten gerade erst begonnen und keine Zeit verloren. Ich lehne mich etwas vor und demonstriere ihm, wie bedeutsam diese Frage im eigentlichen Sinne gewesen war. Er hatte sie zu einfach gestellt. *»Tun wir das nicht beide? Sind Sie nicht deswegen hier?«*

Ich weiß nicht woran oder wann man erkennt, dass man anders ist als die Anderen. Manch einer erfährt es vielleicht nie. Mir wurde es sehr früh bewusst. Ich nahm meine Umwelt schon von Beginn an anders wahr. Nicht nur die Geschehnisse oder Objekte um mich herum. Wenn ein Mann aus der Stadt an mir vorbeiging, sah ich wie all die anderen einen Menschen, der seinen Kopf auf den Schultern trug, gehüllt in einem veralteten, verwaschenen Mantel eine regnerische Nacht durchschreitet, Hände, die den Schirm mit dem roten Karomuster fest umschlingen und die benötigte Sehhilfe auf seiner Nase. Aber irgendwie hatte ich immer das Gefühl als steckte mehr dahinter. Nicht nur die äußere Gestalt und nicht nur eine flüchtige Erscheinung für mein Kurzzeitgedächtnis. Ich machte mir Gedanken darüber, worüber er wohl nachdachte. In diesem Moment, aber auch davor oder danach. Wo kam er her, wo ging er hin, wo endete seine irdische Reise? Ich interessierte mich immer für die Dinge, die anderen langweilig und belanglos erschienen. Der Himmel beispielsweise, mit seiner sich ständig wechselnden, flauschigen Wolkendecke, der zwar so alltäglich war, wie jener vorangegangener Tage, aber dessen Weg einzig und allein durch den natürlichen Verlauf seiner Umwelt bestimmt wurde. Mir gefiel der Gedanke daran, dass etwas sonst so Unscheinbares, wie ich, allein durch das Ausstrecken seiner Hände die Luft in einem Maße in Bewegung versetzte und damit Anteil an dessen Schicksal nehmen konnte. Ich ihren Verlauf, auch wenn er noch so gering war, so beeinflusste, dass ich die Wahrnehmung derer, die zukünftig in den Himmel blicken sollten, mitgestalten würde. Für mich hatte allein dies schon eine sehr große Bedeutung. Würde ich meine Hand nach all diesen Dingen nicht ausstrecken und Einfluss nehmen, welchen Sinn hätte mein Dasein dann?

Selbst ein Stein am Straßenrand konnte wahrhaftig faszinierend sein, wenn man damit begann, einmal darüber nachzudenken, welche wichtige Rolle dieser kleine Zeitzeuge eventuell schon in der Geschichte gespielt haben konnte. Wie kam er überhaupt dorthin oder wie lange würde er ohne mein Zutun noch dort liegen bleiben? Alles hatte eine Bedeutung. Das Betrachten spielender Kinder auf einem Spielplatz, umgeben von Eltern, die ihren Nachkommen gegenüber Schutz versprochen hatten. Oder einfach nur das Beobachten verkümmerter Kadaver abgestoßener Vogelbabys, die neben einem Baum lagen und darauf warteten, dass ein hungriges Tier aus einem Überlebensinstinkt hinaus nach ihnen schnappen würde. Der Mensch, so wie ich ihn kennenlernte, nimmt keine Anteilnahme an solchen Dingen, was Widersprüche aufkommen lässt. Denn einerseits fürchten sie um ihre Privilegien, ihren Wohlstand oder ihre Gesundheit, andererseits fürchten sie alles und jeden, der ihnen all dies streitig macht.

Der Mensch verschließt sich vor den unscheinbaren Dingen und natürlichen Raubtierinstinkten dieser Welt, gibt sich nicht einmal die Mühe sie verstehen zu wollen. Es bringt ihm im ersten Moment keinen Nutzen. Warum also Mühen aufbringen, etwas verstehen zu wollen, mit dem er nie in Kontakt getreten war? Dabei ist es notwendig, elementar, wollte man sich die Dinge bewahren, die einem wichtig erscheinen. Der Mensch, wie ich ihn kenne, selbst wenn ihm die Bedeutung bewusst wäre, wird diese Dinge aber weiterhin ausblenden, damit er sein Leben friedlich weiterleben und sich seinen Belangen mit vollständiger Hingabe weiter zuwenden kann. Kein negativer Gedanke darf diese Ruhe stören. Ich bin dankbar dafür. Denn dadurch spüren sie die Gefahr nicht, welche sie ununterbrochen umgab. Trägheit macht sich breit. Trägheit, die sich andere Menschen zunutze machen konnten.

Oft reichte ein kleiner Schups als Auslöser katastrophaler Ereignisse. Ein unbeabsichtigtes Anrempeln zweier fremder Schultern in einer engen Gasse, innerhalb einer regnerischen Nacht. Eine zu Beginn harmlose Fußballdiskussion zweier guter Freunde, unterschiedlicher ethnischer Herkunft, welche in einem hitzigen Wortgefecht über unterschiedliche religiöse Ansichten mündet. Eine Flucht, die aus Furcht vor der Überlegenheit eines Gegenübers resultiert, die eigene Schwächen damit vollends aufdeckt und den Jägerinstinkt im Alpha erwachen lässt. Die Aufnahmekapazität einer Schaukel an einem sonnigen Tag auf einem überfüllten Spielplatz. Wahrhaftig alles kann die wahre Natur des Menschen hervorbringen. Ein kleiner Schups, der die Welt früher oder später an ihr endgültiges Ende führen wird. Und niemand würde die Komplexität dieses Verhaltens jemals richtig verstehen oder sich diesen Fragen stellen wollen. Erst wenn es zu spät ist, der Mensch gegenüber seinesgleichen die Fassade ablegt, seine aufgestaute Wut explosionsartig freisetzt und seinem natürlichem

Trieb nachgibt. Dann schreien sie und betteln um ihr Leben.

Ich wusste, dass ich nicht normal war. Doch krank, so hätte ich mich nie bezeichnet. Für mich war es eine besondere Form der Kreativität, etwas leicht Abnormes, welches mir Flucht aus dem Alltag verschaffte, dennoch etwas innerhalb vertretbarer Grenzen Ansässiges. Die Fantasie eröffnet einem manchmal unbekannte Möglichkeiten. Doch man muss sie zulassen. Nicht selten fordert diese Entscheidung seinen Tribut. Einen Preis, den man bereit sein muss zu zahlen. Vieles ist unausweichlich. Zum Beispiel die stetig abnehmende Zahl an Stunden gesunden Schlafs oder die steigendende Skepsis seinen Mitmenschen gegenüber, die einem zulächeln, jedoch hintenherum deinen Wert mindern. Man kann sich nicht richtig vorstellen wie es ist Nacht für Nacht in einem Bett zu liegen, über all diese Dinge nachdenken zu müssen, schlafen zu wollen, aber nicht zu können. Szenarien häufen sich, drängen sich in den Verstand und übermitteln Halbwahrheiten, die sich als reale Erinnerungen einbrennen. Andere haben es da leichter. Wer keine Sorgen hat, hat keinen Grund zu flüchten. Wer den Weg nicht kennt, hat keinen Grund ihn zu beschreiten. Einfach abschalten zu können, ein Leben im menschlichen Stand-By-Betrieb, so definiere ich heute Normalität.
Doch wenn man es nicht kann. Wenn man es einfach nicht kann. Tragisch und frustrierend möchte ich anmerken. Und wenn dieser Zustand nun auch noch dazu führt, dass man seine Fantasie entwickelt, welche gegen jedwede Normalität spricht, sollte man sich nicht spätestens dann die Frage stellen, *»Wer bin*

ich und brauche ich vielleicht Hilfe?« Und was, wenn dich diese Fantasie nun auch noch zu einem Menschen formt, den du nach außen immer öfter nicht zu offenbaren versuchst. Du dich nur noch so durchs Leben schummeln kannst, um deinem Gegenüber nicht zu missfallen oder in ihm gar Angst dir gegenüber auszulösen. Ist man dann schuldig? Viele würden nun einfach sagen, ja. Es wäre der einfache Weg. Der Weg, den die Menschen, so wie ich sie kennengelernt habe, immer schnell gewählt haben.

Doch mal ehrlich, wie würde es Ihnen gefallen, wenn jemand zu Ihnen selbst sagt, *»Hey, mit dir stimmt was nicht.«* Sie würden vermutlich Gegenteiliges behaupten, weil es ihnen anfangs einfach nicht bewusst ist. Und sie würden damit beginnen, den Grund für diese Diskrepanz bei dem Anderen, der Quelle dieser unvorstellbaren und unzumutbaren Beleidigung, zu suchen. Nein, bei dem anderen muss eine Schraube locker sein, denn ich bin gesund. Schuldabweisung ist ein angeborener Schutzmechanismus und dient der Verteidigung sich selbst gegenüber. Der natürliche Entwicklungsprozess der Psyche ist geprägt von Ereignissen, Umständen und Erfahrungen. Dinge, die man stets mit anderen teilt. Hätte ich ein anderes Leben gelebt, wäre ich dann auch so, wie ich es heute bin? Einige denken nun, *vielleicht*. Es komme immer darauf an, was du aus diesem Leben machst. Doch so einfach ist es nicht. Während andere aus ihrer Kreativität Filme, Bücher, Musik oder Gemälde erschaffen, bleiben uns wenigen Vielen die Alternativen dazu leider recht begrenzt. Ich kann nicht malen, singen, nicht schreiben, keine Filme drehen oder anderweitig manifestieren. Meine

Zukunft sieht es vor mit dem Strom zu schwimmen, bis ich aus mir herausbreche und etwas aus meiner Sicht Großes, jedoch höchstwahrscheinlich Kurzlebiges vollbringe. Was planen Sie für Ihren persönlichen Ausbruch?

Individualität kann für jemanden wie mich ein Segen sein, jedoch größtenteils ist und bleibt es ein Fluch. Man kann sich nicht austauschen, sich unterhalten, geschweige denn diese Fantasien anderweitig offen aussprechen. Mir fehlt dieses Teilen von Ideen, Interessen oder Vorlieben. Gott bewahre, würde jemand eine solche Unterhaltung aufschnappen. Ich würde an den Pranger gestellt, verurteilt, ehe ich etwas wirklich in ihrer Realität umgesetzt hätte. Ich beneide die normalen Menschen für die Einfachheit ihrer Gedanken. Manche ihrer Art sind sogar wirklich sehr verträglich und keine Langweiler. Aber ich schweife ab. Wie ich schon sagte, Konversationen sind für Menschen wie mich zu riskant. Doch das fehlt mir. Ein Gleichgesinnter. Man gibt die Hoffnung nie richtig auf, doch weiß man, dass es einem nie gegönnt sein wird. Es ist schließlich nicht so, als könne man einfach eine Anzeige in einer Zeitung aufgeben. Der Gefährte muss bereits vor dem ersten Aufeinandertreffen vollkommen kompatibel sein. Frühzeitig müssen die Ansätze platziert sein. Frühzeitig muss erkannt werden, welches Potenzial in solch einer Person steckt und wie diese Begabung gefördert werden muss. Der Einfluss und die Umstände der Übernahme dürfen nicht auf die leichte Schulter genommen werden.
Es ist wie bei allen Dingen. Jeder lernt nur von einem Schüler. Der Schüler ist also zugleich bereits der Mentor. Und die Lehre endet nie, für keinen von

beiden. Mein Handwerk ist leicht zu erlernen. Doch gibt es keine Zwischen- bzw. Abschlusszeugnisse, welche den Wert der Arbeit widerspiegeln. Die Bezahlung ist für viele mies, wenn man sich nur vom Taschengeld seines Opfers abhängig machte. Sehen wir mal von der Moral ab, ist es ein Hobby wie Klettern, Schwimmen oder Pokern. Der Nervenkitzel, den man braucht, um seine Bedürfnisse zu stillen. Welches Bedürfnis verspüren Sie? Bei welchen Aktivitäten haben Sie ein Gefühl von innerlicher Erfüllung oder Freude? Wenn Sie mich ansatzweise verstehen wollen, so nehmen Sie nun dieses Gefühl, multiplizieren es mit dreizehn und schon kommen Sie meinem emotionalen Grad des Empfindens, bei Ausübung meiner Aktivitäten, meines Hobbys, sehr nahe. Ein Gefühl, auf das ich niemals wieder verzichten möchte. Können Sie ohne Ihr Hobby leben? Ich kann es nicht. Denn so wäre ich gezwungen, Ihr langweiliges Leben zu führen. Ihre rückständigen Ansichten zu teilen. Ihren Partner als Freund oder Freundin zu halten. Und früher oder später würde das Unausweichliche geschehen. Ich würde ausbrechen. Denn anders als Sie bin ich kein Schwächling und ich würde niemals meine wahre Natur verleugnen, so wie Sie es tun. Ich weiß, wozu ich fähig bin und Sie wissen es auch. Nur anders als Sie akzeptiere ich meine Rolle in dieser Welt. Ich versuche mich nicht in ihr zu verstecken oder hoffe nicht darauf ein hohes Alter zu erreichen. Ich lebe für den Moment, lebe mein Potenzial aus. Was tun Sie? Ich stelle mir die Frage, welcher Kategorie geisteskranker Menschen man mich zugeordnet hätte. Mein Mentor sah zumindest all das in mir. Er prägte mich. Er erkannte mein Potenzial. Und Dennis hatte es auch.

19:28 Uhr

»Es ist schwer sich jemandem anzuvertrauen, ohne Gefahr zu laufen auf das darauf Folgende unweigerlich Einfluss zu nehmen.« Seine Worte hämmern wie ein Presslufthammer in meinem Schädel. Und wieder lässt er den Kugelschreiber vom Tisch fallen. Er wirkt sichtlich nervös. »Ich weiche Ihnen nicht aus, verstehen Sie mich nicht falsch. Mir geht es um das Offensichtliche«, fügt er hinzu. Er lässt ihn diesmal liegen und sieht mich mit diesem neugierigen Blick an. »Für Eingeständnisse ist es ein wenig zu spät, ich weiß. Ich habe es damals einfach nicht erkannt.« Und das hatte ich wirklich nicht. Vorsichtig lehne ich mich erneut vor. »Sie werden nun eine wichtige Lektion lernen, mein treuer Freund: In jedem Menschen kann das Böse dem Guten unter- oder überliegen, aber eines kann es nicht, nicht vorhanden sein. Thomas. Ich darf doch Thomas zu Ihnen sagen?« Natürlich durfte ich das.

Alles braucht seine Zeit. Ein Schmetterling, der von der Larve aus der Puppe emporsteigt. Ein Baum, der seine Anfänge als Nacktsamer vor 200 Millionen Jahren begründet sieht. Eine Freundschaft, die an Interaktionen und gegenseitigen Zugeständnissen gedeiht. Die Erkenntnis über all das kann wegweisend sein. Denn es war schwer eine Art Beziehung zu ihm aufzubauen. Verständnis und Heuchelei schienen mir die idealen Grundbausteine, um das Fundament einer annähernd soliden Beziehung zu legen. So wie man bei einem Mädchen die beste Freundin zunächst für sich gewinnen musste, so sollte es bei Dennis die Bindung zu seiner Mutter sein. Wollte ich mein Ziel erreichen, so musste ich sie um den kleinen Finger wickeln. Denn letztendlich konnte nur sie weiterhin Einfluss auf ihn ausüben, während ich längst wieder verschwunden war. Anfangs ließ ich mir Zeit und bearbeitete sie nur sanft mit kleinen Präsenten, schenkte ihr ein offenes Ohr für Probleme und half sogar vermehrt im Haushalt. Ich legte mich richtig ins Zeug, zog meine Motivation aus dem Gedanken daran, wie die Frucht, die ich ansäte, schmecken würde. Dennis schmeckte das hingegen überhaupt nicht. Von jetzt auf gleich drängte ich mich in sein Leben. Ich wollte ein Teil seiner Familie werden. Auf dem Weg zur Schule stellte ich ihm vermehrt unbemerkt nach. Er sollte keine Luft zum Atmen haben und ständig meine Anwesenheit spüren. Ich wollte ihn und würde nicht von ihm ablassen. Auch wenn er nicht verstand wieso, so bemühte ich mich doch sehr um ihn.
Meine Vorbereitungen liefen auf Hochtouren.

Ich traf Dennis am sechsten Tag des sechsten Monats, kurz vor dessen 13. offiziellen Geburtstagsparty. Ein Jahr sollte uns fortan voneinander trennen und ich sah in Beziehungen innerhalb unserer Altersspanne gewisse Vorzüge, solange man selbst der Ältere war. Wir standen parallel dazu kurz vor einem weiteren großen Event. Dem Eröffnungstag des Literaturmuseums der Moderne. Dennis wünschte sich eine Karte für dort, hatte einen Hang zur zeitgenössischen Literatur. Die Welt der Bücher faszinierte ihn. Wir gingen natürlich nicht hin. Ich entschied mich ortsbezogen und nutzte meine Kreativität Dennis' Mutter und ihn selbst davon zu überzeugen „Wir würden". Es war der perfekte Vorwand, denn ich wollte ihn für mehrere Stunden ganz für mich allein. Er sträubte sich natürlich anfangs. Das Schlusswort sprach jedoch jemand ganz anderes. Sie schenkte mir genügend Vertrauen und als Mutter konnte sie ein klares ‚Nein' in ein klares ‚Ja' verwandeln. Ich sah erstmals eine Gelegenheit zu erkennen, wie weit ich schon vorgedrungen war. Aller Zweifel zum Trotze überzeugte sie ihn schließlich und ich freute mich, nun endlich ein wenig mehr meinen Zauber versprühen zu können.

Wir fuhren mit dem Zug, was problematisch für ihn war. Moderne Züge sind weiß Gott nicht für jedermann geschaffen. Besonders nicht für Menschen wie ihn. Ein Klo behindertengerecht zu gestalten war eine feine Sache; doch wenn diese nicht selbstständig einsteigen konnten, glich dies aus meiner Sicht einem recht sinnlosen Unterfangen. Anfangs erschien es mir schwer einen Zugang zu ihm zu erlangen. Wir sprachen während der gesamten

Fahrt nur wenige Worte miteinander. Ich riss ihn dabei immer aus seinem gewohnten Gefängnis. Den vier Wänden mit der Weltraumtapete, dem Rennwagenbett mit den rot-weiß gepunkteten Bettlaken, umgeben von dem dumpfen Licht der purpurnen Nachtlampe, zu dem er stets flüchtete. Doch in erster Linie befreite ich ihn aus seiner trüben Welt innerhalb dieses Gefängnisses, die er sich über Jahre hinweg in seinen Gedanken zurechtgeschustert hatte. Seine Mutter erzählte mir, wie er das Leben *„da draußen"* verachtete. Er verweigerte sich der Normalität, weil er sich natürlich selbst „anders" sah. Wer konnte es ihm auch verdenken? Ich verstand diesen Glauben schließlich besser als jeder andere. Er fuhr nur zur Schule, um seinen Wissenshunger zu stillen. Wenn er sich auf seinem Heimweg nicht gerade dem Gespött Gleichaltriger ausgesetzt sah, versuchte er sich in einem Onlinerollenspiel gegenüber seiner Gilde zu behaupten. Er wendete sonst jeden Kontakt der Außenwelt von sich ab. Ich bot ihm nun diesen Genuss in Überfülle. Ich entschied mich für den belebtesten und beliebtesten Platz von Bonn. Das Marktzentrum war zur Mittagszeit gut besucht und bot mir genügend Spielraum.

In einem kleinen Supermarkt nahe der Hauptstraße begab ich mich auf die Suche nach etwas, das unsere Stimmung anheben sollte. Ich schob Dennis durch die engen Passagen, die ebenfalls nicht für Menschen wie ihn gemacht waren. Ich suchte verzweifelt nach etwas, was ihm entsprechen würde, was nicht so einfach war wie anfangs angenommen. Er war schwer zu deuten und Antworten auf Fragen blieben aus. Kinder in unserem Alter standen für gewöhnlich auf Schokolade oder Energiedrinks. In einem schmalen Gang fand ich Hilfe in einer herumstreunenden Verkäuferin. Ich fragte sie freundlich nach einem Aperitif für eine gemeinsame freundschaftliche Liaison. Sie verstand kein Wort. In einer etwas bäuerlichen Ausdrucksweise erfasste sie dann schließlich doch den Sinn meines Anliegens. Dennis zog ein Gesicht wie Sieben-Tage-Regenwetter. Es war mir ein Bedürfnis dem entgegenzuwirken. Sie empfahl uns etwas Süßes, das die Kräfte und Aufmerksamkeit steigern sollte. Er versteckte sich aber wieder hinter seiner Teilnahmslosigkeit, woraufhin ich zum letzten Strohhalm schnappte, um mir seiner Aufmerksamkeit gewiss zu werden. Ich deutete auf ein Produkt am Ende des Ganges und fragte nach der Meinung der Angestellten. Er reagierte nur lasch, also griff ich in dem Moment, als die Verkäuferin sich umdrehte, in das Regal, nahm willkürlich eine Packung und steckte sie, für Dennis offenkundig, unter dessen Sitz. Er riss die Augen auf, wusste sofort ich wollte dafür nicht bezahlen. Im Zuge der Bewegung griff ich spontan nach meinen Schuhen und fing an sie zu schnüren. Als die Verkäuferin sich wieder uns zuwandte, lächelte ich. Sie sah mich an und schien verwundert. *Was ist so lustig?«* Ich blieb in meiner Rolle. *»Wie soll ich sagen… eine Wahl ist immer so zeitaufwendig und am Ende weiß man immer noch nicht, ob es die richtige Entscheidung war. Ich denke, ich lasse die Wahl für sich selbst entscheiden, was gut für sie ist.«* Dennis stockte der Atem. Er verstand ansatzweise meine zwielichtige Bemerkung, während die Dame misstrauisch dreinblickte. *»Ich denke, wir sind hier fertig«*, bemerkte ich abschließend an, woraufhin ich Dennis voranschob und auch die Verkäuferin weiterzog. Er wusste nicht genau, was er sagen sollte, also schwieg er, bis wir das Haus verlassen hatten. Die Nervosität raubte ihm jegliche Hemmungen und dann fing es an. *»Sag mal spinnst du? Was sollte das?«*, fuhr er mich ohne Umschweife an. Mein Haustier war berechtigt erzürnt. *»Außergewöhnliche Situationen ziehen immer außergewöhnliche Maßnahmen nach sich. Gaukle den Menschen Normalität vor und sie glauben daran. Du musst lernen deine Fähigkeiten richtig zu nutzen und im Spiel einzusetzen. Würdest du nicht im Stuhl sitzen, hätte uns die Verkäuferin vermutlich sofort aufgehalten. Sie wollte sich vor einer peinlichen Blamage bewahren.«* Er griff unter seinen Sitz und warf die Packung quer über den Gehweg. *»Ich will so was nicht«*, schrie er. *»Dann zwing mich nicht dazu«*, konterte ich. Ihn zu beschwichtigen hätte keinen Sinn gehabt, aber immerhin brach ich sein Schweigen. Nachdem er sich wieder beruhigt hatte, suchte ich uns einen geeigneten Platz gegenüber der alten Bäckerei, die seit mehr als 60 Jahren in Familienbesitz war. Erneut strafte er mich mit trotzigem Schweigen, während ich zu seiner Rechten Platz nahm. *»Bitte um nichts, sondern nehme es dir einfach«*, flüsterte ich vor mich hin. *»Weißt du, Regeln gelten nicht für Menschen wie dich und mich. Uns steht es frei alles zu tun, weil wir jung sind. Aber das werden wir nicht immer sein. Deshalb lebe ich für den Moment und um zu sehen wie Leute, wie du, auf jemanden wie mich reagieren. Immerhin bist du kein Feigling. Soviel ist sicher. Du hättest mich aufhalten können, hast du aber nicht. Gib es zu, du wolltest genauso sehen, ob du damit durchkommst.«* Er zögerte. *»Ich bin nicht wie du und die Meinung anderer geht mir am Arsch* *vorbei. Ich brauch keinen Kick, um mir selbst etwas zu beweisen«,* erwiderte er störrisch.

Wir sahen uns die Menschen an, die an uns vorbei gingen und ich teilte meine Sicht auf die Geschehnisse mit ihm. Wir spekulierten, tratschten gemäßigt. Ich wollte, dass er die Welt mit meinen Augen sah. Verborgen blieben mir seine zeitlich melancholischen Momente dabei nicht. Nur zu gerne wäre ich für einen kurzen Moment ein Teil seiner Gedanken gewesen. Nur für einen kurzen Moment in die Welt eingetaucht, um die Zuflucht aus der Meinigen zu erlangen. Seine Haltung stellte mich vor ein Mysterium. *»Wenn du so etwas noch mal abziehst, dann sag ich es meiner Mutter. Und die wird's dann deiner sagen.«* Kindliches Gebrabbel. *»Dennis, du wirst niemandem was darüber sagen. Keinen Menschen interessiert etwas derart Kleinliches. Unsere Eltern erwarten so was von uns. Wir sollen an Fehlern wachsen und aus ihnen lernen.«* Ich bemerkte, wie ich innerlich das Wort „Eltern" für uns in Anführungsstriche gesetzt hatte. *»Ich glaube, insgeheim möchte jeder solche Erfahrungen machen, damit wir uns für eine Seite entscheiden. Und ganz besonders du, weil du nicht anders sein möchtest.«* Er schüttelte mit dem Kopf und blickte entschlossen in mein Gesicht.
»Ich entscheide für mich selbst, welche Erfahrungen ich sammeln möchte. Du redest wie meine Lehrer an der Schule, die einem versprechen man könne alles erreichen, wenn man nur immer sein Bestes gibt und gute Noten schreibt. Träumer und Heuchler, so sieht es in Wahrheit aus.« Er hatte so recht. Gegenüber der alten Bäckerei, etwas abseits des Getümmels, standen bzw. saßen wir nun. Ein alter Mann in

Begleitung eines kleinen Mädchens schritt an uns vorbei und warf Dennis ein begrüßendes Nicken zu. Doch erwartungsgemäß reagierte Dennis nicht. Ich sah ihnen nach, spürte das Glück, das sie umgab. Es war kein Neid, eher ein Unverständnis gegenüber einer Illusion. Liebe sei die treibende Kraft, welche das Leben prägen sollte. Der Anblick stimmte mich nachdenklich. *»Fühlst du dich manchmal… einsam? Verloren in einer dir fremden Welt?«*, fragte ich Dennis. *»Wenn du wissen willst, ob ich die Einsamkeit vorziehe, dann lautet die Antwort ja.«* Und wieder diese Feindseligkeit, doch ich ließ es drauf ankommen. *»Du schätzt dein Leben nicht? Gehst du deshalb bei jedem so auf Abstand?«* Dennis rang nach Luft und starrte geradeaus auf zwei Tauben, die sich um einen Brotkrumen stritten. *»Ich bin an einen Stuhl gefesselt. Was sollte ich daran also schätzen? So frei wie diese Zwei werde ich niemals sein. Das einzig Positive ist, dass Leute wie du einem den Arsch hinterher tragen. Und selbst das brauch ich nicht. Ich bitte niemanden um Hilfe. Was also erwartest du von mir? Bist du so ein Elendsjunkie? Gehörst du zu denen die sich am Leid anderer erfreuen, um sich überlegen zu fühlen?«* Ich lächelte und klopfte ihm auf die Schulter. Wortlos trat ich hinter ihn, drehte sein Gefährt in die Richtung, in die der Alte mit dem Kind gegangen war. Doch seine Hände blockierten schlagartig. *»Was hast du vor?«*, fragte er mich ernst. *»Ich will allen den Krüppel zeigen. Hier sieht dich ja keiner. Und dafür muss ich nun mal deinen Arsch vor mir herschieben! Du kannst ja gehen, wenn es dir nicht passt.«* Ich gab ihm ein paar Sekunden. Ein Grinsen blieb mir nicht vergönnt. Und dann bemerkte ich auch bei ihm einen kleinen Anflug eines Schmunzelns.

Es dauerte nicht lange und wir hatten den alten Mann eingeholt. Wir folgten ihm und beobachteten die Spielereien zwischen ihm und seiner kleinen Begleiterin. Ich zog Vergleiche mit dem Leben, das ich einst führte, schrieb jedoch parallel weiter an meiner Liste in meinem Kopf. *»Was fällt dir auf, wenn du sie betrachtest… Glück, Harmonie, Normalität? Sag mir, was du wirklich siehst!«* Ich forderte ihn ohne Kompromisse auf, mir zu antworten. Der Weg, der vor uns lag, wurde zu einer Einbahnstraße und wohin ich ging, musste er fortan folgen. Der alte Mann, der in einem Schaufenster eines Spielzeuggeschäfts seine Enkelin in den Arm nahm lächelte, als er ihr eine Puppe vom Regal hinab reichte. Von außen wohnten wir dem Geschehen bei und er brachte die ausstehende Antwort hervor. *»Was ich sehe, ist ein Opa, der ein Geschenk für seine Enkelin kauft. Zuwendung, Liebe, Zusammenhalt, Geborgenheit, so wie es in einer Familie sein sollte. Es ist das, was jeden Tag geschieht, was es nicht weniger zu etwas Besonderem macht. Es ist für jeden schön mit anzusehen und ich gebe zu, beneidenswert. Jeder kennt es und möchte es 24 Stunden am Tag mit jemandem teilen. Auch ich durfte das mal, aber das ist vorbei.«* Meine Hände rieben über den Griff. Seine Naivität, so jungfräulich. Sie zu durchbrechen empfand ich als Herausforderung. Ich drang ganz nah an sein Ohr, damit Außenstehende nicht hören konnten, was ich ihm zu sagen hatte. Nur flüsternd sprach ich die Worte und lies sie eins werden mit meinen Gefühlen. *»Nicht der flüchtige Blick offenbart die Wahrheit. Sieh durch die Fassade. Sieh ihre wahre Natur. Unsere Natur. Erst wenn aus dem Weiß tief dunkles Schwarz geworden ist, siehst du die Welt so,* *wie sie wirklich ist. Unsere Welt ist längst zu einer Bühne verkommen. Löse dich von jenem Schleier, den andere vor dir ausgebreitet haben. Und dann sag mir… Was siehst du… wirklich?«* Es war mir fast peinlich und ich ging ein hohes Risiko ein. Ich wollte es so sehr. Meine Hoffnung stieg ins Unermessliche. Dann geschah das Unfassbare. Zunächst zögerlich, doch Dennis begann lauthals zu lachen. Ich blieb wie versteinert und verstand es nicht, denn es war nicht die Reaktion, die ich anstrebte bzw. mir erhofft hatte. Selbst der alte Mann im Laden konnte es plötzlich hören, während er mit einer Kreditkarte in der einen und der Geldbörse mit dem heraushängenden Busticket in der anderen Hand das Geschenk bezahlte. Ich verlor gänzlich den Überblick über die Situation und er hörte einfach nicht mehr auf, wurde lauter und lauter, sodass er sogar die Blicke umstehender Passanten auf sich zog. *»Mann, was hast du denn geraucht? Du bist vielleicht paranoid, Junge, Junge, du brauchst wohl mehr Abwechslung in deinem Leben. Und ich dachte, mir ginge es schon scheiße«,* kreischte er, konnte sich vor Lachen kaum auf dem Stuhl halten. Mir blieb keine Wahl und schob ihn weg. Beinahe den ganzen Heimweg lang jauchzte und jaulte er. Währenddessen schoss mir unentwegt Regel Nummer eins durch den Kopf: Lass dich nicht verarschen. Er kehrte das Bild, das ich mir gebildet hatte um 180 Grad. Ich wusste nicht, was ich davon halten sollte. Ich fühlte mich verhöhnt und es dauerte beinahe eine halbe Stunde, bis er sich wieder zusammennahm. Zu Hause angekommen schob ich ihn nur stillschweigend vor die Eingangstür. *»Alter, ganz ehrlich, du solltest mehr lesen und weniger fernsehen. Das ist so was von schräg, nein, fast schon krank…«* Mein Griff an seinem Stuhl verhärtete sich.

Wollte er mir tatsächlich krankhaftes Verhalten nachsagen? Ehe ich den Gedanken vollendet hatte, riss ich bereits seinen Stuhl schwungvoll nach oben und warf Dennis somit hinaus. Er landete mit der Front in dem matschigen Beet, woraufhin er vor Schmerzen zu keuchen begann. Ich schritt derweilen an ihm vorbei, klingelte und verzog mich, ohne auch nur ein Wort zum Abschied zu sagen. Ich hatte noch etwas zu erledigen, hatte sich mir in der Stadt schließlich meine Wahl offenbart.

19:46 Uhr

»Wenn Gott die Welt in 6 Tagen erschaffen, ein Mensch in wenigen Stunden zerstören kann, stellt sich da nicht die Frage, wer mehr Macht in seinen Händen hält?« Seine Augen rotierten erneut. »Sehr theologisch. Um auf Ihre vorherige Frage einzugehen. Es ging ihm vermutlich von Anfang an nur um die Gewalt und um den Drang alles kontrollieren zu wollen. Ich meine diese ständige Abwesenheit eines Gefühls, wie Liebe oder Zugehörigkeit, ähnelte einer Art Selbstzerstörung. Würden Sie mir da zustimmen? Ich denke, das hat sie am Ende beide vergiftet.« Ermüdend sich mit jemandem zu unterhalten, der den Sinn seiner eigenen Antworten nicht versteht. Aufklärungsbedarf schien die oberste Direktive, doch irgendwann müsste er erkennen, dass Wiederholungen reizbar auf den Protagonisten wirken können. »Selbstzerstörung schafft stets Boden für neue Wege.«

Jedes Land ist erschlossen, jedes Wort gesprochen, jede Note gespielt. Altes erscheint kontinuierlich im neuen Glanze und verspricht die Illusion einer besseren, moderneren Zukunft. Es dauerte weitere sechs Tage, bis ich die Benders wieder besuchen sollte und auch wollte. Genug Zeit meine Gedanken zu ordnen und den Schritt in ein neues Kapitel einzuläuten. Natürlich beehrte ich seine Geburtstagsparty nicht mit meiner Anwesenheit, denn mein Geschenk war zu persönlich, als das ich es unter den Augen von zurückgebliebenen Schimpansen gewürdigt sehen wollte. Mein Schädel brummte und ich fühlte mich müde. Der Hund von gegenüber, direkt neben dem Haus der Benders, bellte wieder die ganze Nacht. Der Bauer der dort wohnte war taub, verbrachte den Tag auf dem Feld, die Nacht in seinem Bett auf der rückwärtigen Seite des Gebäudes. Es war ein spärliches Haus, bröckelndes Schiefergestein an der Front, in der Einfahrt ein kleiner zerfallener Hof an dessen Rand das Unkraut wucherte. Ich wartete, bis Svenja zur Arbeit aufbrach und Dennis sich für die Schule fertiggemacht hatte. Um Punkt 7:10 Uhr, als der Wagen aus der Einfahrt fuhr, klingelte ich an der Eingangstür, rieb meine kalten Hände und sah mich um. Ich war nervös, wusste nicht wie er nach meiner vorangegangen Aktion reagieren würde. Für mich war es die erste reale Prüfung, ob eine Freundschaft bestehen bzw. sich entwickeln könnte. *»Was willst du hier?«*

Die Tür stand noch nicht ganz offen und er wusste bereits, dass ich es war. Ich sah durch das kleine Oberlicht der Tür und erkannte ihn von oben. *»Nun* *mach schon auf«*, rief ich. Er öffnete zögerlich. Als ich hindurchschritt, bemerkte ich links die mit grünem Teppich versehene Treppe und verdrehte die Augen. Er schob sich nach rechts in die Küche. Es roch nach Oma, was in dieser Stadt aber so ziemlich alles tat. Es war ein starker, penetranter Geruch. Das alte Porzellan auf der Kommode, inmitten des kleinen Flurs, fein säuberlich aneinandergereiht, zeugte von einem krankhaften Ordnungswahn. Der braune Fußabtreter beschmutzt mit dem Matsch vom Vorabend, abgenutzt von einer Vielzahl an Reifenabdrücken. Das Gemälde eines kleinen Hauses mit auffällig verzierten Schmiedeeisen-Geländer im Barockstil, das verspielt an einem Bach lag, schmückte die dunkle Atmosphäre über der Kommode mit einem warmen Farbenspiel. Aus der Küche hörte ich Geräusche klirrenden Geschirrs. Ich folgte ihnen. *»Willst du mich begleiten oder nur vor die Tür werfen und wieder gehen?«*, fragte mich Dennis. Ich sah das Gesicht zu der Frage, welches konzentriert auf ein Laib Brot starrte. Auf Augenhöhe schmierte er sich die Stulle auf der mittleren Tischplatte der weißen, modernen Einbauküche. Er schien ungeübt, zerriss die Form, weil er unkontrolliert zu viel Kraft aufwendete. *»Sehr hübsch«*, lobte ich sein Vorhaben ironisch. Ich stellte mich neben ihn und nahm ihm das Messer aus der Hand. *»Wenn du so weiter machst, verhungerst du noch.«* Er schloss seine Augen und nahm die Tasche zu seiner Rechten. *»Ich bin spät dran. Du bestimmt auch, oder versuchst du dich wieder daran irgendwelche Fassaden einzureißen?«*, schmollte und spottete er zugleich. Langsam klappten meine Hände das Brot und pressten die Wurst tief in die Krume. *»Wir gehen heute nicht zur Schule«*, widersprach ich.

Er fragte mich, ob ich wieder scherzen würde, doch eine Antwort darauf verwehrte ich ihm. Ich ließ meine Augen die notwendige Ernsthaftigkeit sprechen. Eine weitere Umdrehung seiner Reifen stieß ihn dicht an mich heran. Er packte das Brot, warf es schwungvoll in einen Rucksack und drehte mir den Rücken zu. *»Geh nach Hause, ehe du dich selbst verlierst«,* grummelte er. Er dachte, er hätte eine Wahl, oder ich hätte ihm eine gestellt.

Zielstrebig setzte er seinen Weg zur Schule fort. Ich hatte keine Schwierigkeiten mit ihm Schritt zu halten. Er versuchte mich wegzuschicken, vergebens. Rings um uns herum stiegen kleine Jungen und Mädchen, bepackt mit kunterbunten Schulranzen, in die Wagen ihrer Eltern ein. Die, die nicht den Vorzug eines Chauffeurs genießen konnten, gingen allein in Richtung Bushaltestelle, einige in Begleitung anderer Kinder. Drohnen, die nichts ahnend ihrer unbekannten Zukunft entgegen schritten. Ein Straßenfest ohne Karussell und ohne Popcornstand. *»Sind das deine Vorbilder? Willst du unbedingt so sein wie die?«,* fragte ich ihn, trottete ihm hinterher und hielt mich inmitten der Reifenspuren auf, die er hinter sich herzog. *»Ich versuche zu sein wie ich und das fällt mir schwer genug. Lass mich in Ruhe, ich hab dir nichts mehr zu sagen«,* warf er verächtlich nach hinten. Ich hatte es satt ihm zu folgen, also ergriff ich das Ruder. Ich nahm die beiden Griffe und schlug einen anderen Kurs ein. *»Hey nimm deine Finger da weg«,* schrie er. Immer, wenn er sich zu wehren versuchte, stupste ich seine Hände einfach wieder weg. Er quengelte wie ein kleines Kind. An einer naheliegenden Parkbank an der Straßenecke nahm ich aus dem nebenstehenden Mülleimer eine leere

Dose und blockierte kurzzeitig seine Räder. Ich wusste, die Dose würde nicht lange halten, was sie auch nicht sollte. Es sollte mir genügend Zeit verschaffen, um mich zu entschuldigen, doch hatte er sich bereits mit dem ersten Stoß befreit. Man darf nie die aus Wut resultierende Kraft eines Menschen unterschätzen. Auch nicht, wenn dieser Mensch eine schwerwiegende Behinderung aufweisen konnte. *»Was bezweckst du hier eigentlich? Ich hab dir gesagt, ich will nichts mit dir zu tun haben. Und meine Mutter wird das diesmal auch nicht mehr für dich hinbiegen.«*
Wiederholung. Immer wieder die gleichen Fragen und Ausflüchte. Ich trat gegen seinen Stuhl und sagte erst einmal nichts. Er sah mich an wie ein reumütiger Hund. Dann wurde ich mir des nächsten Schrittes bewusst. Aus dem Nichts gab ich ihm eine Backpfeife. Er wirkte überrascht. Sein Unterkiefer zitterte, während seine Wange sich langsam in ein warmes Rot färbte. *»Warum tust du das?«,* winselte er leise und zurückhaltend. Langsam breitete ich meine Arme seitlich vor ihm aus und klatsche meine Hände Millimeter vor seinem Gesicht mit einem Ruck kraftvoll zusammen. Er zeigte keine Reaktion von Furcht. *»Weil mir danach ist.«* Die Worte schlugen ein, wie eine Bombe, und fortan hatte ich seine volle Aufmerksamkeit. *»Du bist erbärmlich. Benimmst dich wie ein weinerliches Kind. Ich nehm dir das nicht mehr ab. Fragst du dich, ob du sie hättest retten können, den Autounfall verhindern?«* Er konnte nur versteinert mit dem Kopf schütteln. *»Ich sage dir, du hast nichts, dem du nachtrauern musst. Deiner Behinderung nicht, deiner Familie nicht. Du bist noch da, die nicht. Aber wie du dein Leben führst, ist peinlich. Du versteckst dich in einem Stuhl und*

wartest darauf, dass dich jemand von deinem Leiden befreit. All dein Leid, all der Hass, welchen du allein in dich hineinfrisst, den du mit niemandem teilen willst, wird dich früher oder später zerstören. Die Schreie in der Nacht, die verschwommenen Bilder deiner Vergangenheit, die du nur zu gerne vergessen würdest. Die stetige Frage was wäre wenn… Was wäre, wenn du sie hättest retten können? Du bittest nicht um Hilfe, OK, das akzeptiere ich. Aber ich biete sie dir freiwillig an und es wäre falsch sie auszuschlagen. Jeden Tag passieren solche Sachen, aber die Betroffenen lernen für sich etwas. Sie ziehen Stärken daraus, keine Schwächen. Nur wer es zulässt, der verliert sich in dem Schmerz. Entscheidest du dich in einem Albtraum zu leben, dann wird er dein Leben bestimmen. Willst du also immer noch wissen, warum ich dich geschlagen habe?«

Zum ersten Mal sah er nicht weg. Ich wusste nicht, ob ihm die Antwort bereits bewusst war oder nicht, doch bewegte ich ihn dazu, sich mir zu öffnen. Er kämpfte gegen die Tränen an, ich spürte, ihn gebrochen zu haben. Voller Erwartung hoffte ich auf eine Reaktion, ein Wort, ein Hauch von Ehrlichkeit. Es begann mit einem Flüstern, ehe seine Worte ihren Weg in mein Ohr fanden. *»Ich saß hinten auf dem Rücksitz und öffnete das Fenster. Ich nervte meine Eltern schon seit Wochen mit dem neuen Märchenpark, aber ständig stand meinem Vater die Arbeit im Weg. An diesem Wochenende war es endlich so weit. Wir beide, mein Vater und ich, saßen abfahrbereit im Wagen und warteten auf meine Mutter, die den Picknickkorb holen gegangen war. Als sie endlich die Auffahrt hinunter kam, streckte sie ihren Kopf durch das offene Fenster und gab mir einen sanften Kuss auf die Stirn. Mein Vater war* *ungeduldig. Er hetzte sie, hatte eine harte Woche hinter sich und startete den Motor um sie zum Einsteigen zu bewegen. Es war nicht so als hätte er es böse gemeint. Die Hitze machte allen in der Stadt zu schaffen. Meine Mutter sang Lieder mit mir, mein Vater konzentrierte sich auf die Straße. Doch die Hitze war zu stark, das Auto zu alt. In einer Kurve verlor er die Kontrolle über den Wagen und wir stürzten einen Hang hinab. Es ging alles so schnell. Jedenfalls für sie. Ich erinnere mich nur noch daran, wie ich aus dem zerfetzten Fenster kroch, sah meine Mutter, die zehn Meter weit mit dem Oberkörper gegen einen Felsen geschleudert wurde. Ihr Bein zuckte noch, Gott, es zuckte immer weiter. Ich verspürte keine Schmerzen. Ich sah nach links. Sah meinen Vater mit weit aufgerissenen glasigen Augen, sein Lächeln. Er lächelte, obwohl sich die Handbremse in seinen Hinterkopf gebohrt hatte. Und doch schien sein Blick lebendiger als jemals zuvor. Meine Finger griffen tief in die Erde, damit ich schnell vorankam. Dabei spürte ich mit jedem Meter, wie das Leben Stück für Stück aus meinen Beinen wich. Ich wollte weinen, konnte es nicht. Ich wollte sterben, durfte es nicht.«*

Er brach zusammen. Vor mir. Seine Geschichte bewegte mich nicht, so was hört man beinahe jeden Tag. Es war das Ende, welches mich ansprach. Ich kannte das Gefühl, den Schmerz und die Sehnsucht, aber ich hätte es nie offen kundgetan. Erinnerungen konnten grausam sein. Die Ärzte sagten, er würde nie wieder gehen können. Welchen Sinn hat das Leben, wenn man es nur von unten betrachten konnte. Jeden Tag wünschte er sich ein Wunder, aber es blieb aus. Laufen, Tanzen, Radfahren. Alles Dinge, die ihm verwehrt bleiben würden. Niemand kann verstehen wie jemand, wie er sich fühlt. Wenn man anders ist.

Benachteiligt. Nur verachtende Blicke, die hatten sie für ihn übrig. Dennis sah hinunter zum Boden, verdeckte sein Gesicht aus Scham.

»Was hatte ich zu verlieren? Die Illusion ein normales Leben zu führen? Ein Traum, mehr nicht.« Mein Stichwort fiel. *»Warum habe ich dich geschlagen?«* Dennis musste diesmal nicht lange überlegen. *»Um mich aufzuwecken.«* Ich erhob mich und klatschte beifallend in die Hände. Er hatte es verstanden. Schneller als erwartet. Doch war er bereit? Es gab nur einen Weg das herauszufinden. *»Dein Leben ist noch nicht vorbei und dieser Tag hat gerade erst begonnen. Ich habe eine Überraschung für dich, Dennis. Die Heilung.«*

19:57 Uhr

Das Weiß seiner Zähne gleicht dem Weiß der umliegenden Wände. Das Schwarz seines Anzugs mit dem darunter liegenden beigefarbenen Satinhemd hebt sich dabei so richtig hervor. Ich verdränge allmählich den Gedanken daran, ihn mir in einer medizinischen Arbeitsrobe vorzustellen. Schwarze Haare, schwarzer Anzug, schwarzer Kugelschreiber. Das Vorzeigebild eines wahren Bürokraten. »Wann sind Sie sich das erste Mal begegnet?« *Er entriss mich wohlwollenden Gedanken, hatte ich mich doch bereits unbemerkt aus der Unterhaltung geschlichen.* »Später. Viel später. Was möchten Sie sonst noch wissen?« »Wie hat er es geschafft, sich zwischen Sie beide zu drängen?« *Ich überlegte kurz, hatte jedoch prompt eine Antwort parat.* »Es war seine Leidenschaft. Sie war der Aufgabe als Einziges gewachsen.«

Kapitel II – Der Erbe des Lebens

»*Wo sind wir hier?*« Seine Stimme versprühte die Neugierde eines Kleinkindes, als wir langsam den langen, steinigen Feldweg bestritten. Dem des alten, grauen Gemäuers des dreistöckigen Gebäudekomplexes direkt vor uns, mit den herausgenommenen Fenstern und der trägen Dachspitze nahe dem verlassenen Feld. Wir erfreuten uns an den naturgegebenen Schöpfungen. Es schien geradezu perfekt. Es lag etwas abseits des Hangs des alten Bauern Winfried, in der Nähe eines kleinen Dorfes namens Kell. Von hier aus waren es 120 Kilometer, ca. 80 Minuten Fahrzeit mit den öffentlichen Verkehrsmitteln, die uns von unserem Wohnort trennten. Im Umkreis von zwei Kilometern war dies das einzige Gebäude weit und breit. Sein Äußeres versprühte etwas Theatralisches. An manchen Stellen erkannte man noch leicht die gemeißelten Swastika, die durch den mit Graffiti beschmutzten Putz hindurchschimmerten. Es handelte sich um eine alte, von vielen vergessene Schule, die in den 1930ern als Verwaltungsgebäude der deutschen Staatspartei gedacht war. Doch mit Hitlers Übernahme fungierte es als Bildungszentrum der damaligen Hitlerjugend. 1917 wurde hier bis dahin noch stellenweise Tuffstein im großen Stil abgebaut. Ein Gestein, welches aus vulkanischer Asche bestand und bis dato zum Bau von Gebäuden wie diesem aufgrund seiner dämmenden Eigenschaften verwendet wurde. Doch bereits 1944 fand es durch den Einfall amerikanischer und französischer Bomben ihr trauriges Ende. Das Mauerwerk war irreparabel beschädigt und stand seither weitestgehend ungenutzt leer. Das Gelände war Brachland, unnütz für industrielle Zwecke und aufgrund des erheblichen Steigungsniveaus ungeeignet zum Erschließen von Wohnhäusern. Nur ein Weg führte hinauf. Keine Straßen, nur ein kleiner, schmaler Feldweg erstreckte sich schlangenlinienförmig dort hinüber.

Der Eingang lag offen. Überall wucherten Sträucher und verdeckten die umliegenden Zugänge. Abbröckelndes Gestein machte den Weg mit einem Rollstuhl unpassierbar. Ich musste ihn tragen. Gerade als ich ihn raus gehoben hatte, sah er über meine Schulter und erkannte auf der gegenüberliegenden Seite des Weges, leicht abseits, etwas Großes silbermetallisches unter einem Haufen Gestrüpp hervorragen. *»Was ist das hier?«,* fragte er leicht verwundert. Er wog mehr als ich vermutete. Ich drehte mich natürlich nicht um, wusste längst, was er meinte. *»Ok, jetzt den Kopf runter, es wird düster.«* Gerade mal fünf Zentimeter trennten unsere Köpfe von der porösen Zimmerdecke der Eingangsterrasse. Auf einem umliegenden klapprigen Stuhl setzte ich ihn ab und ging zurück um sein Gefährt zu holen. Die verlassenen Spinnenweben, das ausgeblichene Graffiti und der Müll rings um uns herum verunsicherten ihn. Es war düster, doch je mehr wir vordrangen, desto heller wurde es. Auf unserer kleinen Tour betrachteten wir farblose Gemälde, die einst so prunkvoll als Spiegelbild einer, aus seiner Sicht, vorbildlichen Ära dienten. Heute nicht mehr als ein Mahnmal, dessen Antlitz eine dekadente Vergangenheit offenbarte. Dennis war natürlich hin und weg von den altertümlichen Zeitzeugen, die dem kontinuierlichen Verfall des Hauses standhielten. Er musste alles anfassen, sehen. Es bewegte ihn sogar dazu, sein anhaltendes Schweigen zu brechen.

Euphorisch teilte er sein Wissen mit mir. Ehrlich gesagt langweilte er mich. Er klang wie mein Großvater, durch den ich erst auf diesen Ort gestoßen war. Er ging hier zur Schule, war ein Teil der großen Lüge und nur zu schwach sie zu erkennen. Er teilte das Schicksal seines Führers, wie so viele andere. Verdient, möchte ich meinen.

Die Stufen zum oberen Stockwerk waren bereits nicht mehr vorhanden. Ein tiefes, breites Loch lag vor uns. Die Häufungen abgerissener Wände erschwerten mir unser gemeinsames Vordringen. Dieser Teil des Gebäudes blieb selbst mir bislang verborgen. Immer wieder musste ich ihm über Blockaden hinweghelfen, es war lästig. Es waren nur noch wenige Meter, die uns von unserem eigentlichen Ziel trennen sollten. Dann linste Dennis durch eines der Löcher in der Wand und ihm fiel dieser Raum mit dem bestimmten Bild auf. Es schien aus meiner Position nur schwer zu erkennen, doch Dennis bemerkte es bereits auf den ersten Blick. Es ragte nur leicht hinter einer aufgestapelten modrigen Matratze hervor. Felix Nussbaums „Triumph des Todes". So bezeichnete er es. Seine Begeisterung, dieser Kopie gegenüber, glich dem eines kleinen Kindes. Ich hatte es zuvor nie bemerkt. Neun Skelette, die musikalisch ein makabres Stück aufführten, umgeben von Ruinen. Zu meinem Erstaunen hatte es selbst auf mich eine relativ anziehende Wirkung. Dennis fuhr näher heran, rief mich zu sich um es mir zu erklären und ich war gewillt ihm zuzuhören. *»Es ist nicht das Original. Aber dennoch beschreibt es frei den Konflikt zwischen Leben und Tod, wie es nur wenige Künstler zuvor geschafft haben. Wie viele Menschen haben gelitten und starben, damit dieses Bild überhaupt entstehen* *konnte. Es ist paradox. Wären sie nicht gestorben, hätte die Welt nicht den Frieden, wie wir ihn heute als selbstverständlich erachten. Jedes Jahrhundert braucht seine Monster, damit der Mensch an das Gute in ihm erinnert werden kann. Ich wäre vermutlich selbst einer von ihnen gewesen. Sie hätten mich für niedriger gehalten, unwürdig ihre arische Luft zu kosten. Manch einer glaubt, der Teufel selbst hätte damals sein Spiel mit uns getrieben oder wir wären einfach nur zu dumm gewesen, ihn zu erkennen. Heute wüssten wir es besser. Wenn du mich fragst, ist das Schwachsinn. Was meinst du?«* Ich wusste nicht, was ich dazu sagen sollte. Sentimentalitäten, in Bezug mit der damaligen Rassenfrage, waren nun wirklich nicht mein Fachgebiet und Interpretationen diesbezüglich noch weniger. Er ließ sich nicht beirren. *»Man macht uns heute noch Vorwürfe. Wir sollen weiter büßen, aber das ist falsch. Niemand konnte sich dem entziehen. Entweder du entscheidest dich für ihr Leben oder dein eigenes. Folge oder falle. So etwas geht an niemandem spurlos vorbei.«* Ich zog einen Schlussstrich, denn ehrlich gesagt war ich nicht hier, um über Vergangenes zu streiten. *»…ich will dir die Zukunft zeigen.«*

Im Keller war es so weit. Ich konnte es kaum noch erwarten. Vor einer grün lackierten, jedoch von Rost zerfressenen Stahltür hielten wir, denn hier unten gab es so gut wie kein Licht. Ich sah die fragenden Augen von Dennis, der nicht wusste, was er von all dem halten sollte. Doch er würde bald verstehen. Ich trat vor ihn, griff mit beiden Händen nach der Blende und zog mit aller Kraft. Ich öffnete die Tür nur für einen schmalen Spalt, denn es folgte der Moment, in dem in mir der erste Zweifel aufkam. War meine Wahl diesmal richtig? Ich kehrte für einen kurzen Moment in mich, überdachte meine Entscheidung, mein Tun, mein Handeln. Dieser immense Druck, der sich in mir aufbaute, machte mich fertig, das dämmernde Licht müde. Ich sah ein letztes Mal zu ihm, in diese unscheinbar, neugierig dreinblickenden Augen. Dann riss ich mit aller Kraft diese verdammte Tür auf. Mein Herz schlug wie verrückt. Ich atmete schnell, heftig. Das Innere hinter der offenen Tür offenbarte nichts. Es war noch zu dunkel. Mein Herz schlug so kräftig, dass ich es beinahe aus meiner Brust hätte heraus hören können. Lag es am Aufwand oder der Angst? Ich könnte diese Frage später nicht mehr beantworten. Langsam trat ich hinter ihn und schob ihn über die Schwelle, gerade so weit, damit ich die Tür hinter uns schließen konnte. Der Laut des Riegels, welcher sich über das rostige Material schob, verursachte Schmerzen im Bereich des Innenohrs. Die Furcht erreichte ihr Maximum, denn nun waren wir beide von vollkommener Finsternis umhüllt. Das runterhängende Kabel, welches mit vier zwölf Volt Autobatterien hinter der Tür verbunden war, glitt durch meine Hände. Dennis sah ins Nichts, doch mit nur einer simplen Handbewegung sollte sich das schlagartig ändern. Drei an der Decke platzierte Transistorleuchtröhren, mit einem Abstand zu je einem Meter voneinander, flackerten kontinuierlich ansteigend auf und erhellten schließlich den gesamten Raum, der sich viermal fünf Meter vor uns ausbreitete. Ihm verschlug es den Atem. Alles war vorbereitet.

Die Wände, der Boden, alles feinst säuberlich mit Folie abgedeckt und mit Panzertape miteinander verbunden. Es wirkte wie in einem Reinraum. Kein Vergleich zu den äußerlich herrschenden Umständen. Das Licht, welches von einer Wand zur nächsten geworfen wurde, erschien heller als das der Sonne. Die Folie reflektierte einfach alles. Auch uns. Der Boden darunter glatt und leicht befahrbar. Kein herrenloses Steinchen befand sich dort. All das... nur für ihn. Selbst die Möbel, die vorhanden waren, ein Regal, ein Stuhl, ein Schrank, die Werkbank an der gegenüberliegenden Wand, alles war überzogen mit diesem durchsichtigen, stabilen Plastik. Mittig des Raumes ein vereinsamter Tisch, mit einem einfachen weißen Laken zugedeckt. Die kleinen, schmalen Oberlichter, die den einzigen Kontakt zur Außenwelt bieten sollten, waren von dieser vollkommen abgeschnitten. Licht drang nicht hinein und was noch viel wichtiger war, nicht hinaus. Ein Meisterwerk eigenständiger Kunst. Es kostete mich viele Stunden und Mühen. Viel Arbeit steckte in diesem Projekt. Dennis erstarrte. Ich dagegen war stolz. *»Was ist das hier?«*, fragte er mich. Ich erwiderte überzeugt: *»Der Schritt in dein neues Leben.«* Ich stürzte voran, musste ihm schnell alles zeigen. Er verstand nicht, folgte mir nur vorsichtig. Ich hingegen blühte vollkommen auf. *»Ist das nicht fantastisch?«* Doch dann bemerkte ich seine Anspannung, die sich einfach nicht legen wollte. Er schien etwas zu ahnen, obwohl er es im eigentlichen Sinne nicht konnte. Ich trat hinter den Tisch und bat ihn winkend näherzukommen. *»Unser Bewusstsein lechzt ständig nach neuen Erfahrungen, damit es im entscheidenden Moment die richtige Entscheidung fällen kann. Manche Erfahrungen sind dabei so intensiv, dass sie den Körper bei ihrer ersten Konfrontation mit ihr zunächst lähmen, ihn dann aber zur Höchstform* *hochfahren lässt.«* Das Plastik knatterte unter seinen Reifen. Mit meinem Finger an meinen Mund gepresst, erreichte ich nun den Höhepunkt seiner Spannung. Es sollte absolute Stille herrschen, wenn sich der Vorhang öffnete. Schwungvoll zog ich das Laken weg und Dennis riss sofort die Augen auf. Nicht ein Muskel regte sich in seinem Körper. Eine Reaktion, die ich zunächst negativ deutete. *»Erkennst du das?«,* fragte ich ihn ernst. Er kam näher, schlug schlagartig die Hände vors Gesicht. Es war der alte Mann vom Markt. *»So glücklich wirkt er jetzt wohl nicht mehr«,* scherzte ich. Auch ihn hatte ich in Plastik eingeschnürt, sein Mund mit Panzertape abgeklebt. Die Tatsache, dass er nackt war, war nicht vordergründig. Ohne seinen Blick abzuwenden, versuchte Dennis sein Gefährt wieder zurückzusetzen, doch griffen seine nervösen Hände stets ins Leere. *»Bist du wahnsinnig…«,* schrie er entsetzt. *»…bist du nun völlig übergeschnappt?«* Er hielt mich für einen Irren. Ich sah ihn nur verständnislos an. Erwartete er tatsächlich eine ernste Antwort auf diese Frage? Ich drehte ihm den Rücken zu, während er mich unentwegt beschimpfte. Ich nahm ein Messer aus der Schublade der Werkbank und legte es vor mich. Dennis fing unterdessen sofort an, seine Hände an das Plastik zu legen und hektisch daran zu ziehen. Er wollte ihn befreien, doch das mochte ich nicht. Er versuchte es zu zerreißen, doch das durfte er nicht. Ruckartig drehte ich mich wieder um und stieß das Messer mit aller Kraft genau zwischen die Beine des alten Mannes, entlang inmitten des Holztisches. Dennis schreckte zurück und schrie auf. *»Du bist wahnsinnig!«* Ich machte langsam einen kleinen willkürlichen Schnitt in des Mannes rechten

Oberschenkel und beantwortete die vorangegangene Frage mit einem lang herausgezögerten, verächtlichen *»Nein!«* Dennis verschlug es die Sprache, betrachtete mein Tun mit einem Übermaß an Abscheu. Unser Objekt begann unterdessen am ganzen Körper fürchterlich zu zittern. Beinahe lautlos stieß es einen schmerzerfüllten Schrei hinaus, der durch das Klebeband gedämpft wurde. Das Blut pulsierte aus dem Fleisch des alten Mannes.

»Ich sagte doch, es geht um Erfahrungen. Ich bin hier, um dir etwas beizubringen, nicht mehr, nicht weniger«, fügte ich hinzu. Meine sachliche und schlichte Art enttäuschte erneut. Panisch versuchte Dennis plötzlich den Raum zu verlassen. Mit dem Messer in der Hand holte ich ihn natürlich unter Einsatz gesunder Beine spielend ein. Ich hielt das Messer vor mich her und machte einen Schnitt in die Luft, direkt vor Dennis' Gesicht. Es wirkte zusätzlich beängstigend und erfüllte seinen Zweck. Dennis blieb stehen. *»Weißt du eigentlich wie lange ich gebraucht hab ihn mit der Sackkarre hierunter zu bekommen. Ist dir klar, wie viele Stunden an Vorbereitung mich das gekostet hat? Dass alles ist für dich, nicht für mich.«* Fluchend schlug er nach mir, wehrte sich zunehmend, als ich ihn an die alte Stelle zurückschob. Anschließend, um weiteren Ausfällen vorzubeugen, hob ich ihn aus seinem Gefährt und verfrachtete ihn in den für ihn vorplatzierten Stuhl. *»Ich kann das nicht. Ich gehöre hier nicht hin«,* japste er. Mit einem Tritt stieß ich seinen Rollstuhl in eine für ihn nunmehr unerreichbare Ferne. Eine adäquatere Wortwahl als *»Du Arschloch!«* fiel ihm zu dieser Aktion nicht ein.

Er reizte mich sehr, doch ich würde meine Kräfte noch brauchen. Ich trat wieder langsam trottend

zurück hinter den langen Tisch, von wo aus ich ihm ein wenig Luft zum Atmen gab. Ich sah hinunter. Das Messer in meiner Hand beirrte mich. Nur eine falsche Bewegung und die scharfe Keramikklinge würde zu einer ernsthaften Verletzung führen. Es musste weg. Mit einem Ruck stieß ich es nachdenklich gestimmt in des Mannes Unterschenkel, wo es vorerst verbleiben sollte. Wieder ertönte dieses dumpfe Stöhnen und sofort presste ich meine Hand als Verstärkung über das zu dünne Klebeband an seinem Mund. Ich war verwirrt, musste die Gedanken ordnen. Wie sollte ich Dennis klar machen, was ich hier für ihn tun wollte? Ich dachte daran, der Situation vielleicht ein wenig mehr Persönlichkeit zu verleihen. *»Das ist Bernd«*, sprach ich so vor mich hin, doch Dennis ließ das völlig kalt. Ich überlegte weiter, aber eine Idee wollte mir einfach nicht kommen. Ich entfernte vorsichtig das Klebeband von Bernds Mund und legte es sanft auf seine Brust. Er schrie zunächst, was ich ihm natürlich angesichts der Schmerzen kurz gewährte. *»Unser Freund steht momentan unter dem Einfluss der schwarzen Tollkirsche, was den etwas beißenden Geruch hier, das widerliche Schwitzen da und die großen Glupschaugen dort erklärt. Giftiges Zeug, aber durchaus effektiv und vor allem frei erhältlich. Ein Geschenk der Natur, wenn man so will, so wie unser Bernd hier.«* Ich dachte, frischer Wind würde uns unter Umständen eine neue Sichtweise liefern. *»Was wollt ihr?«*, winselte Bernd, während er abwechselnd zu mir und zu Dennis sah. Sein Kopf so fixiert, dass er geradeso den Raum überschauen konnte. *»Ihr… ihr seid noch Kinder. Habt ihr eine Ahnung, was ihr hier tut? Wie alt seid ihr? Zwölf?.«*
»14«, korrigierte ich ihn. Und was sollte das „Ihr". Noch gab es kein „Wir". Aber woher hätte er das

wissen sollen. *»Das ist doch Wahnsinn, in was für einer Zeit leben wir eigentlich? Los. Macht mich los!«*, krächzte und fauchte Bernd. Sein aggressiver Tonfall missfiel mir. Ich zog das Messer mit einer langsamen Handbewegung wieder heraus und blickte ihm währenddessen in sein verschwitztes Gesicht, mit dem er wieder fürchterlich zu kreischen anfing. *»Vielleicht ermutigt dich das ja für einen kurzen Moment die Klappe zu halten. Ich versuch hier nachzudenken.«* Naja, vielleicht hielt ich es auch einfach nur für eine gute Idee. Dennis zitterte wie Espenlaub. Er bot mir das Bild, wie es bei dem Autounfall gewesen sein musste. Dies schien mir nun der perfekte Zeitpunkt ihm ein wenig mehr über Bernd zu berichten. *»Dennis, Bernd. Bernd, Dennis. Soviel zum „Wer". Bernd Köhring. 53 Jahre alt. Wohnhaft Ludolfstraße 7, 54427 Kell. Vater zweier Kinder, Großvater von beachtlichen sieben Enkelkindern. Hobbys: Gartenpflege, Radfahren, etwas mit seinen Enkeln unternehmen… Lieben Sie ihre Enkelkinder? Vermutlich. Bernd ist Witwer, derzeit mittellos, da er letztes Jahr das gesamte Erbe seiner Frau verprasst hat. Na, was sagt uns das über dich? Wer Schulden macht, muss diese auch begleichen…«* Ich liebte dieses Spiel. Es war mein Spiel. *»…jedenfalls fährt unser Bernd einen silbernen Van der Marke Ford, lebt in einer bescheidenen Doppelhaushälfte zur Miete und hat seit Längerem kein Namensschild an seinem Briefkasten. Warum bloß, Bernd? Soll man nicht wissen, wo du zu finden bist?«*

In Bernds Augen las man die pure Verzweiflung. Seine Ausflüchte würde ich nie wieder vergessen können. Er bot uns Geld, viel Geld. Geld, das in Wahrheit nicht existierte und womöglich darauf abzielte, dass er mir nicht zugehört hatte. Er war erbärmlich. Dennis klammerte sich unterdessen hartnäckig an seinen Stuhl. Ich mochte den Ausdruck auf seinem Gesicht. Ich fand es irgendwie aufregend. Leicht über Bernds Torso gebeugt begutachtete ich den Zustand seiner Fesseln. Der Schweiß presste sich zwischen Fleisch und Plastik hin und her, so wie bei einem dieser Lavakissen deren Inhalt man im heißen Wasser zu einer gelförmigen Substanz erhitzte. Dennis hatte zum Glück keine Schäden an der Folie verursacht. *»Vorab. Ich muss mich bei dir entschuldigen, dass wir uns so in dein Leben drängen. Ist wirklich nicht die feine Art und zeugt keinesfalls von Respekt. Ist das doch eigentlich dein Jagdrevier hier. Oder irre ich mich da?«*, fragte ich entspannt und gut gelaunt beim Vorbeigehen. Eine schöne Metapher. Leider jedoch schwer zu verstehen, wenn einem der Geruch des eigenen Urins in die Nase stieg. Es beschränkt das Denkvermögen. Niemand der Beteiligten ahnte, worauf ich hinaus wollte. Dennis bettelte mich endlich an Schluss zu machen, Bernd gehen zu lassen. Bernd unterdessen flehte mich an, ich solle auf meinen Freund hören und ihn losschneiden. Aber wie konnte ich das? Neben einem kreischenden Rentner musste ich mich nun auch noch mit einem winselnden Kind rumschlagen.

»Bernd ist ein Pädophiler«, schrie ich wutentbrannt in den Raum hinein, was für Schweigen sorgen sollte. Ich ließ die Botschaft erst einmal wirken. Dennis sah zu mir auf. Aber ich hingegen sah lieber zu Bernd, als ich meine Worte wiederholte. *»Ja, es stimmt... unser lieber Bernd hier ist verrückt nach kleinen Mädchen...«* Schockierend. So wie es aussah auch für Bernd. Dieser fragende Blick. Die Verwunderung in Bernds Gesicht ließ mich stark erzürnen und es wollte

kein Ende nehmen. Meine Handfläche öffnete sich wie von Geisterhand ganz von selbst und der Rest nahm automatisch seinen Lauf. Den Schlag vollzog ich nicht. Vielmehr wollte meine Körperhaltung ihm verdeutlichen, er solle diesen gespielten Blick ablegen. Es handelte sich hier um Fakten und keine Fiktion. Diese Heuchelei an Unwissenheit machte mich krank. Er wusste ganz genau, dass ich es weiß. Das kleine Mädchen vom Markt gehörte nicht zu der Blutlinie der Köhrings. Unser erstes Aufeinandertreffen war auch das Ihrige. Dennis sollte wissen, dass die Kleine allerdings den nächsten Morgen nicht mehr erleben sollte. Meine Stimme wurde ruhiger, das spürte ich förmlich. Ich riss mich zusammen, durfte nicht den Überblick über das Ganze verlieren. Dennis sollte nun verstehen, um welche Botschaft es hier ging. Also presste ich meine Handfläche auf Bernds Mund, damit er mich nicht unterbrechen   konnte.

»Ein Mann nimmt sich was er will, wie er will und wann er will. Der eine stiehlt, ein anderer verkauft Drogen, wieder andere schlagen ihre Frau. Und dann gibt es noch diejenigen, die töten. Aus Frust, Neid, oder manchmal auch aus Lust, weil es sie sexuell erregt oder ihnen anderweitig einen Kick verschafft. Sie erliegen einem Bedürfnis, dem einzig übergeordneten Motiv des Tötens. Es erregt sie, weil sie etwas vollkommen Reines zerstören können, einfach nur weil sie glauben es zu können. Sie wollen ihrer Macht Ausdruck verleihen. Ihre Überlegenheit ausspielen. Sie verspüren kein Gefühl von Reue oder Scham für ihre Tat. Sie hoffen auf Verständnis und Entschuldigungen. Und Menschen wie wir, die Zuschauer, müssen uns mit ihrer Existenz abfinden,

werden gezwungen einfach nur zuzusehen, obwohl es in unserer Macht liegt zu handeln. Wir wollen etwas, bekommen es aber nicht. Nennen wir es heute Gerechtigkeit oder Genugtun. Jeder kennt das uralte Gesetz. Auge um Auge. Zahn um Zahn. Aber den Drang jemanden zu bestrafen, ihm seiner gerechten Strafe zuzuführen, empfinden wir heutzutage als verwerflich. Die Gesetze von damals gelten heute offiziell nicht mehr. Neuerdings gibt es da diese zweite Stimme, die sich in unseren Kopf eingebrannt hat und die sich ständig zu wiederholen scheint. Eine Stimme, die da nichts zu suchen hat, die gegen all das spricht, was wir wirklich empfinden. Unser Gedankengut ist vergiftet durch Regeln, dem Einfluss der Gesellschaft, die glaubt, dem vereinzelten Normalbürger diese Bürde nicht auferlegen zu können. Seid human. Reiche deinem Gegenüber die Hand, auch wenn du ihn nicht kennst und er vermutlich AIDS hat. Lasst uns alle in Frieden leben, denn wir sind doch alle gleich. Schwarze, Weiße, Homosexuelle… und unser Bernd hier. Aber wer sagt das? Das muss ein erstaunlicher Mensch sein, der das alles einfach so, ohne Fragen zu stellen, wegstecken kann. Die Wahrheit ist, es ist Wunschdenken. Insgeheim wissen wir es alle besser. Jeder macht Unterschiede. Wir machen Unterschiede. Wir haben unsere Meinungen, für die wir aber nur einstehen dürfen, wenn sie ethisch vor anderen vertretbar sind. Innerlich, und das ist die einzige Wahrheit, zu der wir stehen sollten, denken wir alle anders. Es ist so feige. Menschen wie er spielen gegen jede dieser Regeln, Dennis. Es gibt Gesetze, aber hält sie das ab? Nein. Wir haben Gesetze, die uns vor ihnen und vor uns selbst schützen sollten, aber in Wahrheit schützen sie nur sie.«

Mein Vortrag erinnerte mich an ein Referat, das ich letzte Woche in der Schule halten sollte. Nur, dass meine Finger dabei nicht durch die Haare eines alten, schlotternden Mannes fuhren und ich meine Überzeugungen nun praktisch umsetzen durfte. Dennis beruhigte sich langsam, zumindest schien es so. Er lehnte sich vorsichtig vor und sah verwundert zu Bernd, der alles mit hektischen Kopfschüttlern abstritt, was ich zu sagen hatte. Er wehrte sich überzeugend. Ich nahm die Hand von seinem Gesicht und wischte sie an meiner Hose ab. Doch Bernd fing auf einmal an klarere Worte walten zu lassen. Er habe keine Ahnung. Er wüsste nicht, wovon ich redete. Es sei alles ganz anders gewesen. Und Dennis lauschte hellhörig seinen Ausführungen. Er zweifelte. Nicht an Bernd, sondern an mir. *Was du hier tust, ist falsch.* Es war erstaunlich zu beobachten, wie ein so schlichtes Erlebnis derartige Wellen schlagen konnte. Unter all den Sternen und Galaxien im Universum, in dem wir nicht mal einen Bruchteil der Zeitrechnung existierten, konnten zwei Menschen in diesem Raum allem eine kleine Bedeutung geben. Für uns. Staubkörner in einem verlorenen Universum. *»Das hier ist nicht deine Aufgabe. Du bist kein Henker. Wir übergeben ihn der Polizei. Ich verstehe, was du fühlst, es ist Unrecht. Es macht uns nicht besser. Wir rufen die Polizei und übergeben ihn. Ich werde für dich aussagen, deine Version der Geschichte bestätigen. Was auch immer ich damals dort gesehen habe. Ich werde es bestätigen. Du kannst mir vertrauen.«* Dennis schmierte mir zusätzlich Honig um den Mund, bejahte alles, was ich sagte, stimmte mir zu. Aber ich erkannte seine Taktik. Alles was er brauchte waren Beweise um die Zweifel beiseite zu räumen. Und die wollte ich ihm liefern. Ich wandte mich erneut der

Werkbank zu und warf ihm die Fotos, in einer Mülltüte verpackt, in den Schoß. Ihr Anblick widerte mich an. Die Posen, die Ausdrücke. Wie er das kleine Mädchen in das Haus lockte. Wie sie weinte. Dennis sah die Bilder, aber er erkannte nicht dasselbe wie ich. Doch Bernds flüchtiger Blick erfasste eines der Bilder. *»Ihre Mutter kam sie nicht abholen, wir haben draußen gewartet, aber sie kam einfach nicht. Laura sollte bei uns übernachten, aber sie hat Angst vor den Katzen... deswegen war ich mit ihr in der Stadt und...«* und da wurde es Bernd klar. Er erkannte uns. *»...ihr zwei seid die vom Markt. Und du...«,* er deutete auf mich, *»...du hast mir nachgestellt... du hast Fotos gemacht vor der Eisdiele am Bahnhof.«* Sein Gedächtnis schien intakt. Es war nicht einfach sie unter all den Menschen wiederzufinden. Ich musste nichts anderes tun, als zu warten. Bernd enttäuschte nicht. *»Verdammt noch mal, sie ist die Tochter meiner Nichte. Zu Hause stehen Bilder von ihr und der ganzen Familie in jedem Zimmer. Ich bin kein Perverser. Bitte glaubt mir doch«,* winselte er. Ich nahm ein Tuch aus meiner Tasche und band das Bein ab. Es sollte nicht zu einem vorzeitigen Ende kommen. Ein Kollaps hätte nur alles verkompliziert. *»Natürlich siehst du dich nicht als Perversen. Das ist mir vollkommen klar Bernd. Aber die Sichtweise der Anderen ist hier nun mal ausschlaggebend. Ein Kind in der Blüte seines Lebens zu töten wird in diesem Land noch nicht mit einem Orden belohnt. Außerdem will ich auch kein Geständnis von dir hören. Das Urteil ist bereits gefallen.«* Dennis betrachtete unterdessen weiter die Bilder. Ich sah, wie die Wut in ihm aufstieg, was mich dazu bewegte weitere Äußerungen Bernds aus der Unterhaltung auszuschließen. Ich nutzte dafür erneut den Streifen auf seiner Brust. Dann sah ich zu Dennis und fragte ihn: *»Es ist etwas anderes, wenn einem die Wahrheit vor Augen geführt wird, während der Täter vor einem steht. Aus der Ferne ist es für die Abseitsstehenden leichter ihre Wut zu unterdrücken. Er ist nicht nur eine Tagesnachricht, die kurz über den Bildschirm flattert. Es ist nicht mehr so leicht einfach wegzusehen. Vertraust du mir oder ihm?«* Eine Enttäuschung folgte der nächsten und sie übertrafen sich fortwährend. Ich sagte ihm, ich hätte ihm Natrium-Thiopental geben. Ein Wahrheitsserum, welches zur Anregung des Kommunikationsbedürfnisses und Offenlegung wiederkehrender Gedanken führen konnte. Doch das wäre gelogen gewesen. *»Selbst wenn das alles wahr wäre, was zum Teufel macht dich dann besser?«* Er hatte recht. Eine berechtigte Frage. Zwar keine Antwort auf die Meinige, aber dennoch sehr passend. Auch ich verspürte keine Reue. Auch ich verspürte kein Mitleid für meine Opfer. Nicht für Menschen wie ihn. Nicht für Bernd. Auch sonst nicht. Aber ich hatte meine Prinzipien. Mein Hass galt nur den Schuldigen. Und so sollte es bei allen sein. Diese Menschen fallen auf. Man musste nur richtig hinsehen. Wer es nicht tat, war Bernd ebenwürdig. Niemand kann Schuld von sich weisen, indem er wegsieht, falsch interpretiert. So wie meine Mutter es tat, die meine Schreie in der Nacht wohl falsch interpretiert haben musste. Ich sah genau hin. Ich ignorierte nicht die Zeichen. *»Du sagtest, was hätte dein Leben noch für einen Sinn? Das hier... genau dieser Moment... Der Moment, in dem du etwas bewegen kannst... richtigstellen.«* Ich formulierte einen nüchternen Appell. Jener, der aus uns allen herauszubrechen versucht. Heute hatte er die Möglichkeit all das zu ändern. Seinem natürlichen Instinkt zu folgen. Das

Gefühl von Freiheit zu erleben. Ich war ihm überlegen, sowohl körperlich als auch geistig.

Er wollte nicht schweigen, doch er tat es. Er fühlte sich schwach, klammerte sich an die moralischen Grundsätze, die in ihm geschmiedet wurden, während in meinem Kopf Mozarts Schuldigkeit des ersten Gebots erklang. *»Was würden wir ändern? Wer würde erfahren, wieso wir es taten? Er hat es verdient, ja… doch was bedeutet das für uns? Was macht das aus uns?«* Tänzelnd schritt ich durch den Raum, schenkte Bernd nun meine volle Aufmerksamkeit und ließ Dennis mit seinem Gedankengut allein. Meine Finger glitten im Takt tapsend über die Folie an seinem Unterschenkel. Meine rhythmisch musikalische Stimmung verwandelte sich in blanke Wut, doch behielt ich die Kontenance. *»In einer Welt voller Schwächlingen gaben sie uns Redeverbot. Sie, die Erwachsenen, sagen uns wann und wie wir leben sollen und wir nehmen es hin. Sie sagen uns, was für uns das Beste ist. Wir nehmen es hin. Sie geben vor, was richtig und was falsch ist und wir nehmen es hin. Wir nehmen es hin, weil wir uns nicht trauen die Frage zu stellen, auf die es keine Antwort gibt. Aber Gesetze zählen nichts in einer freien Welt. Freie Menschen, egal welchen Alters, entscheiden was und wann wir etwas tun. Wir entscheiden über Leben und Tod, bis wir selbst Opfer dieser Entscheidung werden. Du Bernd, mein Freund, hast deine Wahl bereits vor Ewigkeiten getroffen.«* Es gab so vieles, was ich ausdrücken wollte, mir von der Seele reden. Doch die Zeit lief mir davon. Die Gedanken überschlugen sich. Ich hatte keine Ahnung, ob Dennis mir folgen würde, aber langsam musste es weitergehen. Meine Planung folgte einem strengen, zeitlich beschränkten und logischen System. Ihr System hingegen beruht auf Erfahrungen. Sie glauben es ermächtigt sie über das Schicksal Entscheidungen treffen zu können. Gib einem Kind eine Waffe in die Hand und es entscheidet ebenso klug wie ein Erwachsener. Das Messer sollte nun von Dennis' Hand geführt werden. *»Ich will, dass du heute, hier und jetzt, Gerechtigkeit walten lässt. Sei die Stimme derjenigen, die nicht mehr für sich sprechen können.«* Meine Hände umschlossen das kalte Metall seiner Armlehnen und zogen ihn näher an den Tisch heran. Dann entfernte ich mich vorsichtig und wollte dem Ganzen weiterhin nur noch als Zuschauer beiwohnen. Ich sollte nicht länger die treibende Kraft in diesem Spiel sein, denn ich hatte alles gesagt, was zu sagen war. Dennis' Hände zitterten. Er hatte Angst. Das erste Mal ist immer schwer. Jeder hat seine Art mit dieser Angst umzugehen. *»Ich kann das nicht«,* flüsterte er, während sich eine einsame Träne über seine Oberlippe ihren Weg bahnte. Ich schüttelte nur enttäuscht mit dem Kopf. Er sah mich an, suchte Hoffnung in meinen Augen, Erbarmen. Ich hingegen antwortete nur mit einem zustimmenden, jedoch eindeutigen Nicken, das ihm sagen sollte, alles wird gut, ich bin da. Es brauchte jedoch noch eines gewissen Schubses. *»Sieh nicht mit den Augen der Anderen. Wir sind hier. Wir treffen nun diese Entscheidung, die wir für richtig halten. Sprich das Urteil mit der Waffe in deinen Händen, so wie er es einst tat. Leg endlich den Glauben, du seist schwach, ab. Nicht deine Beine tragen dich durchs Leben, sondern dein Verstand. Dein Wille. Akzeptiere wer und was du bist.«* Musste ich denn jeden Krieg alleine schlagen? Der Schweiß auf seiner Stirn, wie er das Messer hielt. Diese penetrante Form von Schwäche.

»Und was, wenn wir ihn gehen lassen, ihn der Polizei übergeben?« Ich sah ihm tief in die Augen und bewies meine Entschlossenheit ein weiteres jedoch letztes Mal. Keine weitere Zeitschinderei, keine weiteren Ausflüchte. Ich zerstörte jedwede Hoffnung in ihm. *»Eher töte ich uns alle...Tue es«*, flüsterte ich für alle unmissverständlich. Ich schrie fordernd: *»Tue es!«* Doch Dennis überlegte weiter. Zu sehr ließ er sich von Bernds Tränen beeindrucken. Seiner vorgetäuschten Reue im Angesicht des Todes. *»Tue es jetzt! Tu es!«* Immer wieder sah er abwechselnd zu mir, dann wieder zu Bernd. Meine Stimme brach endgültig zusammen. *»Tue es endlich!«* Sie verbrauchte so viel Kraft, dass ich dabei meine Lider schmerzvoll zusammenpresste. Dann hörte ich ein Knacken und es herrschte vollendende Stille. Ich atmete ruhiger, mein Herzschlag verlangsamte sich. Ein Stechen in meiner Brust. Womöglich durch die Anstrengung? Ich öffnete meine Augen, beruhigt und gefasst. Das Messer steckte bereits bis zum Anschlag des Knaufes in der Brust. Bernds Brust. Mich überfiel ein Gefühl des Stolzes. Im ersten Moment wusste ich nicht was, ich sagen sollte. Bernd konnte es ebenfalls nicht, denn sein Mund stieß kleine Blutbläschen hinaus, die nach und nach an der Luft zerplatzten. Sprachlos schritt ich an den Tisch heran. Das sternförmige Muster auf Bernds Torso, diese Symmetrie der Blutschlieren. Ich hätte es nicht besser machen können. *»Ein Staubkorn im Universum«,* ertönte es ganz leise hinter mir. Ich blickte zurück. Er sah stur auf den Boden, völlig in sich gekehrt, völlig still. Vorsichtig beugte ich mich vor ihn hinunter und legte meine Hände auf seine Schultern. Ich versuchte, ihm Mut zu machen. *»Nicht länger ein unbedeutendes Staubkorn!«*

Ich richtete mich auf und widmete mich meiner
Aufgabe des Projekts. Vorsichtig zog ich die Klinge
heraus und legte sie neben Bernds Kopf. Er zuckte
noch kurz, dann war es auch für ihn vorbei. Es war so
wundervoll, wie sich das noch frische Blut seinen
Weg an der Klinge entlang bahnte. Ich wendete sie,
um dessen weiteren Verlauf bestimmen zu können.
»Was habe ich getan?«, flüsterte Dennis. *»Das, wofür
wir bestimmt sind. Das, was die Natur für uns
vorgesehen hat«,* entgegnete ich ihm. Er fragte mich,
was mich so sicher mit Bernd gemacht hätte, welche
Wahrheit die einzige Wahrheit gewesen wäre. Ich
hatte keine Antwort darauf. Meine Hand glitt in die
Tasche zu meiner rechten und zog den Zettel heraus.
Es war an der Zeit die Regeln zu verkünden. Die
Regeln, die mein Mentor einst für mich bereithielt
und die nun uns leiten sollten. Seine Ausbildung
konnte beginnen.

20:15 Uhr
*»Ein 44-jähriger Mann aus Texas gestand die schwere
sexuelle Nötigung eines Kindes in 69 Fällen und
Misshandlung in elf weiteren Fällen. Das Gericht
entschied, dass der Mann eine Haftstrafe von 80 Mal
lebenslänglich bekommt. Am Ende der Verhandlung
schreitet der Verteidiger an das Klägerpult und fragte
den Staatsanwalt. »Warum forderten Sie so eine
hohe Strafe?« Und der Staatsanwalt erwiderte. »Nur
für den Fall, dass er die ersten 79 überlebt.« Eine
passende Geschichte, bei der man entweder lachen
oder weinen möchte. Die Nervosität und der Drang
nach einer Zigarette steigen. Die vergangenen
Stunden schieden dahin wie Sekunden. »Aufregend.
Mit anderen Worten, beängstigend. Mir war nicht*

bewusst, wie weit er bereit war zu gehen.« Er hatte meiner kleinen Anekdote gar keine Aufmerksamkeit geschenkt. Ich runzele die Stirn und fixiere seine inzwischen zusammengewachsenen Augenbrauen. »Sagen Sie mir die Wahrheit, Thomas. Würden Sie jemanden wie mich wirklich kennen und um sich haben wollen? Jemanden, der so blind gewesen war und hilflos danebenstand.«

Eintrag 26.05. - 14:00 Uhr.

Diese Woche war etwas Besonderes für mich. Vor drei Tagen ging es in die große Stadt. Ich wollte mal nicht zu Hause bleiben und den Tag genießen. Die ganzen Tage über ist es schon so heiß. Ich gönn mir ein Eis und ein wenig frische Luft. Die Leute sind außer sich. In den Kneipen schrien sie immer wieder 7:0, 7:0. Die EM kommt endlich richtig in Fahrt. Aber das ist nicht alles. Heute kam nach langer Zeit des Wartens endlich mein Buch an und ich konnte es ohne längere Wartezeit bei „Bücher Bartz" abholen, „Der Schatten des Windes". Ich bin völlig hin und weg. Die Spannung ist kaum auszuhalten. Es gab sogar eine gratis Kappe zum Buch mit dem kursiv verzierten Buchtitel auf der Front, was mich sehr gefreut hat. Die ersten 20 Seiten verschlang ich förmlich und sie mich. Leider kenne ich das Ende schon. Leider hab ich nicht genug Zeit es in der kurzen Zeit fertig zu lesen.

Eintrag 30.05. - 12:30 Uhr.

Der Verkauf meiner restlichen Bücher steht bereits übermorgen an. Ein weiteres Jahr ist vorbei und ich muss mich auf neue Gesichter vorbereiten. Der Wechsel macht mir ein wenig Angst, aber so ist das nun mal. Heute gab es Spannungen im Paradies. Gegenüber macht sich Ärger breit. Der Umzugswagen blockiert den ganzen Vormittag schon die Einfahrt. Svenja hat das tierisch gestört, aber Christoph bleibt mal wieder die Ruhe selbst. Sie wollen heute Abend hinübergehen, sich beschweren und möchten mich mitschleppen. Die Anwesenheit des Krüppels würde ein mögliches Faustfliegen vermeiden. Ich bin doch kein Hund. Egal. Ich muss mein Experiment fortsetzen. Ich ringe noch mit mir, liebes Tagebuch. Was, wenn ich mich irre? Was, wenn… Soll ich es Ihnen sagen? Ich muss warten.

Eintrag 02.07. - 21:40 Uhr.
Es ist nun fünf Tage her. Die Ereignisse dieses Nachmittags werde ich wohl nie ganz vergessen können. Er schien so aufrichtig. Seine Tat hatte durchaus etwas Ehrbares. Aber kann ich ihm auf diesem Weg folgen? Ich weiß es nicht. Das ganze Blut erinnerte mich an meine Eltern. Ich hatte Angst. Der Rollstuhl beengt mich, ich hasse ihn. Hätte ich gesunde Beine gehabt, wäre ich vermutlich sofort, nachdem das Licht anging hinaus getürmt und auf direkten Weg zur Polizei gerannt. Ich hätte Bernd vermutlich retten können. Gott, dieser Gedanke macht mich verrückt. Aber wem mache ich etwas vor? Mir. Die Realität sieht nun mal anders aus. So sehr ich mich auch dagegen wehre, ich bin schuld. Ich habe so etwas noch nie getan. Von Angesicht zu Angesicht. Gott, das ganze Blut. Diese physische und psychische Gewalt. Egal ob Bernd ein Schwein war, ich habe mich vergessen. Zwar wollte auch ich Gerechtigkeit, aber zu welchem Preis? Zu welchem Preis? Hatte er es verdient? Womöglich. Aber kann ich deswegen wieder ein normales Leben führen? Unwahrscheinlich. Fragen über Fragen. Sie quälen mich, aber letztendlich macht es doch nichts ungeschehen. Sein Blick und das Gefühl, dass ich hatte, als sich die Klinge in seine Brust bohrte. Es lässt mich nicht mehr einschlafen. Ich höre sein stöhnen, rieche den Angstschweiß, sein angsterfülltes Gesicht verfolgt mich in meinen Träumen. Das alles verfolgt mich. Er genoss das, ich nicht. Heute glaube ich, dass

es für ihn nicht das erste Mal war, aber ich kann es nicht mit Sicherheit sagen. Ich bin so verwirrt. Vorgestern Abend habe ich durch das Zimmerfenster gestarrt und sah zu ihm rüber. In dem Zimmer brannte Licht, die Vorhänge zugezogen. Ich frage mich, ob er etwas Neues plant. Wenn ja, bin ich sicherlich ein Teil davon. Ich will es aber nicht sein. Ich überlege krankhaft, wie ich dem vorbeugen kann. Sollte ich mich einsperren? Das Haus nie wieder verlassen? Verdammt, Earl's Köter wieder. Ständig dieser Lärm. Er kläfft ununterbrochen zu den ungünstigsten Zeiten. Wie soll man sich da konzentrieren. Montag bis Freitag. Samstag bis Sonntag. Nie hatte man seine Ruhe. Svenja war doch nun schon oft genug bei ihm. Aber Earl lässt das kalt. Jede Nacht dasselbe Theater. Ich mach das Fenster zu.

Eintrag 03.07. - 01:20 Uhr.
Ich kann nicht schlafen. Ich male mir in meinem Kopf aus, was er denkt. Das „Gebelle" macht mich noch wahnsinnig. Ich habe eben einen Schuh genommen und ihn rüber geworfen, aber das bringt ja nichts. Das zweite Paar Schuhe ist nun auch nicht mehr vollständig. Es brennt noch immer Licht bei ihm. Was treibt er bloß? Im Fernsehen läuft nur Mist, der Kühlschrank ist leer und ich schwanke zwischen wach und Sekundenschlaf. Zu jung für eine Tablette, zu alt das Gewissen auszublenden. Ich bin gereizt. Ein falscher Ton noch und ich laufe Amok. Verdammt, ich will schlafen.

Eintrag 03.07. - 03:32 Uhr.
Regel Nummer 1.

Heute Morgen ging ich in die Küche und nahm den Toilettenreiniger unter der Spüle. Es enthält Formalinsäure CH_2O_2. Geschmacksneutral wie Brandweinsäure. Im Kühlschrank lag noch ein Rest der Ringfleischwurst. Ich schnitt sie zur Hälfte auf, nahm ein wenig heraus, aber nur ein wenig. Der Deckel löste sich leicht trotz Kindersicherung. Ich nahm eine halbe Handvoll. Vorsichtig habe ich das weiße Pulver in das feine Fleisch gepresst. Keine Ahnung, warum ich das tat. Ich fuhr raus in den Garten und stellte mich neben den Zaun. Earl's Hund fing sofort wieder an zu kläffen und kratzte mit seinen Klauen gegen das Holz. Ich hatte Angst, doch nicht vor ihm. Die Schwelle zwischen Leben und Tod war so klein. In diesem Falle die Höhe eines Zaunes. Und ich war es, der das Stück Fleisch über diese Grenze warf. Er jaulte weiter. Ich war so… wütend. Ob er mich oder die Wurst roch, werde ich nie erfahren. Es war gut, dass ich ihn nicht sehen konnte. Ich schloss die Augen und hörte nur noch zu. Aus dem Bellen wurde ein Winseln. Aus dem Winseln ein schlappes Keuchen. Aus dem Keuchen eisige Stille. Ich hörte förmlich, wie das Leben aus seinem Körper wich. Erleichterung, auch wenn es nicht schnell ging, was ich mir gewünscht hatte. Andererseits tyrannisierte uns das Tier seit Monaten. Was waren da schon 50 Minuten? Im Nachhinein fühle ich mich schlecht. Traurig. Alles scheint sich zu wiederholen. Beladen mit Schuld, isoliert von der Außenwelt. Innerliche Verfremdung. Konfrontiert mit dem Tod, der mich die letzten Tage zu verfolgen scheint. Zu was für einem Menschen bin ich geworden? Nein. Zu was für einen Menschen hat er mich gemacht?

»Ich habe Kopfschmerzen.« Ich greife in die Tasche und ziehe ein Doset hervor. »Möchten Sie eine Ibutron?« Er verneint, woraufhin ich es wieder verschwinden lasse. »Ich nehme Sie gegen die Schmerzen in meinem Gesicht. Ich kann Ihnen versprechen, es wirkt wahre Wunder…« Er ließ daran keinen Zweifel aufkommen, verneinte jedoch abermals. »…Sie müssen sich noch ein wenig mehr anstrengen, Thomas. Was ich Ihnen noch alles erzählen werde, wird Ihre Schmerzen nicht lindern. Warum knüpfen wir also nicht direkt an Rudolph Scheer an und überspringen den Rest? Sie benötigen doch ohnehin nur einen groben Überblick für Ihre Aufzeichnungen.« Enttäuscht schüttelt er mit dem Kopf, denn ich entschied mich in meinem Leichtsinn für den schnelleren Weg. »Nein. Alles… das alles ist wichtig… einfach alles. Ich will es verstehen können.«

Am Frühstückstisch las Herb im Stadtanzeiger etwas über das Verschwinden eines Rentners im Raum Rheinland Pfalz. Die Behörden gingen von einer Flucht vor der Steuerfahndung aus. Eine stattlich hohe, ausgebliebene Vermögensteuer, so hieß es. Bernd wusste wirklich zu überraschen. Sollte er doch vorerst in dem Keller vergammeln.

Währenddessen machte uns Ulrike nervös. Ihr Hang zu theatralischen Momenten über Banalitäten war extrem. Sie war die ganze Zeit auf der Suche nach ihrem Lieblingsmesser. Ein Geschenk von ihrer Mutter zum vierten Hochzeitstag. Klein, besonders scharf, die Klinge aus Keramik. Besonders teuer eben. Herb nutzte es gelegentlich, um sich die Hornhaut von seinen Füßen zu schälen. Mir war nicht danach, also ging ich rauf in mein Zimmer, um den Streit aus dem Weg zu gehen. Gegen Abend beschloss ich spontan, ein wenig frische Luft zu schnappen. Es war eine klare und ruhige Nacht. An den Geruch des Feldes noch immer nicht gewöhnt, nahm ich zu meiner Verwunderung mehrere tiefe Atemzüge. Ich war wohl zu unruhig, als dass mich die Folgen weiter kümmern sollten. Ich zog in den Straßen umher und ließ meine Gedanken Revue passieren. Dennis. Hatte ich noch die Kontrolle? Hatte ich wirklich die richtige Entscheidung getroffen, ihn einzubeziehen? Vielleicht. Doch, das „vielleicht aber auch nicht" beschäftigte mich mehr. Zweifel überwogen die Sicherheit. Etwas das mich ausmachte. In mir tat sich etwas auf, was ich zuvor nicht für möglich gehalten hätte. Ich zweifelte an mir selbst. An einer Bushaltestelle setzte ich mich nieder und beobachtete, wie langsam die Lichter in den umliegenden Häusern erloschen. Ich war allein. Ich hob eine achtlos weggeworfene Dose vom Boden auf und warf sie in die Mülltonne neben mir. Das machte mich zwar nicht zu einem besseren Menschen, doch befriedigte es mich für diesen Moment, auch nur kurz in dieser Richtung aktiv zu werden. Jede Ablenkung kam mir gelegen. Mein primäres Problem löste sich damit aber nicht. Mein sehnlichster Wunsch nach einem Gefährten endete in einem Debakel. Ihm konnte ich deswegen keinen Vorwurf machen. Ich wollte zu viel auf einmal. Als ich wieder in den Mülleimer hineinsah, erkannte ich, dass es dieselbe Dose war, die ich an Bernd's großem Tag in Dennis' Speichen steckte. Ich räumte also gerade meinen eigenen Müll weg. Dennis auf meinen Pfad zu bringen kostete mich mehr als ich für nötig hielt. Dennis, Dennis, Dennis. Der Name ließ mich nicht mehr los. Würde er mich verraten, wäre es vorbei. Ich war nicht mehr alleiniger Herr der Lage. Regel drei. Ein Geheimnis bleibt ein Geheimnis, solange nur du es kennst. Ich brach seine Regel. Ich stand auf und beschloss mir Gewissheit zu verschaffen oder den restlichen Müll zu entsorgen. Ich schlich mich noch einmal zu uns ins Haus, um nicht mit leeren Händen dazustehen. An seinem Fensterzimmer im oberen Stock brannte noch Licht. Der Fernseher lief. Das Gras roch frisch gesprengt. Ich zog meine Handschuhe über, die mich auf meinen nächtlichen Streifzügen stets begleiteten. Man weiß ja nie, was sich an solch einem Abend alles ereignen konnte. An der Außenfassade kletterte ich über das Vordach an das Fensterbrett. Ich sah hinein und da lag er. Seinen Rollstuhl zusammengeklappt in der Ecke neben seinem Bett positioniert. Er würde nicht

genügend Zeit haben ihn aufzurichten. Doch wie würde ich hineinkommen, ohne die umliegenden Personen auf mich aufmerksam zu machen, ohne dass er vielleicht aus Angst Alarm schlagen würde. Ich sah mich weiter um. In der Dachrille fand ich ungewöhnlich viele Zigarettenstummel. Er musste wohl heimlich Stress abbauen. Die umliegenden Äste sollten diese Schwäche womöglich verschleiern, verdeckten die Rinne jedoch unvollständig. Schlampige Arbeit, was seinem Charakter weitere Minuspunkte bei mir einbrachte. Dann sah ich mir den Baum etwas näher an und mir ergab sich eine Idee. Was wenn er es für mich öffnen würde? Ich brach einen Zweig ab, trat neben das Fenster und begann kontinuierlich gegen das Fensterglas zu kratzen. Es dauerte nicht lange, ehe Dennis darauf reagieren sollte. Doch dann unterbrach ich mein Unterfangen, denn mir fiel das Doppelfenster neben diesem auf. Es war nur zwei Meter weiter von mir entfernt und eines davon stand in Kippstellung. Wie oft ich mich damals als Kind mit dieser Gelegenheit ins Haus schlich, weil ich keinen Schlüssel bekam. Es erschien leichter mir über diesen Weg Zugang zu verschaffen. Vorsichtig schlich ich rüber, glitt mit meiner Hand durch den schmalen Spalt und bewegte mit meinen Fingerspitzen den Griff in eine waagerechte Position. Ich war drin.
Beinahe lautlos stieg ich in den dunklen Raum. Die Tür zum Flur blieb unverschlossen. Ich hörte Geräusche, doch keine Stimmen. Also warf ich einen vorsichtigen Blick über die Treppe zum Erdgeschoss hinunter und sah Christoph, der mit der Hand im Schritt auf dem Sofa eingeschlafen war. Doch wo war Svenja? Ich ging zurück und betrachtete die Türrahmen der umliegenden Zimmer. Aus zweien trat

Licht. Aus jenem Zimmer, in dem er war, und dem Gegenüberliegenden. Das minderwertige Holz unter meinen Füßen erschwerte mein Vorankommen. Jeder Schritt zog ein knarrendes Geräusch nach sich. Ich beugte mich runter, um durchs Schlüsselloch zu linsen, in der Hoffnung die Situation im Vorfeld richtig einschätzen zu können. Er hatte den Rollstuhl bereits aufgebaut und stand bzw. saß vor dem Fenster. Ich umschloss das kalte Metall der Klinke und drückte es runter. Dennis vernahm es nicht. Er blickte weiterhin in die Nacht hinaus. Ich trat ein und lehnte die Tür leicht an. Im Spiegelbild der Scheibe sah ich in das ahnungslose Gesicht. Jetzt hatte ich die Chance es einfach und schnell zu beenden. Mir nie wieder die Frage stellen zu müssen, was wäre wenn? Ich schlug meinen Arm so schnell um sein Gesicht, dass er keinerlei Gelegenheit hatte, sich irgendwie zu wehren. Sein Körper fiel rückwärts aus dem Stuhl und sofort warf ich mich mit meinem gesamten Gewicht über ihn, presste ihm gewaltsam meine Hand auf den Mund. *»Ich weiß, was du vorhast… ich weiß es… aber ich lass es nicht zu«*, flüsterte ich. Die Angst stieg wieder in ihm auf. Doch leider nicht nur bei ihm. Die Überraschung meines Erscheinens lähmte ihn. *»Ich habe einen Fehler gemacht… aber den korrigiere ich jetzt. Ich dachte wirklich, dass das mit uns klappen würde, aber das Risiko ist einfach zu groß. Ich mochte dich, echt jetzt… ich hab dich gemocht. Wo ist es?«* Dennis wusste nicht, was ich meinte und schüttelte mit dem Kopf. *»Das Tagebuch, Dennis. Wo ist das Tagebuch? Ich will es sofort.«* Er bekam nur schwer Luft, aber das interessierte mich nicht weiter. *»Ich hab dich beobachtet. So wie du mich beobachtest hast. Du zwingst mich doch dazu. Was sollte der Scheiß mit dem Hund? Dachtest du, ich würde nicht* *dahinterkommen? Dachtest du, dass du vielleicht wirklich... Ich kann es nicht Peter... Ich kann es einfach nicht.«* Ich zog das Messer mit der Keramikklinge hinter meinem Rücken hervor und setzte es an seine Kehle. Keramik. Das hält wenigstens, was es verspricht. *»Ich mach es schnell, dann spürst du nichts. Es ist ein gutes Messer.«* Es tat mir in der Seele weh, ihn so zu sehen. Unbeholfen, schwach. Er presste die Lider fest zusammen, wagte nicht das Folgende mit anzusehen. Langsam führte ich die Klinge an dessen Kehlkopf entlang. Ein Art Probelauf. Auch ich sah weg. Wer wusste, wie hoch das Blut spritzen würde? Ich sah auf das Regal über seinem Bett. Es fühlte sich so an, als würden mich die etlichen Bücher in den Regalen anstarren. Nur eine kurze Bewegung und es wäre vorbei gewesen. Das Rad des Rollstuhls drehte sich immer noch. Im Fernsehen lief eine Kochsendung. Alles war so unvorhersehbar, so natürlich schlicht, genauso wie ich es mochte. Eigentlich hätte es an dieser Stelle den gewohnten Kick geben müssen, aber ich spürte nicht die elektrisierende Erregung wie sonst. Etwas war anders. Das Tagebuch lag offenkundig auf dem Schreibtisch. Ich hatte längst meine Antworten. Warum also zögerte ich? In meinen Fingern vernahm ich das Gefühl sich bewegender Lippen. Dennis wollte etwas sagen. Ich bemerkte das Zittern in meiner Hand, die seinen Mund zupresste. Noch nie hatte ich zittrige Hände gehabt. *»Schreist du, töte ich alles und jeden in diesem Haus, verstanden?«* Vorsichtig nahm ich sie weg, doch das Messer blieb. Würde er schreien, wäre es in einem Sekundenbruchteil um alle geschehen. Ich würde nicht scherzen. Das wusste er. Wir beide wussten es. Dieses Genuschelte. Der Fernseher war zu laut. Doch dann hörte ich, was er zu sagen versuchte. *»Tu es!«* Ich schreckte zurück. In seinen Augen erkannte ich, wie ernst es ihm war. *»Tu es!«* Diese Geste war unbeschreiblich. Er blieb ruhig. Kein Betteln, kein Flehen, keine Furcht. Stellte er sich seiner Verantwortung mir gegenüber? Meinte er das wirklich ernst? *»Tu es!«*

»Was macht er denn hier? Wisst ihr eigentlich, wie spät es ist?« Svenja stand plötzlich mitten in der Tür. Ich ließ das Messer blitzschnell hinter meinem Rücken verschwinden und lehnte mich leicht hinauf. Ich erschrak so sehr, dass ich nicht wusste, was ich antworten sollte. Mein Griff am Schaft wurde fester. *»Es ist 03:00 Uhr in der Früh, warum bist du noch auf Dennis? Und was macht er eigentlich hier?«* Sie trat näher. Mit jedem weiteren Schritt festigte sich der Griff in meiner Hand. Ich habe einen Fehler gemacht. Regel Nummer 2. Gehe nie unvorbereitet und kenne deine Umgebung. Emotionen bringen dich zu Fall. Und hier saß ich nun, mitten in genau dieser Situation. Schnelles Handeln war gefragt. Dennis blieb regungslos liegen, doch er wusste, was mir durch den Kopf ging. Es darf nie Zeugen geben. Er packte meinen Arm, mit dem ich das Messer zurückhielt und begann zu sprechen. *»Es ist alles in Ordnung. Ich bin aus dem Stuhl gefallen und er wollte mir nur helfen. Uns war langweilig, also hab ich gedacht, wir schauen uns einen Film an.«* Ich konnte es nicht glauben. Unerwartet. Kreativ. Dämlich? Seine blitzschnelle Reaktion, angesichts der Situation, schien schlichtweg imponierend. Und dazu noch, dass sie die Geschichte scheinbar so ohne Weiteres schluckte. Sie sah auf den Fernseher. Sahneschnitzel in Champion Soße. Mein Griff lockerte sich. Dennis blieb ruhig, hielt die Balance meines Arms. Hin und

wieder ein Blick, der mich beschwichtigen sollte. Wollte er sie oder mich schützen? Eine beängstigende Frage, wenn man die Umstände betrachtete. Svenja wartete kurz und überlegte. Dann sah sie flüchtig hinaus in den Flur und wandte sich uns mit einem ganz leisen Ton wieder zu. *»Wenn Christoph wach wird, dann weißt du, was passiert. Also: Seid leise! Macht nicht mehr so lange und in einer halben Stunde ist er verschwunden. Ok?«* Dennis nickte versteinert. Ich tat es ihm gleich. Als die Tür verschlossen war, half ich ihm wieder in den Rollstuhl und fragte ihn, warum er das getan hatte. Zunächst sagte er nichts. Er machte kehrt und fuhr zum Fernseher um ihn auszuschalten. Das leise Summen des Geräts, das abzukühlen versuchte, übernahm die Akustik. Ich starrte auf das Messer. Die schimmernde Klinge, rein und glänzend. Könnte ich es jetzt noch tun? Erst ihn, dann im Schlafzimmer Svenja den Kehlkopf öffnen, unten auf dem Sofa Christoph's Eingeweide auf dem Teppich verteilen? Diese Gedanken bereiteten mir Kopfschmerzen. Diese Unentschlossenheit. Das war nicht üblich. *»Ich gebe dir diese Chance, damit auch du mir eine gibst. Wenn du mich töten willst, dann tu es. Ich werde dich nicht aufhalten. Nur heute wird das wohl nichts mehr. Ich habe schon so lange keinen Grund mehr gefunden zu leben. Jetzt habe ich wenigstens einen Weiteren, um zu sterben. Aber du hattest recht, nicht wir selbst entscheiden darüber. Daher...überlass ich es dir diese Entscheidung auch für mich zu treffen.«* Dennis sprach zu mir, obwohl er mich nicht ansah. *»Etwas ist mit mir in diesem Haus geschehen und das kann ich nicht mehr rückgängig machen. Ich will das nicht mein Leben lang mit mir herumtragen. Aber ich will auch nicht, dass andere dafür bezahlen müssen.«* Ich *legte das Messer auf den Schreibtisch und nahm das Tagebuch. »Du weißt, das hier ist ein Fehler...«*, sagte ich, *»...wie soll ich dir da vertrauen?«*

»Das musst du nicht«, erwiderte er. Ich öffnete den schwarzen Umschlag des Buches und mir fiel auf, dass bereits einige der ersten Seiten herausgerissen waren. Ich warf einen flüchtigen Blick hinüber. Sein erster Eintrag schilderte seine anfänglichen Erfahrungen mit dem Stuhl. Ich las nur bruchstückweise die Trauer und die Unbeholfenheit heraus. Die ersten Sätze umfassten das Leid, das ihm zugetragen war. *»Es bedeutet mir etwas. Es erinnert mich daran, wer ich bin bzw. wer ich einmal war. Aber wenn du es nehmen möchtest, dann werde ich dich auch hier nicht aufhalten.«* Ich schloss es abrupt. Würde ich ihm wirklich eine neue Chance bereiten, so musste ich ihm das nötige Vertrauen schenken, das wir beide uns voneinander erhofften. Ich schob es wieder in seine ursprüngliche Position, wollte mein Eindringen spurlos hinterlassen. Die Klinge schimmerte im Mondschein und nur kurz berührten meine Finger das matte, scharfe Metall. Der Gedanke wollte nicht ablassen. Ich sah, wie Dennis seinen Kopf hob, als ich die Klinge mit der flachen Seite über den Schreibtisch zog. Dann näherte ich mich ihm vorsichtig. Er schloss seine Augen und erwartete sein Schicksal. Aber die Wahl lag bei mir, nicht bei ihm. Er drängte mich zu einer Entscheidung, die er gefällt hatte und so etwas macht keinen Spass. Meine Finger glitten über seine Schulter. *»Wir sind hier fertig.«* Ich wendete, um an das Fenster zu gelangen, in welches ich ursprünglich einsteigen wollte. Ich öffnete es und drehte mich ein letztes Mal für diesen Abend um. *»Ich gebe dir einen Grund weiterzuleben. Ein*

bedeutungsvolles Leben. Du wirst dir nie wieder die Frage stellen müssen, wer du bist.«

20:39 Uhr

»Fragen, Fragen... nichts als Fragen.« Er stellte zu viele und das durfte er nicht. »Gegenübergestellt wird es immer mehr Fragen geben als Antworten«, erwidere ich. Auch wenn es keine Fenster in diesem Raum gibt, so spüre ich, dass der Abend längst angebrochen sein musste. »Wie spät ist es?«, frage ich aus Höflichkeit. »Es ist 20:40 Uhr. Wieso? Brauchen Sie eine Pause?« Wieder eine Frage.

Fünf Sommer vergingen und mit jedem Jahrestag suchte ich mit Dennis den Ort auf, der unser beider Leben neu definierte. Wir wurden allmählich erwachsen, jedenfalls laut Gesetz. Mir missfiel der Gedanke, irgendwann nicht mehr im Schutze des Jugendschutzgesetztes zu stehen. Ein Umstand, der sich aber kaum verhindern ließ. Dennis verlor nie wieder ein Wort über jene Nacht oder die Ereignisse in dem Haus. Er lernte seine Gefühle zu kontrollieren, seine Geschichte zu akzeptieren und weiterzumachen. Ich blieb weiterhin sein stetiger Begleiter, jedoch anders als ursprünglich geplant. Es fiel mir nicht immer leicht, aber ich gab uns beiden den nötigen Freiraum. Ein Hauch Normalität. Es sollte uns beiden Heilung versprechen. Ich integrierte mich nach außen hin, passte mich den gesellschaftlichen Vorstellungen an, würde aber nie wirklich ein Teil ihrer Welt sein. Anders ausgedrückt, ich unternahm alles, um nicht aufzufallen. Doch immer wieder plagte mich diese Ungeduld. Dieses Verlangen nach mehr wollte einfach nicht von mir ablassen. Ich formte meine Listen, arbeitete fantasievoll kreative Praktiken aus. Alles im Verborgenen. Aber am Ende würde es nicht ausreichen und unausweichlich in einem ungebremsten Blutrausch enden. Ich blieb, wer ich war.

Anderen erging es jedoch nicht so. Dennis steigerte seine Sympathie zur Außenwelt, lernte sogar neue Menschen kennen. Meine Aufsichtspflicht war dadurch mehr denn je gefordert, doch ich übte Nachsicht im größeren Umfang. Wenn man sich die Vitae verschiedener berühmter Serienkiller betrachtete, so konnte man oft gewisse

Übereinstimmungen vorfinden. Zyklen, die ihrer und meiner Natur entsprachen, um am Ende dieser Bezeichnung gerecht zu werden. Ein abnormaler Bezug zur eigenen sexuellen Orientierung, die kontinuierlichen Misshandlungen seitens der Eltern, das Quälen von Tieren innerhalb der Kindheit, das nach außen hin flüchtige und freundliche Auftreten, jedoch ohne dominanten Versuch eine langfristige, feste Beziehung mit seinen Mitmenschen einzugehen. Verschlossenheit. Es ging immer darum, eine flüchtige Erscheinung in den Köpfen seiner Mitmenschen zu bleiben und nicht weiter aufzufallen. Man übt heimlich, ohne dass es die anderen merken. Außer seinen Opfern gegenüber. Denn vor ihnen musste man sich schließlich nicht verleugnen. Man genießt diese Minuten, intensiviert das Gefühl der Überlegenheit und Freiheit. Vermutlich fallen deshalb die meisten Verbrechen so grausam aus. Man entlädt eine Unmenge an angestauter Energie im Bruchteil einer Sekunde. Der damit einhergehende Rausch möchte dieses Gefühl nie enden lassen. Herrlich. *»Sei einfach du selbst«*, so heißt es doch immer.

Ted Bundy beispielsweise. Sein wahres Wesen verbarg er hinter der Rolle des eifrigen Jurastudenten. Er versteckte sich hinter einer verletzlichen Hülle, die erst per Knopfdruck die Bestie in ihm entfesselte. Seine sexuellen Motive empfand ich als abstoßend, doch seine eindrucksvollen Kreativtechniken, die er in Kombination mit einer überaus ausgefeilten menschlichen Psychologie zum Einsatz brachte, waren keineswegs zu verleugnen. Doch wie jedes strategische Brettspiel verlangte auch diese Art des Spiels seine Regeln. Regeln, die das Spiel hinauszögerten, die Momente einzigartig machten, uns bei unserer Tätigkeit schützen sollten. Ich lehrte Dennis diese Regeln, versteckt, verschachtelt innerhalb von Metaphern.

Herb verlor währenddessen seine Position als Arbeitgeber. Die Wirtschaftslage zwang ihn, wie erwartet, dazu das Geschäft an ein Konkurrenzunternehmen abzutreten und nun weiter als Angestellter dort zu arbeiten. Es versetzte der Familie Milz einen gravierenden finanziellen Schlag. Die Bank hatte die letzten zwei Jahre bereits vermehrt ihre lechzenden Hände nach dem Haus ausgestreckt. Doch Herb, vermehrt in der Nachbarschaft als Überlebenskünstler bekannt, konnte bislang die anstehende Gefahr abwenden. Ulrike stieß dies übel auf. Sie schob Doppelschichten, nahm einen Kredit auf und versuchte mit allen Mitteln den Stand bzw. Schein eines luxuriösen Lebens aufrecht zu halten. Ihre Launen erdrückten uns, familiäre Zuwendungen ihrerseits nahmen ab. Der Egoismus übernahm die Oberhand. Nüchtern betrachtet schied das Glück auf Schienen dahin, deren Weichen ich mitjustierte. Je älter man wird, desto mehr erkennt man die verwegenen Schneisen, die das Schicksal für uns vorgesehen hat, und macht uns bewusst, wie stark wir eigentlich durch unsere Mitmenschen gelenkt werden.

Er wurde beachtliche 83. Die Ironie hatte wieder einmal zugeschlagen. Zu meiner Verteidigung: Ich bin es nicht gewesen. Er war Alkoholiker. Im hohen Alter keine selten auftretende Erscheinung. Der Krankenwagen parkte direkt vor unserem Haus. Seine Kinder kümmerten sich kaum noch um ihn, was ihn erst wohl zu dem störrischen Menschen machte, der er war. Er grüßte stets freundlich, aber dies war nur zum Schein. Innerlich war er gebrochen. Die Abwendung der eigenen Familie und die fehlenden Gefühle gegenseitiger Zuneigung hinterlassen ihre Spuren und meist ist es weder dem einen oder anderen bewusst, wie wichtig diese Werte für sie selbst sind. Ein Tier mag dafür manchmal ein Ersatz oder ein Ventil sein. Trost spendend, am Fuße des Bettes liegend, behütend. Doch wenn diese Treue einmal erlischt, ist es schwer dieses Gefühl neu zu finden und sich ihm hinzugeben. Wir fragen uns, wieso wir gestraft werden. Ob jeder Atemzug für eine höhere Macht eine Sünde darstellt, die einfach bestraft werden muss. Earl war für seine Umwelt ein netter Mann, aber seine Zeit war nun mal gekommen. Die Zeit forderte eine Leiche innerhalb dieser Straßen. Dennis hatte einst Glück, Earl nicht. Während ich emotionslos mein Frühstücksei weiter löffelte, trugen sie ihn in die schwarze Limousine mit den grauen Gardinen. In der Zeitung schmückte das Verschwinden eines 17-Jährigen aus Bonn die gesamte Kopfzeile von Seite zwei. Ein Problemkind mit türkischem Migrationshintergrund. Er hatte zuletzt an einer Bushaltestelle mit ein paar Freunden einen älteren Geschäftsmann zusammengeschlagen. Nur so zum Spass, als Zeitvertreib, versteht sich. Die angestaute Wut vieler Jugendlicher entfacht häufig explosionsartig in der Gemeinschaft Gleichgesinnter. Sie denken nicht nach, fühlen sich beflügelt durch die Gewaltbereitschaft ihrer Freunde. Richtig und falsch werden eins. Der Vorfall endete tödlich für den Familienvater zweier Mädchen. Diese Feiglinge. *Und dann noch flüchten, sich seiner Verantwortung entziehen,* dachte ich innerlich. Er hatte das Land vermutlich längst verlassen.

»Schon so früh wach?« Ich drehte mich um und da stand Herb, mit einer weiteren Zeitung unter dem Arm. Eindrucksvoll kratzte er sich an den Genitalien und öffnete den Kühlschrank. Ich sah wieder raus aus dem Fenster und löffelte desinteressiert weiter. *»Hast wohl wieder die Milch geleert, hm?«* Ich trank keine Milch. In all den Jahren schien es ihm wohl nie aufgefallen zu sein. Ich nahm wie immer einen gekühlten morgendlichen Schluck Evian-Leitungswasser und ließ mich vom Dotter verzaubern. *»Earl ist tot. Sie tragen ihn gerade raus.«* verkündete ich teilnahmslos. Herb trottete zum Fenster und schob die Vorhänge ein wenig mehr zur Seite. *»Schon komisch, normalerweise folgt ein Hund seinem Herrchen und nicht umgekehrt.«* Das war das erste Mal, dass er etwas sagte, dass ich bei ihm unmissverständlich nachvollziehen konnte. Er fixierte das Geschehen und fing an in Gedanken zu schwelgen. *»Hör mal, es gibt da was, worüber ich mit dir sprechen wollte...«* Er legte die Morgenröte in seiner vollen Pracht frei, woraufhin sich die Sonnenstrahlen schmerzhaft in meine Iris brannten. *»...es sind nur noch wenige Tage und wir wissen eigentlich immer noch nicht, wie wir deinen besonderen Tag gestalten sollen.«* Herb, du Idiot, dachte ich mir. Ich sah nur noch eine im Raum herumstreunende weiße Silhouette. Er wollte wieder was, konnte sich aber mal wieder nicht richtig ausdrücken. *»Wir haben vor mit dir nächste Woche in die Hütte deiner Oma in Niederbachen zu fahren...«* Er hatte Aussetzer. *»...ein wenig Abwechslung. Mein Urlaub wurde schon genehmigt. Wäre schön, wenn du mitkämest.«* Er machte mehrere Pausen. Das tat er immer, wenn er sich unbeholfen fühlte. *»Das wird nicht leicht für... uns alle. Ich würde dir gerne eine*

Party spendieren, aber leider fehlt uns das nötige Kleingeld. Wenn wir oben sind, dann können wir alle mal ein wenig abschalten. Du kannst zwei Freunde mitnehmen, auch wenn es uns lieber wäre, wir blieben zu dritt. Wir müssen die Familie zusammenhalten.« Ich spürte, dass noch etwas folgen würde. In letzter Zeit waren sie beide so verdächtig freundlich zu mir, taten Dinge, die nicht dem sonstigen Alltag entsprachen. Was ich davon halten sollte, wollte mir einfach nicht klar werden. Gerade Ulrike bereitete mir Kopfzerbrechen. Die Herrin der Knechtschaft. Sie hatte sich in all den Jahren stetig im Wandel befunden. Je länger ich diese Frau studierte, desto mehr veränderte sich das Bild, welches ich mir anfangs von ihr gebildet hatte. Sie gaben mir sogar ein größeres Zimmer im Obergeschoss. Im Falle eines Feuers unpraktisch, aber ich plante in geraumer Zeit nichts in dieser Richtung. Gerade als ich Herb meine Unwissenheit unterbreiten wollte, stieß auch sie zu uns an den Tisch. In ihrem blauen Morgenrock fuhr sie Herb sofort an, die Vorhänge wieder zu schließen. Selbst müde ließ sie nicht von ihrer arroganten Art ab, auch wenn sie sich zuletzt bemühte diese zurückzuhalten. Ich würde mein Ei nicht weiter warm genießen dürfen, soviel war sicher. Ernst blickte sie zu Herb, während sie die Kaffeemaschine anwarf. *»Worüber reden wir?«* Herb schüttelte nur eingeschüchtert mit dem Kopf. Dann sah sie zu mir. *»Ich denke mal, du kommst zu spät zur Schule, junger Mann. Mach dich fertig!«* Sie riss, wie so oft, die Aufmerksamkeit vollends an sich. Herb beschwichtigte sie, obwohl es nichts zu beschwichtigen gab, und drückte ihr einen sanften Kuss zur Entschuldigung auf die Wange. Doch Ulrike starrte ihn nur vorwurfsvoll an. Sie sprach eine

Sprache ohne Worte. Wie einst jene Monarchin des kalten Ostens im Jahre 1700. Und Herb verstand sie ohne Missverständnisse. Nun ja... sagen wir, er verstand sie meistens. Es war oft so, als stünde er nur so da und warte auf Instruktionen. Er ordnete sich ihr unter. So wie jetzt. *»Musst du nicht arbeiten?«* Forsch und direkt. So kannte und verstand er sie, und so folgte er auch. Es hieß so viel, wie, warum stehst du hier noch, mach und schaff das Geld für meine Bedürfnisse heran. Manchmal konnte Herb einem leidtun. Er lächelte mich an als wäre nichts gewesen. Ein Auflehnen seinerseits würde eine schmerzliche Niederlage nach sich ziehen. Er schlenderte also hinaus, und als er nicht mehr zu sehen war, zögerte sie keine weitere Sekunde. Sie kam auf mich zu und beugte sich über den Tisch. Sie schaffte es geradeso ihr freigelegtes, voluminöses Dekolleté mit ihrer eisernen Faust zu bedecken. *»Hör zu. Wegen dir sind wir in dieses Kuhkaff gezogen. Wegen dir haben wir meine Eltern und unsere Freunde zurückgelassen. Aber ich opfere für dich nicht noch meinen Mann. Wenn also Herb dich um etwas bittet, dann folgst du. Es wird Zeit, dass du uns ein wenig zurückgibst. Es wird Zeit, dass du deine Schuld der Familie gegenüber ein wenig begleichst.«* So dachte sie. Doch ich war, obwohl ich es nie offen aussprechen würde, niemandem etwas schuldig, am wenigsten ihnen. Wie so oft versuchte sie zu provozieren und mich herauszufordern. *»Ich überleg es mir.«* Das Gespräch sollte nicht unnötig in die Länge gezogen werden. Sie riss mir den Löffel aus der Hand und warf ihn aggressiv in die Mitte des Raumes. *»Da gibt es nichts zu überlegen. Du tust was wir dir sagen, verstanden? Hier herrscht keine Demokratie, also mach dich jetzt für die Schule fertig. Du hast das Frühstück gerade* *beendet… Söhnchen.«* Sie überschritt eine Grenze, doch ich gab keine Widerworte. Sie wollte wohl, dass ich mich ebenso wertlos fühlte wie Herb. Irgendwie sah ich sie plötzlich auf einer Trage im Heck der schwarzen Limousine liegen. Es schoss irgendwie hoch, aber soweit würde ich nicht gehen, auch wenn ich dem Gedanken durchaus was Verführerisches abgewinnen konnte. Sie machte ständig den einen und gleichen gravierenden Fehler. Ihr Irrglaube, ich sei tatsächlich ein Teil dieser Familie, dass ich sie brauchen würde, weil ich niemand anders mehr hatte. Sie irrte sich. Es gab nun wieder jemanden. Jemanden, mit dem ich meine düsteren Geheimnisse teilen und entwickeln sollte. Jemand Besonderen. Und es war endlich an der Zeit ihn zu aktivieren.

20:59 Uhr
Ich hatte Schwierigkeiten die Details zu ordnen. Es waren einfach zu viele Fragen zu zu vielen Jahren. Er wechselt die Kassette des Aufnahmegerätes. Das Fassungsvermögen des Bandes stieß an seine Grenzen. »Warum erzählen Sie mir bei dieser Gelegenheit nicht ein wenig über sich selbst? Wie haben Sie die vergangenen Jahre verbracht?« Es war wohl an der Zeit, das Gespräch in andere Bahnen zu lenken. Er wollte die andere Seite ein wenig mehr kennen und verstehen lernen. »Ich wüsste nicht, was Sie das angehen sollte. Ich stand und stehe hier schließlich nie im Mittelpunkt. Wollte ich auch nie«, erwidere ich, während er das neue Band einlegt. Anschließend blättert er mit seinem Finger die nächste Seite des Notizblocks auf. Die Kraft, mit der

er den Stift bisher führte, hatte die Schrift bereits durchgedrückt. »Ach verdammt.« Ich stehe auf und gehe ein wenig Auf und Ab, während er aus der Tasche einen neuen Block hervorbringt. »Geht es Ihnen gut?« Ein erneuter Anflug von gespielter Höflichkeit seinerseits. »Ja, mein Bein ist nur eingeschlafen. Außerdem leide ich unter der Gicht in den Bein- und Fußgelenken. Bitte… fahren Sie ruhig fort!«

Ich war vom Tod umgeben. Das war mein Schicksal. Kein Racheengel. Kein Beschützer der Schwachen. Ein Körper zum Zwecke der Individualität geschaffen. Die Bedeutung, die jedem Menschen zu Teil, doch nicht von jedem verstanden oder akzeptiert wird. Es gibt Engel und Dämonen. Dennis und ich waren die idealen Beispiele.

Ich genoss den Tag am alten Nussbaum, dem Ort unserer ersten gemeinsamen Unterhaltung. Es war kurz nach 13:00 Uhr und ich würde ihn jeden Moment dort antreffen. Das Tagesklima war bereits durch den frischen und kühlen Morgen angekündigt worden. Der Wind wehte mir durch das kurze Haar und wirkte zur Abwechslung einmal erfrischend. Ich mochte diese ständig andauernde Hitze nicht, denn sie verstärkte meine Empfindungen anderer Menschen gegenüber. Ich hasste es, wenn man mich anstarrte und andere sich den Kopf darüber zerbrachen, wieso ich hier so dasaß. Ich fühlte ich mich nicht gut, denn ich fühlte mich isoliert und allein gelassen. Ich kramte in meiner Tasche und zog die Schnüre heraus die einst jemand eigens für mich gefertigt hatte. Zwei Schnüre, bestehend aus einer Schwarzen und einer weißen Kordel, welche miteinander verflochten waren. Es sollte mich daran erinnern, dass egal wie eng man sie miteinander verbinden würde, sie doch niemals eins werden würden. Man konnte nur einen festen Knoten binden und hoffen, er würde sich niemals wieder lösen.
Mir drehte sich der Magen um. Ich hatte nicht viel getrunken. Ich schloss meine Augen und konzentrierte mich auf das Schaffen meines Körpers,

auf der Suche nach innerer Ruhe. Doch plötzlich war mir, als würde ich beobachtet werden. Ich blickte immer wieder hinüber zur anderen Straßenseite. Sträucher, Beeren, das hochstehende Gras. Stand dort jemand oder doch nicht? Stellenweise hörte ich Schritte, die mich scheinbar umkreisten, doch waren sie niemandem zuzuordnen. Die Blätter vom Wind getragen machten auf dem Asphalt so einen Radau, dass ich mich nicht auf meine akustischen Sinne verlassen konnte. Was verursachte dieses Gefühl in mir? Diese Paranoia wurde langsam wirklich unausstehlich. Ich nahm mein Handy und sah genervt auf die Uhr. 13:14 Uhr. Er war längst überfällig mich aus der Situation zu retten. „Normal" zu spielen konnte anstrengend sein. In mir kochte es. Meine Planung verlief stets unfehlbar. Alles geschah so, wie ich es wollte. Abweichungen bedeuteten Fehler. Fehler bedeuteten Zweifel an meiner Person selbst. Etwas Unvorhersehbares vorauszuahnen und einzukalkulieren schien stets eine Stärke von mir. Diese Stärke wurde nun enttäuscht, denn er würde nicht kommen.

Ich ging zum Haus. Ein Wagen stand vor der Garage, doch nicht der von Svenja oder Christoph. Aus der Ferne sah ich Herb's Wagen in unserer Auffahrt parkend, obwohl er eigentlich auf der Arbeit sein musste. Skepsis machte sich in mir breit. Ich klingelte. Innerhalb kürzester Zeit öffnete Svenja die Tür. *»Oh, hallo. Na wie geht es dir denn?«* Bisher nichts Auffälliges. Ich trat ein und sah mich um. *»Ist Dennis da?«* Svenja schritt voran ins Esszimmer, wo ein weiteres Pärchen gerade eine Tasse Tee zu sich nahm. Sie setzte sich und bat mich es ihr gleich zu tun. Ich blickte in nachdenklich gestimmte Gesichter.

Sie stellte mich den beiden Gästen als einen Freund der Familie vor. Die beiden sahen mich nur schweigsam musternd an. Ich erkannte die Besorgnis in den Augen aller Anwesenden. Der Mann und die Frau saßen mir direkt gegenüber und studierten mich von oben bis unten. Svenja hingegen nahm zu meiner Rechten Platz. *»Was ist mit ihm? Er verlässt wohl seit Tagen sein Zimmer nicht, geht nicht mehr zur Schule. Ich habe ihn heute bewusstlos auf dem Küchenboden liegen gesehen, sein Rollstuhl meterweit von ihm weg, in einer Ecke liegend. Er war kaum ansprechbar. Gott sei Dank bin ich heute früher nach Hause gekommen.«* Ihr standen die Tränen in den Augen. Ich hatte Dennis seit Tagen nicht mehr gesehen, woher also sollte gerade ich wissen, wie es ihm gehen sollte. Ich griff nach dem Erstbesten das mir einfiel und setzte sofort mein gekonntes Besorgnisgesicht auf. *»Ich habe nur eine Vermutung, nichts Konkretes. Dennis beklagte häufig die Anforderungen, die der Unterricht an ihn stellte. Es sei ihm alles zu viel, seine Behinderung, das Leistungsniveau. Er fühlt sich, als stünde er auf Messers Schneide.«*

Svenja stand dem Ganzen skeptisch gegenüber und ich spürte, dass ihr das als Antwort nicht reichen sollte, also legte ich eine Schüppe nach. *»Der Stress in der Schule kann mörderisch sein, die Lehrer üben viel Druck auf ihn aus«,* fügte ich hinzu. Das klirrende Geräusch des aufeinanderprallenden Geschirrs riss mich aus der Trance einer wohlfühlenden Lüge. Ich war mir meiner Sache bereits ziemlich sicher. Der Mann mir gegenüber stellte die Tasse auf den Tisch und sah mich mit einem recht ernsten Gemüt an. *»Mein Name ist Peter Rockenfeller. Lehrer für Mathematik.«* Ich sah zu der Frau, die sich als Anette

Schreiber, Physik und Chemie, outete. *Na toll*, dachte ich mir. Dieser selbstgefällige Ausdruck, das Nadelstreifenhemd; die fein säuberlich zurückgekämmten Haare. Ich hätte es sofort wissen müssen. Rockenfeller warf mir zunächst verächtliche Blicke zu, wandte sich dann direkt wieder zu Svenja. *»Ich kann Ihnen versichern, dass dies nicht der Grund ist. Schülern fällt es immer leichter die Schuld auf Autoritätspersonen umzulegen, um so weiteren Fragen ausweichen zu können. Anwesenden scheinbar ebenfalls.«* Dabei sah er zu mir. Er sprach die Sprache ohne Worte ebenfalls gekonnt. Hier hatte wohl einer bei Ulrike gelernt. Ich verspürte einen Drang, über den Tisch zu springen und diesem Kerl mit einer Spitzhacke seinen verfluchten Schädel einzuschlagen. Aber ich entschloss mich stattdessen zu schweigen und einfach nur zu lächeln.

Da saß ich nun, mitten unter ihnen. Mehr Sub als Dom. Svenja erfuhr den aktuellen Notenstand, ich den aktuellen Punktestand. Er war wohl ein sehr guter Schüler, die Top-Riege unter den Spasten. Zumindest bis vor drei Wochen. Svenja machte das alles ganz schön zu schaffen. Immer wieder sah sie zu mir rüber, während sie den Worten des Lehrers lauschte. Sie suchte in mir vermutlich eine Art Trost oder nach Antworten. Sie hatte Vertrauen, obwohl ich nicht ganz verstand, weshalb. Vermutlich beruhigte sie der Gedanke, dass Dennis einen Freund wie mich hatte. Einen Richtigen, der ihm auch außerhalb der Schule ein wenig Beschäftigung abverlangte. Wenn sie wüsste. Mitten im Satz des Lehrers brach sie heraus. Sie schnitt ihn ab, erhob sich und ging zur Treppe, wo sie lauthals nach ihrem Jungen rief. Der Weg hinauf wäre wohl zu einfach gewesen. Das Ganze amüsierte mich irgendwie. Ich fühlte mich wie der Wolf im Schafspelz. Speziell diesem Rockenfeller hatte ich es wohl angetan. Ich schürte seine Neugierde wohl besonders. Sollte Svenja doch auf einen Rückruf warten, ich würde mich erst einmal mit ihm beschäftigen. *»Noch einen Keks?«,* fragte ich höflich und hielt ihm das Porzellan mit Gebäck hin. Er zeigte sich recht unbeeindruckt, fühlte sich überlegen und hätte womöglich gleich am liebsten vor Spott losgelacht. Doch er blieb ruhig. Ich wusste, worauf er abzielte und kurz darauf bat er Anette, uns beide doch kurz zu entschuldigen. Der berühmte Wink mit dem Zaunpfahl. Ich war gespannt, wie es nun weitergehen würde. Er schmeichelte mir, griff in seine Tasche und zog ein Zigarettenetui hervor. Doch zu meiner Überraschung beinhaltete es keineswegs Zigaretten. Es waren Kaugummis, die ihm helfen sollten über die Sargnägel hinwegzukommen. Behutsam steckte er sich einen von ihnen in den Mund. *»Eine Sucht kann dich in tiefe Abgründe stürzen, mein Junge... Je länger man ihr verfallen ist, desto höher muss man klettern, um sich zu befreien...«* Er hatte so recht. *»...mich würde interessieren, wie ihr zwei eure Freizeit gestaltet, um nicht auf solche falschen Gedanken zu kommen, wie Alkohol, Zigaretten oder gar anderen verwerflichen Drogen zu verfallen.«* Er stellte die Frage gezielt so, dass mir nur wenige alternative Antwortmöglichkeiten übrig blieben. Grundlagen der Psychologie. Gezielte Eingrenzung. *»Koks und Nutten«,* lächelte ich hämisch. *»Schlagfertig«,* konterte er. Doch wer dumme Fragen stellte bekam dumme Antworten. Jemand wie er, in seiner Rolle als Lehrer, konnte nun wirklich keinen Respekt erwarten. *»Ich habe von deinem Schicksalsschlag gehört. Das tut mir leid. Ein defektes Kabel, oder irre ich mich?*

Eine ziemlich traurige Geschichte. War es doch? Aber vielleicht verwechsele ich da gerade etwas, ist ja schließlich schon lange her.« In mir leuchteten alle Alarmglocken. Ich nickte nur leicht bestätigend, doch blieb nun wachsam. Er sprach über meine Familie, der Alten und der Neuen. Er wollte sehen, wie hart mich der Tod meiner Eltern getroffen hatte. Er dachte, er könnte mich damit vielleicht aus der Reserve locken und er war wirklich gut. *»Auch ich habe früh meine Eltern verloren. Es war ein Autounfall. Ein Betrunkener hatte sie von der Straße abgedrängt. Wenigstens hat es dieses Arschloch gleich mitgerissen. Ich konnte es akzeptieren, weil solche Dinge nun mal einfach passieren. Doch dann, als ich schon dachte, es würde endlich genug sein, hat mir das Schicksal auch noch vor Jahren meinen Sohn genommen. Ich gab damals Gott die Schuld für alles, fiel in ein tiefes schwarzes Loch. Ich kenne die Schattenseite also nur zu gut und weiß, wovon ich rede. Die Gedanken, die einen wachhalten, plagen, mit ihren Fängen umschließen und nicht mehr loszulassen scheinen, ihre scharfen Klauen mitten in deine Seele bohren. Sehr... sehr dunkle Gedanken. So etwas kann traumatisch auf einen wirken, wenn man sich nicht irgendwann selbst einen Anker zuwirft, an dem man sich festklammern kann. Ich habe in den letzten vier Jahren gelernt, wie man dem Tod selbstbewusst entgegentritt und ihn toleriert, durch die Hilfe anderer. Hast du dir vielleicht schon mal überlegt, Hilfe in Anspruch zu nehmen? Früher oder später wirst du dich einer Menge ähnlicher Gefühle hilflos ausgeliefert sehen, dann kann es dafür vielleicht schon zu spät sein. Oder ist es vielleicht aus deiner Sicht schon zu spät?«* Rockenfeller war bedeutend älter, der Tod meiner Eltern völlig anders.

Er konnte dem niemals gleichgestellt sein. Diese albernen Psychospielchen. Nur ein Narr würde darauf anspringen. Er lehnte sich in seiner Erwartung, etwas Genaueres von mir zu erfahren, immer weiter aus dem Fenster, bis er merkte, dass ich nicht auf seine Fragen einging. Emotionslos wie ein Stein schmetterte ich jedes verständnisvolle Wort von mir ab, bis er es schließlich erkannte. *»Ich kann normal eins und eins zusammenzählen, mein Junge. Aber bei dir geht meine Gleichung einfach nicht auf. Ich muss zugeben, du bist ein interessanter Junge. Welche Schule besuchst du noch gleich?«* Er wurde mir ein wenig zu neugierig. Stellte hier etwa jemand wirklich meine Existenz infrage? Es war an der Zeit das Gespräch zu beenden.

»Du verdammter Idiot...« Ich schloss die Tür. *»...du wirst alles kaputtmachen.«* Dennis wirkte nicht überrascht, er erwartete meinen Besuch bereits am Schreibtisch sitzend. Er schloss gelassen das Tagebuch und legte den Stift nieder. Ich forderte meine Antwort. Erinnerte ihn an den Deal, den wir geschlossen hatten. Doch ich wusste nicht, wie ernst es ihm eigentlich war. Diese Chose konnte uns beide den Kopf kosten. Lehrer zu Hause auf dem heimischen Sofa. Das war zu viel. Ich blieb ruhig, versuchte mich zu entspannen. Dennis wandte sich mir derweilen zu und setzte den Hundeblick auf, um mich zu beschwichtigen. *»Ich bin nicht du. Ich kann das nicht einfach so ausblenden. Fünf Jahre kämpf ich damit und liege nachts wach. Es wundert mich, dass es nicht schon viel früher passiert ist.«* Wieder dieser Anflug von Schwäche. Langsam strapazierte er meinen Gemütszustand vollständig. Er sollte nicht ich sein, er sollte aber auch nicht er selbst sein. Nicht so.

»Ich gab dir Zeit. Ich gab dir Verständnis. Scheiße noch mal, ich hab dich mehr geschont als irgendwen sonst. Und was hast du mir dafür gegeben?« Keine Antwort. Innerlich wusste ich von seinem anhaltenden Zorn. *»Ich folgte dir«,* fuhr er mich plötzlich an. *»Und du hast mich gefügig gemacht, erpresst. Ist das deine Vorstellung von Freundschaft?«* Natürlich sicherte ich mich ab. Ich war schließlich kein kompletter Vollidiot. Ich gab ihm unmissverständlich zu verstehen, wer weiterhin das Messer, mit seinen Fingerabdrücken darauf, für ihn sicher aufbewahrte. Wer alles in einem blutigen Familiendrama enden lassen konnte. Wer die Kontrolle hatte.

Als ich ihm einst sagte, böse Menschen würden nun einmal den Tod verdienen, fragte er mich, ob er das damit für sich entschuldigen könne. Der Mann an der Bushaltestelle, mit den zwei Mädchen und dem flüchtigen Täter, hätte ihm vermutlich nur zu gerne eine Antwort darauf gegeben. Dennis wich dem Thema aus. Wieder einmal entschuldigte er sich, so wie er es die ganze Zeit tat. *»Du stellst eine Gefahr für unser Projekt dar, ist dir das klar? Und was noch schlimmer ist, du wirst zu einer Gefahr für mich!«* Ihm musste klar werden, dass es hier nicht um Missachtung eines Parkverbotes ging, bei dem man gerade mal fünf Euro Verwarngeld kassieren konnte. Es ließ ihn scheinbar kalt, dass er mit seinem Benehmen mit unser beider Leben spielte. Dabei stieß er stets das Gleiche hinaus. Er könne nicht mehr ruhig schlafen. Jeder Mensch, ob auf der Straße oder in der Schule sähe ihn an, als wüssten sie Bescheid. Bernd war tot, die Leiche nie gefunden, Ende. Daran konnte niemand mehr etwas ändern. Und es gab auch niemanden, der davon erfahren würde, wenn er sich nicht weiter wie ein Idiot verhalten würde. *»Machst du so weiter, stirbst du. Mach dir das klar!«* Ich schaffte klare Verhältnisse. Ich mochte streng gewesen sein, in seinen Augen kalt und grausam, aber all das war notwendig, wenn ich unser beider Überleben sichern und ihn auf das uns vorbestimmte Leben vorbereiten wollte. Ich war sein großer Bruder, zu dem er aufblicken und dem er sein Vertrauen schenken sollte. Ich würde es fortwährend sein, der ihn beschützte. Zeit für eine Lektion.

»Steig aus dem Stuhl«, forderte ich ihn auf. Er sagte nichts, blickte versteinert, fragend. *»Zeig es mir. Ich bitte dich kein zweites Mal.«* Sollte er bereit sein, würde er meine Absichten verstehen. Ich fragte ihn, ob er wüsste welchen Geschmack blankes Metall einer neun-Millimeter-Pistole zwischen seinen Lippen annehmen würde. Nach seinem Zweiten „Was" verdoppelte sich bereits mein Puls. Wie konnte es sein, dass sich einerseits so viel Wut in mir staute, wenn ich ihm in diese unsicheren Augen sah, und andererseits, ich mit einer geradezu gemütlichen Gelassenheit einem Opfer seelenruhig die Gliedmaßen abtrennen konnte. Ja, sein Blick konnte das wirklich gut. Meine Hand glitt langsam nach hinten, machte sich geradezu selbstständig. Eine einstudierte Bewegung, reflexartig nach etwas greifend, wenn Gefahr in Verzug war. Da war sie wieder, diese Spannung: Zwischen ihm und mir. *»Steig endlich aus diesem verfickten Stuhl!«* Eine Spur aggressiven Speichelausstoßes konnte Wunder bewirken. Seine Hände griffen nach den Lehnen, ohne den Augenkontakt zu mir zu unterbrechen. *»Stütz dich mit deinen Armen so ab, dass dein Hintern*

in der Luft schwebt.« Zögerlich folgte er den Instruktionen. Mühevoll stemmte er gleich beim ersten Versuch schätzungsweise 70 Kilo in die Höhe. Er hatte Angst und diesmal wahrlich zu Recht. Diesmal würde ich nicht zögern. Zumindest vermittelte ich diesen Eindruck. Wie bei einer Puppe baumelten die Beine in einem schier schwerelosen Zustand. Ich erkannte die immer stärker anschwellende Ader auf seiner Stirn, die zittrigen Arme, die unter derartiger Anspannung beim Aufprall einer kleinen Feder in sich zusammenklappen würden. Er biss die Zähne zusammen. Ich bewegte mich vorwärts und fing an ihn zu umkreisen. Ich wollte einmal das Antlitz eines aufrecht stehenden Mannes zu Gesicht bekommen. Jemanden, der in seiner Behinderung keine Entschuldigung, sondern einen Ansporn zur Verbesserung sah. Nach einer weiteren Runde blieb ich hinter ihm stehen. *»Halt dich oben«,* wiederholte ich immer wieder. Ich streichelte ihm durch sein Haar und fühlte die Schweißperlen, die sich langsam ihren Weg zwischen den Wurzeln zur Oberfläche hinaufbahnten. Dann entriss ich ihm das, was ihn, wie er glaubte, definierte. Mit einem kräftigen Ruck nach hinten entriss ich ihm seinen verfluchten Stuhl und stieß ihn zu Boden, wo er mit dem Gesicht sofort hart aufschlug. Ich nutze sofort die aufgebrachte Kraft und warf den Stuhl in die hintere Ecke, sodass er ihn nicht mehr so leicht erreichen könne. Ich baute mich vor ihm auf. Von oben herab würde ich ihm klar machen, dass seine Möglichkeiten begrenzt seien. Das Blut schoss aus seiner Nase. Der Holzboden hatte viel zu spät die Bekanntschaft mit seinem roten Lebenssaft gemacht. *»Wenn du es zur Tür packst, lass ich dich und deine Familie leben. Du kennst das Spiel* *ja. Diesmal stell aber besser nicht meine Entschlossenheit infrage.«* Die Konditionen standen, nun fehlte die Annahme. Seine Arme waren erschöpft, sein Körper schmerzte, doch musste er all das vergessen, wenn er es schaffen wollte. Es kann so einfach sein, wenn man es wollte. Er schnaufte, doch schnell regulierte er seinen Atem. Er wurde ruhiger, konzentrierter. Er quälte sich, um mir in die Augen blicken zu können. Entschlossenheit, keine Zweifel, dieser Moment. Sein rechter Arm schritt voran. Jeder Muskel in ihm war klar erkennbar. Diese Kraft, die aus ihm strotzte. Zentimeter für Zentimeter kämpfte er sich Richtung Tür. Ich wich nicht von seiner Seite und folgte ihm gleichmäßig. Es dauerte ungewöhnlich lange bis er die knappen zwei Meter hinter sich gebracht hatte. Das Blut am Start war bereits geronnen, als er den Türrahmen erreichte. Als seine Finger das Holz der Tür berührten, beugte ich mich hinunter und half ihm behutsam auf. Vorsichtig lehnte ich ihn mit dem Rücken gegen die Tür, damit er sicheren Halt hatte. Ich erkannte seine Wut mir gegenüber. Und plötzlich griff seine Hand hinten an meinen Rücken, jedoch ohne dass ich mir diesbezüglich ernsthafte Sorgen machen sollte. Er suchte wohl verzweifelt nach jenem, mit dem ich ihn scheinbar bedroht hatte. Die Pistole. Der überraschte Gesichtsausdruck blieb nicht aus, als er bemerkte, dass er dort nichts finden würde. Ich erhielt die Illusion aufrecht. *»Netter Trick«,* lobte er mich stöhnend, während seine Hand wieder erschöpft hinunterglitt. *»So richtig kennt man niemanden«,* erwiderte ich und strich ihm dabei das Haar mit den Blutklecksen aus dem Gesicht. Ich setzte mich neben ihn, und lauschte, wie sich sein Atem immer mehr verlangsamte. Die allgemeine Stimmung entspannte sich. Wir betrachteten beide den Stuhl, der regungslos in der Ecke verharrte. *»Sag mir. Was erwartest du eigentlich von mir?«* Mein Kopfschütteln scheiterte kläglich als Antwort. Eigentlich wollte ich erst gar nichts sagen, aber er hatte es sich verdient. Doch suchte ich nach den richtigen Worten, die alles wieder kippen würden. *»Es ist schwer wahre Freundschaft zu finden. Vielleicht bin ich einfach zu wählerisch.«* Er fing an zu lachen. *»Vielleicht bist du auch einfach nur ein zu kranker Scheißkerl. Und wir beide sind von nun an dazu bestimmt, gemeinsam in der Hölle zu schmoren. Darüber schon mal nachgedacht?«* Meiner Meinung nach befanden wir uns bereits in der Hölle, doch selbst dort musste man ab und an den Müll vor die Tür bringen. *»Bernd hätte das vermutlich nicht so gesehen«*, antwortete Dennis daraufhin und er hatte recht.

»Wer ist Peter?«, fragte er mich plötzlich. Starr vor Angst, richtete sich jede Faser meines Körpers auf. *»Was meintest du?«*, erwiderte ich unwissend. *»In dieser Nacht… damals vor fünf Jahren, du nanntest mich Peter. Als du mir das Messer an die Kehle gedrückt hast. Ich muss immer wieder daran denken. Und eben ist es mir wieder durch den Kopf geschossen.«* Nun stand ich mit dem Rücken zur Wand. Ich hätte einen Fehler gemacht, sagte ich ihm, und richtete mich auf. Ich blieb ohnehin länger, als ich es wollte. Als ich durch das Fenster flüchtig zu unserem Haus rüber sah, erkannte ich Herb, der hinüberblickte und das Haus zu beobachten schien. *»Wer ist Peter?«*, hörte ich ihn erneut fragen. *»So weit sind wir noch nicht und ich bin mir nicht sicher, ob wir es jemals sein werden«*, flüsterte ich, schob den Stuhl mit meinen Füßen vor ihn und öffnete die Tür. Doch noch ehe ich hindurchgehen sollte,

blockierte er sie mit seiner Handfläche und stellte mir die Frage, die ihn vermutlich über Tage, wenn nicht Jahre, hinweg, um den Schlaf gebracht hatte und auf seiner Seele brannte. *»Bernd, war er dein Erster?«* Er verlangte Ehrlichkeit und die sollte er bekommen. Ich entgegnete ihm nur, *»Er war nicht unser Letzter.«*, und ging.

21:17 Uhr
»Sie möchten mehr über mich erfahren? Ich lernte nach den Vorfällen, viele Jahre später, meine Frau kennen, meine Zweite. Mit ihr habe ich zwei Kinder. Zusammen lebten wir anfangs in einem kleinen Vorort namens Kaldauen. Das liegt in der Nähe von Siegburg. Unser Grundstück umfasst ca. 180 qm. Wir haben eine kleine Sonnenterasse südlich des Hauses eingerichtet, auf der ich bei jedem Sonnenuntergang aufs Neue versuche meinen 29-jährigen Sohn bei einer Partie Schach zu schlagen. Vergeblich, wie ich mir leider eingestehen muss. Meine Frau ist leidenschaftliche Köchin exotischer Gerichte. Meine Tochter erlangte in diesem Jahr ihr Abitur. Ihr Wissensdurst schlägt ganz nach ihrem Vater. Sie sind mein Ein und Alles.« Er lobt meine beruhigende Stimmlage und zeigt sich erfreut, wie ich angesichts meiner Vergangenheit problemlos über meine Familie sprechen konnte. Er mag es regelrecht mir beim Erzählen zuzuhören. Schade, dass es nicht hauptsächlich um mich ging und dies nur als Mittel zum Zweck herhalten sollte, mich bei der Stange zu halten. Doch ich ehrte seine Geste. *»Das klingt schön. Es ist beruhigend zu wissen, dass es diese Dinge noch gibt. Werte. Halten Sie sie fest. Und vergessen Sie niemals, was Sie haben. Denken Sie immer daran,*

wenn Sie das Haus verlassen. Man schätzt erst richtig, was man hatte, wenn man es verloren hat.« Wahre Worte, die stets ihre Gültigkeit behalten würden.

Kapitel III – Väter & Söhne

Und ich wollte es so sehr. Die alte Straße war unverändert. Der kleine Spielplatz, der noch immer unberührt schien, blühte zu dieser Jahreszeit vollends auf. Die prunkvollen Reihen Spitzahornbäume, die sich bis ans Ende der Straße erstreckten und in voller Pracht links und rechts ihre imponierenden Kronen dem Himmel entgegen ragten, werteten die Umgebung massiv auf. Die Autos fein säuberlich geputzt und als ein Symbol des Wohlstands vor den Häusern ihrer Besitzer anprangernd parkend. Alles war wie früher, wie vor knapp zehn Jahren. *Doch das sollte es eigentlich nicht*, dachte ich mir im Vorbeigehen. Sie hatten einfach alles vergessen.

Als wir so zielstrebig durch die Straße schlenderten, blickte ich durch die Fenster und Vorgärten in eine Vielzahl mir bekannter Gesichter. Veraltet, doch noch immer dieselben. Ich schaute niemals zurück. Unser altes Haus gehörte der Vergangenheit an. Meinem alten Ich. Hier wurde ich ein zweites Mal geboren. Und dieses Haus ebenso. Ein Wagen stand vor der Tür, ein neues Mauerwerk mit gelbem Putz darauf. Es musste einen neuen Besitzer gefunden haben. Ich sagte nichts zu Dennis. Vielleicht später einmal, vielleicht, wenn sich die Gelegenheit dazu ergeben würde. Doch jetzt noch nicht.
Etwa zehn Meter vor uns öffnete sich eine Haustüre und ich staunte nicht schlecht, als Frau Hoffmann hinaustrat und die Tür hinter sich schloss. Wie alt sie geworden war. Älter als ich es mir je vorgestellt hätte. Zunächst sah sie nicht zu uns hinüber und ich wendete mein Gesicht der anderen Straßenseite zu,

um unerkannt an ihr vorbeizuziehen. Aber ich vernahm plötzlich keine weiteren Schritte mehr. *»Allmächtiger...«* Ich stoppte. Dennis sah zu mir rauf und fragte warum. Dann hörte ich, wie sich die Schritte auf uns zubewegten. Nur spärlich sah ich in das Gesicht der vergrauten, alten Dame. Schweigend versuchte ich das Lächeln, das sie mir entgegenwarf, richtig zu deuten. *»Du bist es wirklich. Ich hätte dich beinahe nicht erkannt. Wie groß du geworden bist. Wie ist es dir ergangen?«* Ich erkannte tatsächlich Freude in ihren Augen. *»Gut.«* Mehr fiel mir einfach nicht ein. Sie nickte verständnisvoll, in der Hoffnung ich würde diesem Wort einen Satz folgen lassen. *»Es muss eine sehr schwere Zeit für dich gewesen sein. Ich bete noch immer jede Nacht für dich und deine Familie. Wir vermissen das Lachen der spielenden Kinder in dieser Straße. Es verstummte zu rasch nachdem ihr gegangen wart.«* Nun nickte ich verständnisvoll, mehr gezwungen um nicht unhöflich zu erscheinen. Ich spielte zur Abwechslung mal eine Rolle, die nur selten zum Einsatz kam. Sie war stets eine nette Frau gewesen, die sich um uns kümmerte und um uns bemühte, auch wenn sie aus unserer Sicht nicht mehr alle Nadeln am Zweig hatte. Das wussten wir damals schon, aber sie stand im Kontrast zu dem, was ich von früher kannte. Sie war unentwegt fröhlich. Ihr Leben und ihre Aufmerksamkeit schenkte sie Gott, nachdem ihr Mann, Monate vor dem Brand, nach einem nächtlichen Pokerspiel nicht mehr nach Hause gekommen war. Eine andere Frau, so spekulierte man zumindest. Für mich führte sie ein langweiliges und eintöniges Leben, aber sie war damit zufrieden und so hatte ich trotz mangelndem Verständnis immer ihre Anwesenheit genossen. Sie sah traurig hinunter zu Dennis, der sich ihr nun auch endlich freundlich vorstellte. Sein Zustand hatte diese Wirkung auf Menschen. *»Und was macht ihr beide heute Schönes?«* Wie ich darauf richtig antworten sollte, wollte mir nicht ganz klar werden. Die Wahrheit hätte sie vermutlich verschreckt und wir hätten danach womöglich ein Loch ausheben müssen. Also entschied ich mich, eine dem Alter entsprechende Lüge zu kreieren. *»Wir besuchen jemanden, einen alten Freund, mit dem wir zum Fest der 1.000 Lichter gehen möchten. Es ist so ein schöner Tag, warum also zu Hause bleiben?«* Ich erkannte mich selbst nicht wieder, aber es erfüllte seinen Zweck. Sie öffnete ihre Handtasche, zog ein Portemonnaie hervor, nahm 20 Euro heraus und streckte sie mir entgegen. *»Hier. Vielleicht hilft es euch.«* Nur zögerlich nahm ich es an. Mir war nicht ganz wohl. Aus irgendeinem Grund erschien es mir falsch. Sie nahm meine Hand und war den Tränen nahe. *»Ich bin froh, dass aus dir ein anständiger junger Mann geworden ist.«* Die Worte waren Gift für meine Seele. Und wieder dieses verständnisvolle Lächeln. Ich verstand die Welt nicht mehr. Während ich ins Leere starrte und nicht wusste, was ich sagen sollte, beugte sie sich hinunter zu Dennis und legte ihre Hand sanft auf seinen Schoß. Ich sah, wie sie ihn mit demselben Blick ansah, wie mich. *»Wir suchen uns die Prüfungen unseres Herrn nicht aus. Doch sei gewiss, dass stets etwas Gutes aus ihnen entsteht.«* Dennis staunte nicht schlecht. Dafür waren 20 Euro definitiv zu wenig. Sie nahm ihre Tasche und verabschiedete sich. Dem Rücken zugekehrt konnte ich nichts weiter tun, als ungläubig mit dem Kopf zu schütteln.

»*Was war denn das?*«, fragte mich Dennis. Ich fragte mich das ebenfalls. Langsam wurde er ungeduldig. Doch waren wir bereits angekommen. Direkt gegenüber. Die Hausnummer 9. Ich hatte schon befürchtet, dass der Schotterweg noch immer verdreckt den Weg zur Haustür zierte. Genervt atmete ich aus, denn wieder lag mühselige Arbeit vor mir, um Dennis an sein Ziel zu bringen. Das Haus hatte keine Klingel, was kein Problem darstellte. Ich ließ Dennis kurz allein, um hinter dem Haus nach dem Schlüssel in dem Blumenkästchen im Garten zu suchen. Dennis betrachtete derweilen das unverputzte Haus mit den herabgelassenen Jalousien. Der Putz hatte sich bereits großflächig verabschiedet. Trotz seines verhältnismäßig jungen Alters wirkte es bedeutend älter. Um die Ecke herum hörte ich ihn rufen. »*Lebt hier überhaupt einer?*« Ich kam zurück und präsentierte ihm den Schlüssel. »*Wer legt denn seinen Schlüssel in den Garten?*«, wunderte er sich. »*Jemand, der keine Angst vor Einbrechern hat*«, erwiderte ich, während ich aufschloss. Innen war es sehr kühl und düster, so wie in mir selbst. Alles wie gewohnt. Er hatte bis heute nicht die Lampe im Flur aufgehängt, die ich ihm zu seinem 60sten Geburtstag letztes Jahr zukommen ließ. Rot schien wohl nicht seine Farbe zu sein. Ich schob den Schlüssel in meine Tasche, um Dennis mit beiden Händen alles zeigen zu können. Es wirkte auch innen wie ein altes Haus. Es war eines der Ersten, die hier oben errichtet wurden. »*Ich glaube, du hast dich in der Hausnummer geirrt*«, vermutete Dennis. Alles war verstaubt. Das ganze Haus wirkte verlassen. Das letzte Mal stand ich in diesem Flur vor genau neun Jahren. »*Sam ist kein Freund vieler Veränderungen*«, klärte ich ihn auf. »*Sam.*« Ein ungewöhnlicher Name, zu einem noch ungewöhnlicheren Menschen. »*Sam war ein bis 1981 in den USA stationierter Kriegsveteran. Er leistete seine Zeit im Vietnamkrieg ab und war während des großen Angriffs auf Hué 1968, der Tet-Offensive, viermal verwundet worden. Er erhielt drei Purple Hearts, die er sich aber wohl nicht verdient hatte. Man nannte ihn einen Kriegshelden, aber in Wahrheit hat man die PR-Akte frisiert, weil rausgekommen war, dass er sich den letzten Schuss selbst ins Knie gesetzt hatte, um nicht wieder an die Front zu müssen. Da so etwas superpeinlich für die Army sein kann und Rekrutierungsstellen um Nachwuchs bangen mussten, wenn die Medien solche Geschichten erst mal richtig ausgeschlachtet haben, hatte man ihn einfach kurzerhand befördert und nach Deutschland zwangsversetzt. Er hat dieses Haus vor 21 Jahren gebaut und es seit zwölf nicht mehr verlassen. So sagt er jedenfalls.*« Dennis staunte, wie genau ich über Sams Leben Bescheid wusste. Er hielt es wahrscheinlich für undenkbar, dass jemand sich mir so anvertrauen würde, ohne dass die betreffende Person an einen Tisch gefesselt und dann gefoltert werden würde. Oder er vermutete, ich hätte ihn in dieses Haus mitgenommen, nachdem ich den Besitzer umgebracht und die ganze Geschichte erfunden hätte, um ihn in Sicherheit zu wiegen, um ihn dann anschließend selbst zu töten. Zugetraut hätte ich es ihm und er vermutlich mir.

Im Wohnzimmer hielten wir. Hier schien erstmals etwas Licht durch die Rillen der geschlossenen Rollläden am großen Fenster. Die antiken Möbel standen kreuz und quer im Raum verteilt. Ein Gedeck war auf einem zwei Meter langen Esstisch am Fenster angerichtet und wartete darauf mit Speisen gefüllt zu werden. Der Kamin zu unserer Rechten bot dem Haus mit auskühlender Glut ein wenig Wärme und belebte das Haus für unser Empfinden. *»Siehst du… kein Grund zur Sorge«*, beruhigte ich ihn. *»In welcher Beziehung stehst du zu diesem Sam?«*, fragte er zögerlich. *»Sam Carr. Geboren am 30. April 1945. 1965 eingezogen von den Marines, Militärlaufbahn, wie bereits erwähnt. Zwischen 1974 und 1978 wechselnde Wohnorte von Chicago Norwood Park, über Wisconsin, nach Florida und Utah. Sein Vater starb im Mai 1889 bei dem Dammbruch der South-Fork-Talsperre bei Johnstown, Pennsylvania. Oh ja, richtig. Deutscher Staatsbürger seit 1984. Keine Frau, keine Kinder, keine näheren Verwandten. Doch sagen wir, er gehört dennoch ein wenig zur Familie.«* Wieder staunte Dennis über die vielen Details, die ich über ihn wusste. Ich wollte ihm mehr erzählen, doch dazu kam es nicht mehr. Ich sah bereits, wie der kleine Schatten hinter Dennis aufblitze.

Eine raue, alte Stimme erklang. *»Ich hasse es, wenn du ein Leben zu einer Liste zusammenpackst.«* Aus einem dunklen Raum hinter uns betrat der gebrechliche Mann mit Gehstock das Zimmer. Ich drehte mich um und erkannte nur dessen Umriss im Verborgenen. Sein Gesicht unkenntlich durch einen langen, breiten Schatten. *»Lass mich dich ansehen, mein Sohn!«* Eine Hand trat aus dem Schatten hervor und winkte mich zu sich. Die langen ungepflegten Fingernägel und der faulige Duft seines Atems irritierten Dennis und mich. Auch die Krampfadern an seinen Händen durften nicht wirklich einladend gewirkt haben. Dennoch trat ich näher. Dennis hingegen blieb gebannt zurück. *»Wie ich sehe, machst du dir noch immer deine eigenen Regeln,* *hm?«*, krächzte er. Ich sagte nichts. Blickte beschämt auf den Fußboden. Gerade als ich Dennis vorstellen wollte, tat dieser es auf seine eigene tollpatschige Weise. Beim Zurücksetzen stieß er das Rost um, welches nahe dem Kamin angelegt war und befleckte den Teppich mit Ruß. Sein Gesicht war mit Furcht versehen. Sofort stieß der alte Mann aus der Versenkung. *»Oh, hab keine Angst vor einem alten Kauz wie mir…«* Doch Dennis schrie bei dessen Anblick sofort auf. Die Narbe, die horizontal durch seine beiden Augen quer durchs Gesicht ging, umgeben von verbrannter Haut, verlangte ihm zu viel ab. *»Bitte beruhige dich, mein Sohn«*, bettelte die raue Stimme und übernahm sich. Er begann, wie wild zu husten. Dennis entspannte sich, erkannte die Schwäche, die der alte Mann hervorbrachte. Von ihm würde, aus seiner Sicht, keine Gefahr ausgehen. Gerne hätte er sogar geholfen, sich entschuldigt, doch der alte Mann hatte Mühe aufrecht zu stehen. Ich eilte zu ihm und half ihm behutsam sich in das Sofa zu setzen. *»Das ist Sam, du Idiot. Hab ein wenig mehr Respekt und Anstand«*, mahnte ich Dennis. *»Ist schon gut, ist schon gut…«*, sagte Sam, *»…ist ja nichts passiert. Es war meine Schuld.«* Ich sah rüber zu Dennis, der noch immer ein Gesicht zog, als würde ein Geist vor ihm sitzen. *»Nein, ist es nicht«*, korrigierte ich energisch. Ich nahm ein Kissen und legte es behutsam hinter Sam's Rücken, damit er sich bequem zurücklehnen und beruhigen konnte. Wütend sprang ich auf und trat hinter Dennis' Gefährt. Ich blockierte seine Räder mit den Bremsen, damit er nicht wieder etwas zerstören konnte. *»Bring uns doch bitte etwas zu trinken, mein Sohn. Ich denke, Tee wäre angemessen.«* Sam war höflich, vermutlich der Anwesenheit eines Gastes wegen. Ich ging seiner Bitte ohne zu zögern nach und verzog mich in die Küche, die vom Wohnzimmer nur durch eine schmale Bimswand abgeschnitten wurde. Von dort aus verfolgte ich den weiteren Verlauf ihrer Unterhaltung. Sie stimmten sich langsam ein, was gut war, denn Sam akzeptierte lange nicht jeden. Ein Paketjunge versuchte einmal eine Lieferung durch ein gekipptes Fenster hindurchzuschieben, da Sam die Tür nicht öffnete, weil ihm der Haarschnitt des Boten missfiel. Der Junge meinte es gut, konnte seitdem jedoch eine Zeit lang nur noch bis acht zählen und die Rollläden blieben von da an fortwährend verschlossen.

Als das heiße Wasser in der alten Porzellankanne angerichtet war, nahm ich nur zwei Tassen aus dem Schrank oberhalb des Beckens. Ich mochte keinen Tee, noch nie. Ich servierte ihn englisch, so wie Sam es mir beigebracht hatte. Seinen kritischen Adleraugen entging nie ein Fehler, doch ich war geübt, sie zu verstecken. *»Hast du es sprudelnd über den Beutel laufen lassen, oder wieder nur leicht köchelnd?«* Ich musste lachen. *»Nein… alles so, wie du es magst.«* Dennis blieb derweilen Dennis und schwieg. Sam betrachtete ihn von unten bis oben. Er musterte ihn. Seine kalten rissigen Hände griffen das Porzellan, seine spröden Lippen umschlossen den kalten Rand und nahmen eine kräftigen Schluck. Freundlich wies er mit seinen Händen Dennis an, den köstlichen Tee doch auch zu probieren. Aber es war mein ernst fordernder Blick, der ihm schließlich die Überwindung bescherte. Wieder begann Sam zu husten, als er versuchte zu sprechen. Er schien krank, aber niemals hätte ich mir angemaßt, ihn darauf anzusprechen. *»Man nahm mir mit einem Bajonette* *mein Augenlicht. Das zweite Purple Heart hat man mir dafür verliehen. Zwei Jahre schlich ich in einem Haus ohne Fenster umher und versuchte mich mithilfe der Wände in einem Labyrinth von Zimmern zurechtzufinden. Wenn ich heute meine Augen schließe, erinnere ich mich an ihre Schreie, ihre verbrannten Gesichter. Ich werde nichts von all dem jemals vergessen können.«* Dennis sah immer wieder auf das Zucker-Doset und unterbrach ihn schließlich aus der Not heraus. Man spürte, dass ihn der entstellte Anblick verunsicherte. *»Hätten Sie was dagegen, wenn…«,* fragte er höflich. Und mit einem Male schlug Sam mit seinem Stock gegen Dennis Beine und aus dem anfangs so netten, schwachen Schäfchen, wurde ein wütender, zähnefletschender Wolf. *»Bitte nicht darum! Nimm es dir einfach!«* Dennis' Hände zitterten vor Aufregung. Er lies vor lauter Schreck die Tasse fallen und rieb sein mit Tee beflecktes Bein. *»Es tut mir Leid«,* entschuldigte sich Dennis stotternd. Sam stellte die Tasse ab und erhob sich hastig. Ich nutze die Gelegenheit und tat derweilen etwas gegen die andauernde Kälte, die nun noch eisiger zu wirken schien als zuvor. Ich nahm ein Streichholz vom Sims und entzündete das Holz im Kamin. Sam machte einige Schritte, wandte uns den Rücken zu, tuschelte vor sich hin und blickte in den dunklen Raum vor ihm. Irgendwie erfreute mich die Situation. Sam kam aus sich heraus, aber in mir tat sich der Verdacht auf, seine Wut würde sich nicht gegen Dennis richten. Und ich hatte recht. *»Das bringst du mir? Einen schwachen Geist, zerfressen von Furcht und Selbstzweifel? Noch dazu einen Krüpp*el. Wozu soll der nützlich sein? Warum hast du so was in mein Haus gebracht?« Er kam gleich zur Sache und mir blieb nichts anderes übrig als mich zu entschuldigen. Ich entschuldigte mich für Dennis' Unzulänglichkeiten.

»Wenn man sich einem Ideal verschreibt, verlangt es Hingabe, Vertrauen und Furchtlosigkeit. Das hab ich dich gelehrt. Er weist nichts dergleichen auf. Deine Wahl war schlecht.« Dennis sah zu mir herab, wie ich so dasaß mit dem brennenden Streichholz ins Leere blickend. Er spürte den Zorn, der sich in mir auftat. Nie fühlte ich mich so gedemütigt. Ich spürte nicht mal die Flamme, die sich an meinem Daumen selbst erstickte. Am liebsten hätte ich Dennis ins Gesicht geschlagen. *»Schaff diesen unbedeutenden Krüppel aus meinem Haus und komm wieder, wenn du endlich imstande bist, etwas richtig zu machen.«* Nun war es Dennis, der sichtlich beleidigt schien, der aus sich herausbrach. Er forderte Sam lauthals auf mit ihm persönlich zu sprechen statt über ihn hinweg. Doch das erzürnte Sam nur noch mehr. Er drehte sich um und schlug kräftig mit seinem Gehstock gegen das Parkett. *»Wer bist du, mir zu befehligen?«* Plötzlich wirkte der alte Mann nicht mehr so schwach. Die Wut ließ ihn aufblühen. Ich trat beiseite, damit der Sichtkontakt zwischen den beiden nicht abbrach. *»Sie störrischer alter Mistkerl. Das muss ich mir nicht gefallen lassen. Nicht von Ihnen. Sie sind ebenso ein Krüppel, wie ich es einer bin! Wie erbärmlich muss man sein sich selbst anzuschießen, um wie ein Feigling vor der Herausforderung zu flüchten? Sie wollen ihm und mir was über Ideale erzählen? Für wen halten Sie sich eigentlich?«*
Dennis bat mich, mit ihm zu gehen. Natürlich weigerte ich mich und wartete. Sam machte schnelle Schritte auf ihn zu, so als würde er den Gehstock gar nicht gebrauchen müssen. *»Aufmüpfigkeit… falscher*

Stolz, die Haupteigenschaften nach grenzenloser Dummheit. Euer Alter ist einzigartig.« Er stand nun auf einer Höhe mit mir und fixierte Dennis mit einem Blick, der selbst mir Angst machen sollte. *»Was wirst du jetzt tun, Jüngling? Dich deinen Ängsten in der Dunkelheit stellen oder wieder bei Mami und Papi in einer Ecke zurückziehen? Weglaufen oder mir hier und jetzt Paroli bieten?«,* fragte er zugleich sanft und ernst. Ich sah, wie es in Dennis aufkochte. So hatte ich ihn nie zuvor erlebt. Er vermutlich auch nicht. Er hatte Mühe sich zu zügeln, während Sam nur auf eine Reaktion wartete, einem Wort, eine Geste. Natürlich wusste er die Antwort bereits. Doch die bevorstehende Art und Weise, wie er die Information geben sollte, war es die ihn antrieb. Ohne meine Zustimmung würde Dennis gar nichts tun. Für einen kurzen Moment wurde es ganz still. Die Kälte war unausstehlich. In Sam's vernarbten Gesicht brach sich das orange-helle Licht des Feuers in jeder Furche seiner Haut. Dennis sah genau hin, doch diesmal zeigte er keine Angst. Leise flüsternd versanken beide in ihren Gedanken. Es schien als verschmolzen sie zu einer Person. So etwas hatte ich schon einmal erlebt, nur war ich damals Sam oder Dennis. Die beiden schotteten sich komplett von der Außenwelt ab. Niemand wollte nachgeben. Dennis riss sich zusammen, während die Antwort auf die Frage des alten Mannes noch im Raum stand. Ich dachte anfangs, er hätte sich beruhigt, aber plötzlich presste er ganz trocken die Worte hinaus, die selbst mich in Staunen versetzten. *»Geh sterben, alter Mann! Ich habe Zeit, du nicht.«* Sams Mundwinkel zogen sich langsam nach oben. *»Vielleicht war deine Wahl doch nicht so falsch«,* flüsterte Sam in sich gekehrt.

Er lud Dennis dazu ein, ihm ins Nebenzimmer zu folgen. Es war mein Lieblingszimmer, denn hier roch es weniger nach altem Kauz, sondern stets nach Verdünner und Klebstoff. Ich hatte es daher noch sehr gut in Erinnerung. Die Dämpfe bescherten mir an so manchem Tag eine erholsame Nacht. Der alte Mann hatte ein Auge für morbide Kunst. Er verzierte seine Wände mit ausgestopften Tieren, an dem so kargen und dunklen Gemäuer mit der schwarzen Farbe darauf. Es war neben dem Ausstellungsraum zugleich sein Arbeitszimmer, in welchem er jedes seiner Tierchen eigenhändig und detailgetreu präparierte. Nicht alles hatte das Privileg hier hängen zu dürfen. Zu jedem einzelnen seiner Werke gab es eine Geschichte und nur diese entschied über den Verbleib und den sentimentalen Stellenwert in seinem Leben. Sam erzählte mir jede Einzelne. Ich konnte dem nie viel abgewinnen. Er war in meinen Augen oft nur ein verrückter alter Mann, der Haare, Felle und Nägel in Schubladen und Regalen aufbewahrte. Manchmal auch eigene körperliche Habseligkeiten, aber dazu muss ich an dieser Stelle nicht ins Detail gehen. Es gab nur ein Fenster. Die Rollläden auch hier zugezogen. Eine kleine Lampe bestrahlte einzig die Figuren und bot so eine beschränkte Sicht in das Zimmer. Das rote Licht an der Seite. Hier kam mein Geschenk vom letzten Jahr also doch zum Einsatz und damit ein wenig Stolz in mein Herz. Ich war überzeugt, er hätte es einfach weggeworfen.

Sam näherte sich dem Fenster und fühlte die Wärme, die ein verirrter Lichtstrahl direkt durch den Spalt der Jalousien auf seine blinden Augen warf. *»Ich habe einmal aus diesem Fenster direkt in den Himmel gesehen und sah diesen Vogel, der inmitten seines*

Schwarms flog. Damals konnte ich wenigstens noch einen Teil der Welt mit meinem Auge erfassen. Heute allerdings... bin ich froh diese Welt nicht mehr sehen zu müssen. Aber dieser eine Tag war etwas ganz Besonderes, sowohl für ihn als auch für mich. Dieser kleine Kerl brachte das Gleichgewicht unter seinen Artgenossen zum Wanken, erschütterte es bis ins Mark. Während seine Freunde allesamt nach rechts flogen, kehrte er plötzlich, ohne ersichtlichen Grund, nach links um. Einfach so. Immer und immer wieder verließ er die Formation. Die etlichen Versuche der Anderen, Ordnung in das Chaos zu bringen, scheiterten kläglich. Warum er es tat, wird wohl immer sein Geheimnis bleiben. Vielleicht war es Stolz, vielleicht die Langeweile am Dasein selbst. Der Aufschrei gegen die Monotonie des Lebens, die Selbsterkenntnis, sich nicht immer wieder einer Erwartungshaltung beugen zu müssen oder blind dem Willen anderer zu folgen. Der Mut, neue Wege zu gehen. Wir werden es leider nie erfahren. Aber als Beobachter, so kann ich dir versichern, war es bewundernswert an einem solch außergewöhnlichen Schauspiel teilhaben zu dürfen. Leider sahen das nicht alle so. Statt wir aus diesem Verhalten etwas lernen, uns inspirieren lassen, tun wir lieber alles Erdenkliche um die gewohnte Ordnung aufrechtzuerhalten. Die Bosheit der Anderen und der eiserne Wille, ihre Ordnung wieder herzustellen, führte leider dazu, dass sie schließlich auf ihn losgingen. Sie pickten ihn, wieder und immer wieder. Bis er schließlich angeschlagen zu Boden stürzte. Er landete in einem Baum, direkt vor diesem Fenster. Ich ging hinaus, um nach ihm zu sehen, und da lag er. Einsam und verlassen, seinen Brustkorb hektisch auf und ab bewegend. Die anderen kümmerte es nicht weiter, was sie diesem Pionier nur Sekunden zuvor angetan hatten. Ihre Ordnung war wieder hergestellt, den Preis dafür zahlte ein anderer. Sein Herz kämpfte um jede weitere Sekunde. Er klammerte sich an das Leben, wollte nicht loslassen. Doch letztendlich reicht die Kraft, die in uns wohnt, einfach nicht mehr aus.« Er deutete auf die Wand, an der ein kleiner ausgestopfter Spatz hing. *»Dort ist er.«* Dennis sah auf und blickte dem gefiederten Freund, der noch lebendig schien, in dessen glasige kleine Augen. *»Und weißt du, warum ich ihn nahm? Weil er etwas verändern wollte. Er widersprach dem Willen seines Kollektivs. Hatte den Mut etwas zu bewegen. Und gedankt wurde es ihm damit, dass man ihn verbannte und ihn seines Lebens beraubte. Es sind nicht nur die Menschen, die fürchten, was sie nicht verstehen. Es ist ein Naturgesetz, das in uns allen innewohnt. Ein tragischer Umstand, nicht beispiellos, dennoch entwürdigend.«* Dennis rückte näher an das Geschöpf heran und schien interessiert. *»Und nun erweisen Sie ihm so ihre Ehrerbietung, holen das nach, was seine Freunde verpasst haben. Als eine Art Gedenken und machen seine Geschichte damit unsterblich. Ein Symbol für die Unabhängigkeit und Freiheit, die jedem von uns bestimmt ist. Eine Freiheit, für die es sich lohnt, zu kämpfen und sein Leben zu geben. Finde ich passend«*, lobte er Sam.

»Ein Kadaver. Nicht mehr oder weniger. Ein Vogel kann die Welt nicht verändern, nicht wahr Sam?« Doch Sam sagte nichts. *»Sam?«* Ich wiederholte meine Frage, doch noch immer sah ich in die Abtrünnigkeit, die mich vollständig zu ignorieren schien. Er schenkte ihm nun mehr Aufmerksamkeit als mir. Dennis' Sinn für Poesie überrascht ihn. *»Eine interessante Sichtweise.«* Ich fand das nicht und

langsam störte mich diese abfällige Verschwiegenheit mir gegenüber. *»Sie erkannten das, was den anderen verborgen blieb. Und nachdem alles verloren war, schenkten sie ihm eine neue Identität. Ein hoher Preis für ihn, wie sie schon sagten. Fraglich ist jedoch, ob es aus seiner Sicht all das wert war. Für ganze drei Menschen, die die Botschaft verstanden haben.«* *Gott*, dachte ich, *wann hält er endlich sein Maul?* *»Dieses Rumgesülze«, sprach unbewusst aus.* Mich wunderte es, dass Sam noch so ruhig dastand. Ein weiterer Ausraster seinerseits wäre mehr als angebracht gewesen. Doch stattdessen tat er etwas Überraschendes. Sam nahm den Vogel von der Wand und legte ihn Dennis in den Schoß. *»Er sieht aus wie alle anderen. Und ohne seine Geschichte wäre er das auch. Nun soll es deine Geschichte sein.«* Dennis wusste nicht, was er sagen sollte. Ich dagegen schäumte innerlich. Nie hatte Sam mir etwas geschenkt. Ich empfand diese Geste als Beleidigung, noch dazu in meiner Anwesenheit. Dennis verstand nicht, was er da gerade bekommen hatte. Es war mehr als ein Geschenk. Es war Akzeptanz. Etwas, das er nicht so einfach in einem Buch nachlesen konnte. Ich brauchte Monate mir seinen Respekt zu verdienen. Dennis schaffte es in Minuten. Dieses ganze Theater für eine Bestätigung, die noch immer ausblieb. Ich bereute meine Entscheidung hergekommen zu sein. *»Das kann ich nicht annehmen, ich merke doch, was er Ihnen bedeutet.«* Doch Sam duldete keinen Widerspruch. *»Meine oberste Regel lautet: Wenn du frei sein willst, binde dich an nichts. Ich kenne seine Geschichte. Nun ist es an dir, sie an andere weiterzugeben. Hier drin hat sie keine Zukunft. Aber in deinen Händen kann etwas aus ihr werden.«* Jetzt fing er auch noch an. Ich räusperte mich, noch ehe eine Liebesbeziehung mit wilden Zungenverflechtungen daraus entstehen würde. Und endlich wurde ich eines Blickes gewürdigt. Dennis sollte bleiben und sich die anderen Stücke in Ruhe ansehen dürfen, während wir anderen verbliebenen Lebenden wieder ins Wohnzimmer zurückgehen sollten. Ich erwartete eine Entscheidung und nun war es an der Zeit sie zu bekommen. Das Feuer erlosch langsam. Es war nicht genug Holz vorhanden. Sam stellte sich ins Licht, drehte mir den Rücken zu. Er musste nachdenken. *»Ich bat um eine Taube und bekam einen Raben. Und nun bringt der Rabe die Taube. Er hat Potenzial, das ist unverkennbar. Er ist offen. Auch für Dinge, die den meisten verwehrt bleiben. Bist du dir sicher mit ihm?«* Ich nickte. *»Als du damals vor meiner Haustür standest und Einlass fordertest, habe ich nur aus einem Grund die Tür geöffnet. Ich sah deinen Hass! Er trägt ihn ebenfalls in sich. Aber etwas bremst ihn und es dürfte nicht leicht sein, diese Blockade zu entfernen. Ich habe dir immer wieder gesagt, dass zwei ein zu hohes Risiko sind. Du wirst nie die Motive und Absichten des anderen ganz verstehen können. Fällt der eine, fällt auch der andere. Gib ihm nicht zu viel.«* Mir war klar, dass er kein gutes Wort für mich übrig haben würde. Unsere Wege trennten sich im Streit und ich fühlte, dass er mir nach all den Jahren noch immer nicht verziehen hatte. Seine Kritik ließ nicht lange auf sich warten. *»Ich habe von deiner Tat gehört und ich muss sagen, dass es unvorsichtig und dumm war, ein derartiges Opfer auszuwählen. Dieser Bernd hatte Familie. Du hast Aufmerksamkeit erregt. Aber das hat dich ja noch nie gestört. Du vergisst meine Regeln nur zu gerne.«* Sein kalter Unterton missfiel mir. Ich war kein Kind mehr, dennoch behandelte er mich wie eins. Ich vergaß seine Regeln nicht, auch wenn er das gerne glaubte, um sich weiterhin überlegen zu fühlen. *»Was stört dich mehr? Dass ich endlich jemanden gefunden habe oder du bei mir versagt hast?«* Ich ließ es drauf ankommen. *»Ich habe dir nichts beigebracht, was nicht schon vorher vorhanden war. Aber dein Eifer nach Dramatik ist schlichtweg töricht und gefährlich.«* Ich wollte es nicht, musste es doch wohl. Nun konnte ich mich behaupten. *»Es ist zu spät, alter Mann. Wir haben es bereits zusammengetan. Gemeinsam. Anders als jemandem einfach eine Waffe in die Hand zu drücken und zu sagen »Tu es«, gab ich ihm einen Hintergrund und ein Motiv. Ich hatte im Gegensatz zu dir keine Angst die Wahrheit offen auszusprechen und ließ ihm die Wahl sich zu entscheiden. Ich musste auch nicht ein zweites Mal zurück, um Fehler zu beseitigen. Das ist nun Regel sieben zu deinen fünf. Man macht einfach keine.«*

Es tat gut sich endlich öffnen zu können und alles raus zu lassen. Sams Arm zitterte. *»Du fühlst dich überlegen. Beflügelt dich dieser Junge etwa wirklich so sehr? Warst du so verzweifelt? Vergiss nicht, wer ich bin. Ich gab dir dieses Leben. Diese Macht. Ohne mich hättest du nichts von all dem. Auch diesen Jungen nicht.«* Das Verlangen ihm seine Kehle mit einer Briefmarke durchzuschneiden steigerte sich von Sekunde zu Sekunde. Ich liebte die Wut und die Wut liebte mich. Nur in diesem Zustand konnte sich mein Potenzial entfalten. *»Einen Scheißdreck hast du. Wer hat Hoffmann ins Haus gelockt? Wer hat dir sein Blut geschenkt und später weggewischt? Du bist nichts als ein Beobachter, der sich an den Taten anderer erfreut und sich mit ihnen schmückt. Und ich sag dir noch* was, im Gegensatz zu dir habe ich bei meinen Opfern nie den Drang verspürt sie zu essen, egal wie gut durch ich sie dir zubereitet hatte. Ich brauche deine Zustimmung nicht und auch nicht deine Ratschläge. Ich treffe heute meine eigenen Entscheidungen. Neben Regeln und ständigem Spott hast du mir nie richtig zugehört oder verstanden, worum es mir ging.«* Er begann zu brüllen. *»Das Haus deiner Familie war ein Fehler.«* Aber so leicht würde er nicht das Thema wechseln können. *»Ich habe es getan, weil es getan werden musste. Was nutzte all das Wissen, wenn ich dennoch jeden Abend in dieses Zuhause zurückkehren musste und es nie anwenden würde. Während du hier, weit weg, seelenruhig zu Bett gingst. Ich habe ihnen alles genommen, weil du es mich so gelehrt hast. Den Fehler machten sie, zu glauben damit ungestraft durchzukommen und du, weil du einfach nicht an mich glauben wolltest. Seit diesem Erlebnis bin ich reifer, klüger und besser geworden.«* Wieder stampfte er seinen Stock aufs Parkett. *„Das würde Peter vermutlich anders sehen."* Ich wich zurück. Viel zu oft hatten wir bereits diese Diskussionen gehalten und stets war das Ende das Gleiche. Aber dieses Mal sollte er es nicht wieder auf diese Art beenden. *»Deine Tage sind gezählt, alter Mann. Ich weiß, du willst nicht, dass ich ihn habe, aber auf deine Meinung kann ich schon länger verzichten. Ich habe endlich das, was ich immer wollte.«* Dennis schob sich von hinten herein. Er musste mitbekommen haben, wie wir uns stritten, was aber keine weitere große Rolle spielen würde. Sam drehte sich um und blickte Dennis mahnend ins Gesicht. *»Gib Acht, wem du vertraust!«* Das ging in meinen Augen zu weit. Ich nahm die Teekanne und schlug sie ihm über den Kopf. Er landete inmitten der

Scherben, die Dennis hinterlassen hatte, und blieb regungslos liegen. *»Deine Kanne hat nen Sprung, alter Mann«,* spottete ich von oben herab und gab ihm einen saftigen Tritt in die Leiste. Dennis erstarrte. Ich wünschte Sam, dass er niemals wieder aufstehen würde. Ihn umzubringen hätte jedoch sofort die Spur zu uns geführt. Ich nahm meine Jacke aus dem Flur und ging seelenruhig wieder zu Dennis, der unentwegt zu Sam rüber sah. Eine Lektion für ihn. Er sollte niemals vergessen, was wäre, wenn ich es wollte. Ich griff nach dem Vogel zwischen seinen Beinen und warf ihn belanglos in das leere Zimmer, wo er seinen ursprünglichen Platz hatte und in seine Bestandteile zersprang. Wir hatten hier nichts mehr verloren.

21:27 Uhr
»Sie zwangen mich, im Zeugenstand Platz zu nehmen. Ein teurer Anzug, ein Raum voller fremder Gesichter. Ich fühlte mich wie ein Tier im Käfig. Ich beantwortete ihre Fragen, räumte die letzten Zweifel aus dem Weg. Aber ich war mir sicher, sie würde die Geschichte niemals richtig verstehen. Ihr aufgesetztes Mitleid, ihre Blicke. Das alles hat tiefe Wunden in mir gerissen. Ich lenkte meinen Blick stets weg von meinen Kollegen. Ich schämte mich ihrer. Mir missfielen dieser Rollentausch und die Tatsache, dass ich auf Fragen antwortete, die ich einst selbst so gekonnt gestellt hatte. Ihre billigen Tricks zeigten keine Wirkung bei mir. Ich kenne das Spiel und das haben sie sehr früh erkennen müssen.« Ich leugne nicht vor ihm, dass ich den Ruhm anfangs genoss. Wer täte das nicht? Aber mein äußeres Erscheinungsbild verfälschte das Bildnis eines wahren

Helden, wie ihn die Presse und Öffentlichkeit gerne sah. Ich enttäuschte ihre Vorstellung.

»Eines würde mich interessieren. Wie sind Sie all dem entkommen? Ich meine, es dürfte schließlich nicht leicht gewesen sein, das alles vergessen zu wollen. Sie wurden aus unerfindlichen Gründen verschont.« Ich leerte bereits meinen vierten Kaffee seit Beginn der Sitzung. Ich würde vermutlich Schwierigkeiten bekommen, in dieser Nacht ein Auge zu machen zu können. »Indem ich den Lebenden den Tod verkaufte. Das war einfacher als sich lästigen Fragen stellen zu müssen und auch sicherer. In meiner Position sind einem nicht viele Alternativen gegeben.« »Sie fingierten also gegenüber den Menschen, Freunden und Bekannten, ihren eigenen Tod? Das ist ihre offizielle Aussage?« Er fragt ohne diesen verächtlichen Unterton, wie ich ihn sonst oft von Behörden zu hören bekam. »Ja. Denn nur so waren sie sicher. Ich war ein Feigling.«

Niemals, niemals, niemals. Dreimal sechs gibt nicht 666. Auf die Acht muss man achten. Siebenmal Sieben gibt 49, oder feinen Sand. Ja, ich war sichtlich verwirrt an diesem Tag. Das geschah immer so, wenn ich nicht wusste, wie es weiter geht. In mir herrschte stets dieser Tatendrang. Ruhig dazusitzen, über das Wetter zu spekulieren, die Sonne zu genießen war mir einfach nicht vergönnt bzw. missfiel mir. Ich tat diese Blockaden meist selbst gegen mich auf. Das Leben täglich einfach aus einer Laune heraus neu zu bewerten und die kommenden Stunden einfach abzuwarten, nein, das war nun wirklich nicht das, was ich wollte. Doch genau damit machte ich es schlimmer. Je mehr ich mich gegen diese depressiven Gedanken versperrte desto intensiver wurden sie. Und Marty machte es nicht gerade einfacher. Martin Sünbock. Marty klang einfach besser, amerikanischer. Ein idiotischer Trend, der unter Eltern um sich griff wie ein Lauffeuer. Warum Marty so wichtig war, dazu denke ich, kommen wir besser später noch mal.

Die Bildungsinstitute in Nordrhein-Westfalen zählen noch heute zu den besten in ganz Deutschland. Den Einwohnern rund um Bonn war es somit möglich, ihrem Kind die bestmögliche Bildung zu verschaffen, sei es für Hochbegabte, Normalos oder schlichtweg für die dümmsten Idioten unter Gottes Sonne. Die Christophorus-Schule beherbergte aus meiner Sicht nur solche Idioten. Dennis schien hier die einzige Ausnahme. Es war eine Schule für benachteiligte Geschöpfe, die lernten, wie sie trotz ihres Zustandes der Gesellschaft noch dienlich sein konnten. So der gesellschaftlich respektvolle Wortlaut einer gedruckten Werbebroschüre. Für mich blieben sie einfach Idioten. Christophorus der Heilige hatte damals die ganze Welt getragen, heute trug er nur noch dazu bei, dass sie nicht mehr verrückter wurde, als sie es ohnehin schon war. Schon als ich den Schulhof betrat und gelangweilt an meiner Zigarette zog, merkte ich, dass dies keineswegs eine dieser normalen Schulen war, in denen die 16 bis 18-Jährigen lieber fangen spielten oder das schöne „Rein und raus Spiel" probten. Die Turmuhr schlug 12:30 Uhr. Die Schule war aus und alles was ich sah waren Gestalten die nicht Händchen halten können, weil sie sich entweder nicht sehen, hören, riechen konnten oder gar erst über den Luxus einer Hand verfügten. Es zeigte mir, wie sehr ich im Vorteil war und dass die Eltern dieser Tölpel wirklich stolz auf sie gewesen sein mussten. Und dann kam er endlich, mein Sprössling. Gut gelaunt und auffällig amüsiert über die Gegenwart eines schmalen Burschen mit Sonnenbrille, der ihn vor sich herschob. Sie wirkten einander sehr vertraut, besuchten womöglich die gleiche Klasse. Er hatte einen mordsmäßigen Zinken im Gesicht, von dem er mithilfe seines post-modernen Pagenhaarschnitts wohl abzulenken versuchte. Das weiß-karierte Baumwollhemd, die limitierten Lederschuhe und der teure North-Face Rucksack zeigten mir, dass er aus gutem Hause stammte. Das war meine erste Begegnung mit ihm und sollte nicht die Letzte sein. Es war an der Zeit mich vorzustellen, also stellte ich mich ihnen genau in den Weg. *»Hi Gang.«* Dennis stoppte sofort und verzog die Mundwinkel. *»Sag mal, was willst du denn schon wieder hier?«* Wie immer hoch erfreut. *»Da wo du bist, da bin auch ich.«* Natürlich stammte der Spruch nicht von mir, aber ich wollte ernst wirken, um den richtigen Eindruck zu hinterlassen. Der Typ mit der Sonnenbrille starrte mich dabei nur unentwegt an. Es schien, als sei er auf der Suche nach etwas an mir. Die penetrante Art und Weise wie er es tat gefiel mir ganz und gar nicht. Also fragte ich ihn auch direkt, ob er ein Problem mit mir hätte und ob ich ihm irgendwie helfen könnte. Er entgegnete dazu nichts. Stattdessen antwortete Dennis für ihn und machte mich darauf aufmerksam, dass Marty keineswegs auf der Suche nach etwas an mir war. Er war blind und Dennis geleite ihn als eine Art „drittes Auge" hinaus. Die Art, wie er es mir erklärte, in diesem einfühlsamen Unterton, sollte mich milde stimmen. Ich entschuldigte mich trotzdem nicht und lachte stattdessen laut los. *»Ach du schiebst ihn raus und nicht umgekehrt... Hahaha... Ihr seid echt ein paar Spezies. Mit der Nummer solltet ihr in einer Sitcom auftreten.«* Er zeigte sich sichtlich verärgert. *»Wir gehen heute jemanden besuchen. Wir haben nicht viel Zeit. Also sag Stevie Wonder, er soll allein nach Hause fahren. Aber hübsch auf Verkehrsschilder achten, alles klar, Kumpel?«* Doch Dennis hatte eigene Pläne *»Marty und ich haben bereits was vor. Nig holt uns mit. Wir fahren in die Stadt. Sorry.«* Er schaffte es, dass ein einfaches „Sorry" wie ein „Leck mich am Arsch" klang. Und dann wieder dieser Nig. Svenja hatte mir bereits von ihm berichtet. Er war eine selten auftretende Anomalie in diesem Kuhkaff. Der einzige Afroamerikaner, der es wagte, sich im Umkreis von fünf Kilometern mitten in einem hellen Vorort niederzulassen. Alle nannten ihn Nig, die Kurzform eines boshaften Titels, welchen niemand frei auszusprechen wagte. Die Ureinwohner hier fanden das urkomisch. In Wahrheit hieß er Thomas Krauter, eigentlich recht eindeutig. Manche, darunter auch Christoph, munkelten ihn als Mulatten. Nig wusste das, doch es kümmerte ihn nicht weiter. Schwarz war das neue Weiß. Es war im Kommen. Überall, nur noch nicht hier. Wieder so ein Nachteil, wenn man etwas weiter von der modernen Welt abseits leben sollte. Dennis hatte wohl ein Händchen für ausgesprochen „spezielle" Menschen, wie Christoph sie nannte. Er und Svenja, mehr gezwungen als gewollt, sahen es nicht gerne, wenn Dennis sich mit ihm traf. Womöglich weil Christoph seine rassistischen Ansichten gerne mit seinen Tätowierungen öffentlich zur Schau stellte und der Meinung war, dass jeder Deutsche so denken müsste. Christoph's Eltern dienten im zweiten Weltkrieg. Ja, sie beide dienten dort. Großmutter Bender als KZ-Aufseherin, Opa Bender als exekutiver Platzanweiser innerhalb der Duschen. Ich verachtete Rassismus, beschäftigte mich auch kaum mit diesem Thema. Doch Dennis hatte einst mit einer Sache recht. Was hätten wir unter diesen Umständen von damals getan?

»Wir nehmen den Zug«, erwiderte ich nur ernst, seine Meinung spielte in meiner oder sonst einer Welt keine bedeutsame Rolle. Kompromisse gab es keine, doch scheinbar auch nicht für Andere. Der „Drei-Punkte-auf-Gelb-Anhänger" erwies wahrlich Mut. Er trat näher und positionierte sich genau vor mir. Zwischen mich und Dennis. *»Wir haben bereits etwas vor. Hörst du schwer?«* Das war mal was Neues für mich. Der Maulwurf machte wirklich einen auf Dirty Harry. Ich konnte es ihm eigentlich nicht mal verübeln. Irgendwie suchten diese Menschen stets eine Gelegenheit sich zu beweisen, ihren Missstand auszugleichen. *»Wenn ich „Jetzt" sage, trittst du ganz*

schnell beiseite oder du siehst das Tageslicht nie wieder. Oh Pardon, das gilt ja nur für uns Weitsichtigen. Dürfte dich also wohl nicht schwer beeindrucken oder wie siehst du das?« Gleich zwei Tiefschläge in einem. Ich war so gut. Doch Marty ließ sich nicht so leicht ködern und konterte selbstsicher. *»Diabetische Retinopathie Typ I ist keine endgültige Sache. Kannst es googeln, wenn du willst. Falls deine zittrigen Finger dir das erlauben.«* Zittrige Finger? Dennis entschuldigte sich sofort im Anschluss darauf, ihm das gesteckt zu haben. Ein Thema, dass ich später zur Sprache bringen würde. Jetzt war erst mal dieser Knilch dran. Er hatte womöglich noch eine Chance diese verkorkste Welt aus seiner eigenen Perspektive zu betrachten. Eine Chance, die ich ihm in diesem Moment nur zu gerne nehmen wollte. *»Betrachten wir es mal so. Nicht sehen zu können, bedeutet nicht, nicht handeln zu können.«* Er war nicht nur blind, auch ein Klugscheißer. 22 % Sehstärke und 78 % Optimismus einem verbalen Street Fight gegen mich standhalten zu können. Keine guten Aussichten. *Er würde es nicht kommen sehen*, dachte ich mir. Ich fuhr richtig hoch und begann mir bereits die Jacke zu öffnen. *»Ich bin kein Freund vieler Worte, Marty.«* Wenn Teenager sich schlugen, endete es meist blutig. Auch wenn es in diesem Fall eine recht einseitige Angelegenheit werden würde. Ich wollte sehen, ob ich dem noch etwas hinzuzufügen beziehungsweise die Latte etwas höher ansetzen könnte. Mein erster Schlag zerschlug seinen linken Backenzahn. Mein linkes Bein würde seinen Bauch bearbeiten, sobald er am Boden liegen würde. *»Hör auf damit«*, schrie Dennis. Wie bereits erwähnt, spielte seine Meinung keine Rolle. Marty. Am Boden war er nicht mehr so stark. Er begann zu

weinen, was mich nicht davon abhielt, ihm einen
weiteren Tritt in die Seite zu verpassen. Nun wusste
er, was Überlegenheit bedeutete. Doch plötzlich
stieß mich eine enorme Kraft zu Boden. Ich wusste
nicht, wie mir geschah, bis ich plötzlich jemanden
über mir kniend auf mich einschlagen sah. Immer
wieder erkannte ich nur für Sekundenbruchteile die
sich wiederholende Folge von Fausthieben, die mein
Gesicht bedeckten. Und nur für einen weiteren
Bruchteil erkannte ich auch meinen Peiniger. Es war
Nig. Von unten wirkte er größer als ich es in
Erinnerung hatte. Ich steckte die Prügel weg, ohne
auch nur einen Laut von mir zu geben. Der Mensch
kann eine beträchtliche Anzahl an Schmerzen
vertragen, sie zeigen ihm, dass er lebendig ist.
Angenehm ist es dennoch nicht. Irgendwann war es
soweit. Dennis' Stimme verwandelte sich in ein leises
Summen, dann zu einem grellen Pfeifton. Es dauerte
nur Sekunden, doch ich trat für einen kurzen
Moment, wie mir schien, aus dem Leben. Der letzte
Fußtritt seiner Sportschuhe schwärzte die Welt um
mich herum. Ich empfand es als bedeutsame
Erfahrung unterlegen zu sein, aus dem Hinterhalt
attackiert, zu Boden gerissen. Es sollte mir klar
machen, dass es dazu niemals wieder kommen
durfte.

Das Pfeifen verstummte und langsam vernahm ich
wieder die Stimmen, die mich umgaben. Einer der
Lehrer hielt Nig im Schwitzkasten und zog ihn von mir
runter. Ich sah diese blanke Raserei, der er
vollständig, wie ein wildes Tier, verfallen war. Dennis
half mir widerwillig auf. *»Was ist nur los mit dir? Du
suchst wohl immer die Konfrontation. Was hast du dir
nur dabei gedacht?«* Wieder nur Fragen, wobei die

Antwort sich doch so offensichtlich präsentierte. Ich duldete keine Konkurrenz, keine weiteren Schwächen, die auf Dennis abfärben sollten. Marty oder Nig, der nebenbei die Meinige gerade offenbaren sollte. Oder Björn, der Mitläufer, der das Idioten-Quartett vervollständigte. Der sich stets bedeckt im Hintergrund hielt und nur etwas zu sagen hatte, wenn er seinen Vorteil ausbauen konnte. Er war es, der den Lehrer gerufen hatte. Das Blut auf meinen Lippen, dieser metallische Geschmack. Ich war noch ein wenig wacklig auf den Beinen, betrachtete aber aus dem Augenwinkel weiter das Schauspiel zu meiner Linken. Es brauchte weitere zwei Männer Nig in Zaum zu halten. Zu gerne wäre er auf mich losgestürzt, hätte sich weiter an mir vergnügt. Sein Beschützerinstinkt geriet außer Kontrolle. Er versuchte es zu erklären, doch hörte niemand zu. Dabei dürfte Nig das elementarste Gesetz einer Kleinstadt klar geworden sein. Eine weiße Frage wog stets mehr als eine schwarze Antwort. Es war nicht so, als ob man es offen aussprach. Aber zu glauben, wir hätten dieses Gedankengut hinter uns gelassen, ist schlichtweg naiv. Marty schwieg zu dem ganzen Thema. Er wusste, was ihm blühen sollte, würde er die Wahrheit aussprechen. Auch Dennis sagte kein Wort, obwohl er sichtlich geneigt war, dem Unrecht Paroli bieten zu wollen. Er stand zwischen zwei Fronten, entschied sich jedoch für die richtige Seite. Es dauerte keine zwei Minuten und der erste Streifenwagen traf ein. Dann sah ich meinen „Special-Friend" Rockenfeller am Haupteingang des Schulgebäudes, wie er kopfschüttelnd nur so dastand und mich mit vorwurfsvollem Blick anstarrte. *Pech*, dachte ich innerlich. Denn heute hatte er ausnahmsweise nichts dazu zu sagen, denn sowohl Nig als auch ich gehörten nicht zu seinem Zuständigkeitsbereich.

Sie führten ihn ab. Die Beamten erfassten noch schnell die Ereignisse und Daten, die die Zeugen für sie eigens konstruierten. Nig war keiner von ihnen, und obwohl die Beamten keinen von uns beiden jemals gesehen hatten, standen sie dennoch zu mir. Einerseits erschien es mir unfair, doch notwendig. Dies war nun meine zweite Begegnung mit den Männern des Gesetzes und es galt für alle, ruhig zu bleiben. Während meiner Aussage träufelte man mir mit einem Taschentuch ein beißendes Mittel auf die Wunden. Mein Auge schwoll an, mein Bein hinkte, doch das alles erschien mir unwichtig. Ich wählte meine Worte mit Bedacht und erschuf eine Version. Eine, welche das Gesetz vorerst zufrieden stimmen würde. Auch Marty's Eltern trudelten eine halbe Stunde später ein, hatten durch Rockenfeller von dem Vorfall erfahren, obwohl Details ausblieben. Ein dezentes Kopfnicken an Dennis signalisierte ihm aus der Ferne, dass diese Details auch weiterhin ausbleiben müssten und er es ihm besser verständlich machen sollte. Jeden Schritt, jeden Schulterklopfer beobachtete ich und Dennis machte seine Sache sehr gut. Björn half unbewusst sogar mit, dieser weltfremde Schleimer. Womöglich stellte er sich wenig später am Ende sogar noch selbst in dem Wagen als den Helden dar.

Als sie losfuhren waren es nicht mehr viele, die um uns herum standen und zuletzt waren es nur noch wir beide, die den Platz belebten. Ich erkannte die Vorzüge, die die Situation mit sich führte. Vorsichtig wischte ich mir den letzten Blutstropfen von der Hand und wandte mich Dennis zu. *»Scheint so, als hättest du nun doch Zeit.«* Ich bekam stets, was ich wollte und Dennis musste sich langsam mit diesem Gedanken anfreunden.

Arzdorf war ein altes Dorf. Ein alter Ort und mit alten Menschen. Und wie in jedem alten Dorf mit alten Menschen, existierte dort wie so üblich auch eine alte Kirche. Ich war weder spirituell veranlagt, noch zeigte ich irgendeine Form von Interesse an diesem Irrsinn. Dennoch. Es schien mir der passende Ort ein ungestörtes, ernsthaftes und zukunftsorientiertes Gespräch mit ihm führen zu können. Heute war ich es, der Hilfe bedurfte. Mein Knie schmerzte so sehr, dass ich mich kaum aufrecht halten konnte. Also blieb mir nichts anderes übrig, als meine Stütze in Dennis' Gefährt zu suchen. Mein Schüler war nicht in bester Verfassung und drum ließ ich ihm, im Rahmen meiner Verantwortung, ein wenig Zeit für sich. Das Bauwerk stand in der Nähe des Dorfplatzes, umgeben von einer Pizzeria, dem Schneider Orth und einem heruntergekommenen Lotterieshop. Der belebteste Platz des Ortes. Wollte man mal wirklich einen Menschen zu Gesicht bekommen, kam man hierher. Doch dafür waren wir nicht gekommen. Wir suchten eher die Abgeschiedenheit. Also schritten wir direkt durch die Himmelspforte. *»Schon bemerkenswert. Was Menschen so mit ihren eigenen Händen erschaffen können. Na… habe ich dich gut zitiert?«*, fragte ich flüsternd in Bezug auf seine Worte vor vielen Jahren. Weniger aus Respekt für kirchliche Tugenden, mehr um die Situation richtig zu würdigen und nicht zu überbeanspruchen. Dennis sprach kein einziges Wort. Erst als wir den großen Saal betraten, brach sein Schweigen. Er blickte auf das Becken, welches das Osterwasser in sich trug. *»Es ist leer«*, fiel ihm direkt auf. Mir war das scheißegal. Ich war oft hier und erinnerte mich nicht an ein einziges Mal, an dem das Gefäß während meiner Anwesenheit gefüllt gewesen war. Ich setzte mich, schloss meine Augen und roch die rohe Kirchenluft. Dennis fuhr dicht mit seinem Wagen an die Bank heran, auf der ich saß, und betrachtete die Bildnisse, die prunkvoll den Boden schmückten. Ich sah zu Dennis und überlegte mir, wie die Geschichtsschreiber uns gesehen hätten. Von weiter hinten, es hätte ein von flämischen Romanisten entworfenes Bild vollkommener Entfremdung ergeben. Ein zerworfenes Bildnis aus dem 17. Jahrhundert, welches die Zerstrittenheit zwischen Kain und Abel thematisiert, hätte womöglich vollends gepasst. Kain. So hätte man mich aus externer Sicht wohl gesehen. So dachte ich immer, wenn ich vereinzelte Menschen hier vorfand. Die christliche Mythologie wartete mit einer Vielzahl derartiger Geschichten auf. Viele Themen, die schwammig formuliert, in jede doch so kleine Alltagssituation passen konnten. Dabei spielen sie geschickt mit den gängigen Ängsten ihrer Leser und machen sie sich somit Untertan. Clever und ein Milliardengeschäft.

Ich weiß nicht ob es Absicht der Kirche ist dieses Gefühl in einem hervorzurufen, damit man bereitwilliger den Spendentopf füllte. *»Du hast gesagt, wir besuchen jemanden. Und wir haben nicht den Zug genommen.«* Ich wollte lachen, aber es war zu traurig. *»Und das hast du mir tatsächlich geglaubt?«*, huschte es aus mir heraus. Behutsam fragte ich ihn, ob er an Gott glauben würde. Eine lächerliche Frage für einen klar denkenden Menschen. Doch wollte ich wissen ob auch er sich zu einem dieser blinden Schafe zählen würde. Er antwortete mit einer Gegenfrage, die den gleichen Inhalt wie die meine implizierte. *»Tust du es?«* Ich nahm das Gesangbuch zu meiner rechten, welches ein Tölpel wohl versehentlich liegen gelassen hatte und blätterte darin. Die Worte des Trostes. Reine Augenwischerei, aufgetragen durch die Hände Sterblicher. *»Ich gab Gott oft genug die Gelegenheit in mein Handeln und Schaffen einzugreifen. Er hätte mich aufhalten können. Doch hat er es getan? Er hätte sie alle retten können, aber das tat er nicht. Ist das nicht ein Grund dafür daran zu glauben, dass das, was wir hier tun, nicht so verkehrt sein kann? Gott sieht das Töten als Teil unserer Natur an und akzeptiert es. Egal, aus welchen Beweggründen wir es tun. Die Tat an sich stellt keine Sünde dar, so wie es die meisten Menschen glauben oder behaupten. Sie ist ein Teil dieser Welt und wird es immer bleiben. Schau mich an, Dennis. Sieh mich an, wie ich in seinem Haus hinaufblicke und ihn auffordere mich aufzuhalten, zu vernichten, wenn das, was ich tue, nicht seinem Willen entspricht. Vielleicht ist die Tatsache, dass er nicht antworten will, genau die Antwort, die keiner hören will.«* Und ich sah hinauf. Hinauf in den Himmel. Und ich forderte eine Reaktion, die natürlich ausblieb. Ich lehnte mich gegen das mächtigste bekannte Wesen dieser Welt auf, verspottete es.

»Nichts. Tja, was haben wir auch anderes erwartet. Es ist doch eh immer dasselbe. Aber, vielleicht kann er auch einfach nicht antworten. Vielleicht ist das einfach der eindeutige Beweis dafür, dass Gott... nicht

existiert. Folglich kein Himmel. Und wo kein Himmel, da auch keine Hölle. So oder so, beide Möglichkeiten lassen nur einen Schluss zu. Wir haben keine Bestrafung wegen unserer vergangenen Taten auf Ende zu fürchten, folglich auch keine für unsere zukünftigen. Wir können also weitermachen wie bisher. Ohne Angst und Schuldgefühlen. Keinen interessiert es. Und wenn es schon Gott nicht interessiert, wer bitteschön ist dann der Mensch, der sich seinem Willen entgegenstellt und sich anmaßt, über uns Gleichgestellte mit ihren Gesetzen zu richten?«

Wahrlich, warum tun wir uns das nur selbst an?

»Ich habe mich für eine Seite entschieden... und er, also Gott, scheint damit einverstanden zu sein. Aber du, Dennis... Du stehst noch abseits. Verwirrt und verloren. So wie jetzt gerade auch. Genau hier, zwischen diesen Bänken. Im übertragenen Sinne zwischen Gut und Böse. Du hast Angst, weil du das, was du getan hast, damals mit Bernd, als etwas Böses empfindest. Aber wer verurteilt dich für etwas, dass niemand auf Erden, oder außerhalb, weiß, versteht oder interessiert? Du bist frei, genau in diesem Moment. Hier und heute. Belaste deinen Geist nicht mit Gedanken, die es nicht wert sind auf deinen Schultern herumgetragen zu werden. Viele Menschen verlassen sich einfach zu sehr darauf, vertrauen auf das unfehlbare Urteil... ihres Hirten, Herrn und Meister, ihrem Schöpfer. Nur vor ihm werden sie sich alle am Ende verantworten müssen, natürlich immer noch vorausgesetzt, er existiert.
Und wenn die Antwort auf die Frage, »Ist die Sünde ein mir mit der Geburt zugesprochenes

Menschheitsrecht«, irgendwann, in weiter Ferne, „Ja" oder „Nein" lauten sollte, dann wird es eben geschehen. Dann werden eben all die kleinen unbedeutenden Fäden zusammenlaufen und das ergeben, was du warst, bist und sein wirst. Deine Geschichte, dein Wesen. Ein Wimpernschlag. Er wird dir und mir entweder schaden oder Absolution erteilen. Aber nicht heute. Noch steht es uns frei alles zu tun, was wir wollen. Mir ist egal, welche der beiden Optionen mich erwartet. Ich kann den Schaden, den ich verursacht habe, nicht wieder aufwiegen und du kannst es ebenso wenig. Doch wer weiß schon, ob Gott unter dem Bösen das Gleiche versteht wie wir Menschen. Wie ich eben schon sagte: Nur ihm allein steht dieses Urteil zu und bisher tat er... nichts. Das ist kein Glaube mehr, Dennis, das ist Gewissheit. Die Menschen, das draußen, glauben nur „zu wissen". Zu wissen, was Gut und Böse bedeutet. Sie glauben nur zu wissen, wie weit es ihnen erlaubt ist zu gehen bis sie an ihre oder seine Grenzen stoßen. Grenzen, die der Mensch sich selbst seit Jahrtausenden selbst errichtet hat. Doch jeden Tag beweisen wir mit unseren Taten das Gegenteil. Wie wir Wenigen voranschreiten, Erfolge feiern. Starke Menschen sich zur Befriedigung ihrer Bedürfnisse nicht von ihnen ausbremsen lassen. Wenn diese Idioten doch endlich mal begreifen würden, dass das Fehlen der Antworten auf ihre Fragen, ihm gegenüber, die elementarste und einzige Antwort darstellt, die er uns überhaupt geben kann... Unser Leben würde so viel einfacher sein. Wir wären wahrlich frei. Eine Erkenntnis, die uns dazu verleiten würde „Größeres" zu vollbringen. Und ich tue es. Ich will diesen Weg, dieses Leben. Und du willst es, wie jeder andere, insgeheim auch. Wir sprechen unser eigenes Urteil, für uns selbst. Er räumt uns die gleichen Möglichkeiten ein, die ihm gegeben sind. Er stellte uns mit sich gleich.

Ich weiß, was du getan hast. Das ist mehr Wissen über dich, als das aller anderen Menschen. Mir steht es somit zu, dein Handeln zumindest zu bewerten. Und was noch wichtiger ist und was du dir immer vor Augen halten musst: Wenn Gott dir bisher nicht geantwortet hat, so wie er es bei mir nicht tat, wer sind dann wir anderen über dich zu richten? Ich sage dir, als einziger, der die Gewissheit akzeptiert, an dieser Stelle, hier und heute, es war richtig was du getan hast. Nicht weil ich es gutheiße, sondern weil ich die Natur des Menschen und dessen Freiheit akzeptiere. Es war ein Teil von dir, ein von Gott gegebenes Recht.

Würdest du nun nicht sagen, da ich auf deine Fragen, deinen inneren Konflikt, antworte, dass es mich zu einem besseren Gott in dieser Beziehung macht? Zählt meine Meinung also nicht mindestens ebenso viel wie seine?« Ich griff in meine Tasche und zog meinen Zettel heraus. »Auch ich habe in gewisser Weise Gebote geschrieben, Regeln, an die auch ich mich halten muss. Regeln, die mein Überleben sichern sollen. Sie erfüllen somit denselben Zweck, wie einst die zehn Gebote des Mose. Für mich und zwangsläufig nun auch für dich. Deine Eltern mögen dir vielleicht das Leben geschenkt haben, aber ich habe ihm eine Bedeutung gegeben und es liegt nun auch in meiner Verantwortung, es vor Schaden zu bewahren. In dieser Welt und für alle Zeit, die uns verbleibt.« Dennis lachte kurz hämisch auf. »Gott ebenwürdig? Gebote? Hörst du eigentlich selbst, was du da sagst? Das sechste Gebot lautet »Du sollst nicht töten.« Aber das hat es wohl nicht in deine *wunderbaren Top-Ten der Regeln geschafft. Du kippst das Gleichgewicht, das Hunderte, nein, Tausende von Menschen in den letzten Jahrhunderten mühsam errichtet haben. Du trittst all das hier mit Füßen, weil du frustriert und außer Kontrolle geraten bist. Und du wagst das, all das, an diesem Ort auch noch laut auszusprechen. Nein, du siehst nicht dasselbe wie ich… oder der Rest der Welt. Du denkst, sie alle liegen falsch. Dabei hast du nie in Betracht gezogen, dass du diesen Widerspruch darstellst. Wir sind Mörder und egal was du tust oder sagst, nichts wird daran jemals etwas ändern.«* Wütend schlug ich auf das harte Holz der Sitzbank. Der Knall hallte durch den Saal wie ein tosendes Gewitter. Das Haus Gottes. Heute war es mein Haus. *»Nicht wir… du… nur du. Ich habe Bernd nicht getötet, das warst du allein.«* Ich wurde laut, sah hinter mich. Eine alte Frau betrat den Saal und tunkte ihre Finger in das leere Becken. Sie schlug ein Kreuz und bemerkte uns erst nach einigen kurzen Schritten. Als sie uns so dasitzen sah, blieb sie stehen. Ich warf ihr ein spezielles, freundliches Lächeln zu, welches sie dazu veranlasste wieder kehrt zu machen. Sie hatte nichts von all dem mitbekommen. Dennis verlor sich derweilen in Gedanken.

»Warum wolltest du dich umbringen?«, fragte ich ihn salopp, während ich das Gesangsheft zur Hand nahm und den Zettel wieder verschwinden ließ. *»Das gehört hier nicht her. Das ist mein Problem.«* Doch natürlich beließ ich es nicht dabei. *»Ohhhh, mein Freund, gerade dieser Ort dürfte für solch eine Diskussion geradezu perfekt sein. Selbstmord ist ebenfalls eine Sünde. Eine Todsünde. Du hast eigentlich keine Daseinsberechtigung hier zu sein. Aber wer unternimmt was dagegen? Keine Blitze aus Gevatter Gott's Hintern, die auf dich herabstürzen*

*und dich grillen. Die Menschen nennen es Sünde,
doch du sahst darin die Befreiung. Ein feiger Weg.
Doch ein Weg des freien Willens.«*
»Vielleicht war das seine Antwort ohne Worte.
Darüber schon mal nachgedacht? Vielleicht war
meine Zeit einfach noch nicht gekommen.« Ich
schwieg. Wenn er länger darüber nachdenken würde,
so sollte ihm klar werden, dass sich ihm hier eine
Gelegenheit geboten hatte, mit der Welt ins Reine zu
kommen. Und das tat er. Ich lauschte seinen Worten
voller Achtung. *»Manch einem fällt es einfacher, sein
Schicksal zu akzeptieren. Und manchmal sind es
gerade die Schuldgefühle, die einen anspornen
weiter… und es besser… oder etwas einfach wieder
gut zu machen. Doch ich… ich gehöre nicht zu diesen
Menschen. Ich hatte Träume. Träume, die ich nie in
meinem Leben Realität werden lassen konnte. Ich
hasse meine Beine. Ich hasse das Gesicht, das ich im
Spiegel betrachten muss. Ich hasste Gott für all das,
was er mir genommen hatte. Die Zukunft, für
Menschen wie mich, ist bereits mit Entstehung einer
Behinderung beinahe vollständig geschrieben. Das
Ende zieht sich nur so dahin. Jeden Tag sagt man dir,
wie viel Glück man hat am Leben zu sein. Doch sie
wissen nicht, wie es ist, ständig zu anderen aufblicken
zu müssen, von oben herab in eine Schublade
gesteckt zu werden. Immer zu wissen, zu was man
nicht imstande gewesen wäre, während andere ihre
Möglichkeiten nicht nutzen oder zu schätzen wissen.
Niemals gehen zu können, die Liebe einer Frau spüren
zu dürfen. Oder niemals… eine eigene Familie haben
zu können.«* Sanft legte ich das Buch zurück an seinen
vorbestimmten Platz.

»Du hast eine Familie und du hast mich.« Und ich meinte es ernst. Ihn kümmerte es nicht. Irgendwie fühlte ich etwas in ihm ausgelöst zu haben. Er blickte zum Boden, war in seine eigene Welt geflohen. *»Irgendwann einmal, da werde ich all dem hier den Rücken zukehren können. Ich werde einfach nie wieder zurückblicken und damit beginnen zu vergessen. Ohne „Auf Wiedersehen" zu sagen, einfach und konsequent. Aber dieser Tag ist nicht heute. Irgendwann einmal vielleicht, aber nicht heute.«* Verständnisvoll nickte ich mit dem Kopf, denn ich wusste, ich würde es nie dazu kommen lassen. *»Sam sagte mir einmal: Tue alles, was nötig ist, denn am Ende geht es immer nur um dich. Für ihn und viele andere bedeutet es, wenn du dich auf andere verlässt, bist du verlassen. Ich bin dabei genau das zu ändern, Dennis. Ihrer Bedeutung eine andere Perspektive zu geben. Mit dir. Gemeinsam.«* Irgendwie verlor ich den Faden. Ich stürzte von einer Botschaft in die Nächste, widersprach mir innerlich selbst. Schwer sich zu konzentrieren, wenn man dauernd von jemand Fremdes angestarrt wird. Ich blickte hinauf zu der spröden Jesusstatue, die immer wieder nach rechts unten auf mich herabzublicken schien. Er sollte neben Dennis der einzige Zeuge meiner Worte sein. Sein Antlitz wirkte beschämt, doch ich fühlte gar nichts. Einst lauschten wir seinen Trost spendenden Worten, seiner Stimme. Nun war es an der Zeit, dass er meine erhören sollte. Wir hatten das große Glück geboren worden zu sein. Doch so kurzlebig unsere Anwesenheit hier auch sein mochte, so sollte sie doch geprägt von Ereignissen sein, die wir selbst bestimmen sollten. Niemandem scheint wirklich bewusst zu sein, dass wir nur organische Wesen sind, die von jetzt auf gleich bestanden, doch genauso schnell wieder vergingen. Es gibt kein danach. Meine Gedanken tragen mich, solange mein Körper es mir gestattet. Wer einmal versucht hat an das „Nichts" zu denken, dürfte verstehen, wovon ich spreche und hätte nun auch eine Vorstellung davon, was uns nach unserem Ableben erwartet. Keinen Einfluss mehr nehmen zu können, dem Nachruf zu entsprechen, nie wieder eine Hand heben zu können oder mit den Augen zu zwinkern. All das endet in jenem Moment, in dem unser Körper schlichtweg versagt. Wie konnte also Jesus sich anmaßen, dem Ende eine höhere Bedeutung zuzuordnen.

»Und genau das musst du dir klarmachen. Und ich werde dir den Weg zeigen«, flüsterte ich. *»Was?«,* fragte Dennis spöttisch verwundert. Ich vermischte wieder einmal Fantasie mit Realität. Sprach die Worte in meinen Gedanken, die von niemandem außer mir vernommen werden konnten. Und in letzter Zeit wohl auch verstanden. *»Gehen wir. Für heute ist der Unterricht beendet.«* Ich zeigte ihm einen Weg, doch er sah nicht hin. Ich sprach die Worte der Wahrheit, doch niemand lauschte ihnen. Ich war wach, während die Anderen schliefen.

21:42 Uhr
Er wurde ungeduldig. »Sie reden Blödsinn. Wer ist schon Mensch, wer ist schon Gott? Sie vergessen, dass später viele kritische Augen auf dieses Werk gerichtet sein werden. Ich war dabei, haben Sie das vergessen? Ich kannte Dennis persönlich. Sie wiederholen sich ständig, schweifen ab. Einiges von den Dingen, von denen Sie hier berichten ist nicht einmal relevant. Darüber hinaus entspringt das

Meiste rein Ihren Spekulationen. Wer würde Ihnen dieses Märchen später abnehmen? Allein die Briefe mussten früh den entscheidenden Hinweis geliefert haben. Warum drehen wir uns hier immer wieder im Kreis?« Aber nein, so einfach würde ich mich nicht ködern lassen. »Das mit den Briefen kam erst viel später raus. Ich kam zu diesem Zeitpunkt nicht einmal in Berührung mit ihnen. Ich erzähle Ihnen nur das „was" und „wie" es sich zugetragen hat, aus meiner Perspektive. Nicht mehr und nicht weniger.« Ich nahm alles Positive, was ich über seine sympathische Art jemals ausgesprochen hatte, zurück.

Meine Botschaft an die Welt lautet: Geh zur Schule. Mach eine Ausbildung. Lerne von Anderen. Vertraue auf Freunde und Verwandte, die dich unterstützen und lieben. Gründe ein Heim für deine eigene Familie. Glaube an deine Regierung. Und das Wichtigste: Glaube und tue stets das Gegenteil von dem, was ich sage.

Die Geburtstagskerzen brannten noch. Es war so ruhig. Beinahe gespenstig. Niemand zu Hause, keine Stimmen, keine Musik. Ich erfuhr was es heißt, volljährig zu sein. Eine Fete wollte ich ohnehin nicht. Mit wem hätte ich sie auch feiern sollen. Dennis vergnügte sich wieder mit den gleichgesinnten Benachteiligten, die nichts zu seinem Leben beitragen konnten. Sie waren Beobachter, würden ihn aber nie formen können. Älter zu werden ist nicht wirklich ein Grund zu feiern, auch nicht in meinem Alter. Es frischt nur all die Erinnerungen auf, was man erlebt hat, und hätte besser machen können. Gesten, Heucheleien. Man erfährt stets Glück, was kein wirkliches Glück, sondern mehr eine Aneinanderreihung vorgetäuschter Zuwendungen war. Man schenkt, damit man sich besser fühlt. Tut es mehr für sich selbst, als für seinen gegenüber. Ballons und Konfetti. Alles Gute und Kuchen. Da stand er nun. Ein Marmorkuchen mit einem 40er-Radius. Darauf 19 Kerzen. Ulrike sollte noch mal die Schulbank drücken.
Ich stellte die Tasche ab und ging schnurstracks zum Wasserhahn. Ein kühles Glas Wasser wirkte auf mich erfrischender als sprudelndes Wasser aus der Flasche. Allein der Gedanke, nichts von diesen

gefährlichen Weichmachern, wie man sie in PET-Flaschen vorfand, zu mir zu nehmen, bereiteten mir Wohlwollen. Auf der Arbeitsplatte sah ich den Brief vom Neuwieder Stadtkrankenhaus. Adressiert an mich. War mir etwas entgangen? Noch ehe ich zugreifen konnte, hörte ich wie die Haustür aufgeschlossen wurde und die Schlüssel in der dafür vorgesehenen Schale landeten. Es war 15:00 Uhr. Ulrike hatte vor 30 Minuten Feierabend. *Verdammt*, dachte ich, hatte ich die Hoffnung ich würde es noch rechtzeitig schaffen. Ich stellte das Glas auf die Platte und nahm die Tasche, aber sie stand bereits im Türrahmen. Sie wirkte nicht sehr erfreut. Die Arbeit machte ihr wieder schwer zu schaffen. Sie bereute mit jedem weiteren Tag den Umzug in dieses Haus. Die Kosten und Schulden stiegen ins Unermessliche. Herb und Ulrike sahen sich kaum noch, meist nur zum Abendessen. Und wenn Herb dann einmal da war, verschwand er kurzerhand wieder, um sich an seinen eigenen Interessen zu vergnügen. Sie machte mich dafür verantwortlich.

»Warst du heute in der Schule?«, fragte sie mich, doch sie wusste genau, wie die Wahrheit aussah. Ich sagte nichts. Unser Verhältnis beruhte mehr auf einer Art Akzeptanz zueinander. Auch sonst wechselten wir nicht mehr viele Worte miteinander. Sie hielt mich auf Distanz, auch wenn sie forsch mit mir umsprang. Bei Herb hatte das Erfolg, doch bei mir... biss sie auf Granit. Ich machte ihr Angst, soviel wusste ich. Ich hörte, wie sie es Herb im Schlafzimmer vorsichtig zugeflüstert hatte. *»Ist der für mich?«*, fragte ich abwertend um einen Anflug von Interesse und Dank aufkommen zu lassen. Sie würdigte meinem Anliegen keines Blickes und setzte sich. *»Wir haben mit dir zu reden, dein Vater und ich.«* Diese Copycats. Ich

verspürte wieder diesen Zorn. Es ging mir am Arsch vorbei, worüber sie wieder reden wollten. Erstrecht, wenn es um die Wahl meines Geschenks ging. Von ihnen wollte ich nichts. Noch nie. *»Wo bist du heute gewesen? Direktor Betzing hat mich heute auf dem Handy angerufen. Du warst seit zwei Wochen nicht mehr da. Ich hab ihm gesagt, du hättest die Grippe.«* Es klang, als wollte sie dafür ein „Dankeschön" hören. Es ging sie nichts an. Zumindest seit heute nicht mehr. Ich nahm den letzten Schluck und wollte mich in mein Zimmer verkriechen. Aber sie stand auf und stellte sich penetrant vor mich. Dann endlich bemerkte sie den Brief auf der Ablage, der sie sichtlich nervös machte. *»Es wird Zeit, dass du dich den Konsequenzen stellst. Bei der Schlägerei letzte Woche hattest du vielleicht Glück, aber dem hier entkommst du nicht so leicht.«* Ich verstand kein Wort. Aus dem Nebenzimmer hörte ich plötzlich Schritte. *»Wer ist das?«*, fragte ich nervös und wich zurück. Ulrike tat es mir gleich. So wie sie die Worte sprach, so konsequent und hinterhältig, spürte ich, dass sie auf etwas anspielte. Etwas, das mir schaden würde. Ich sah zur Tür und da stand Herb. Es wunderte mich, denn Herb war normalerweise zu dieser Zeit in der Werkstatt. *»Hey, Partner«*, begrüßte er mich zurückhaltend. Es war eine Seltenheit beide zu solcher Stunde im Haus zu begegnen. Es verunsicherte mich. *»Was ist hier los?«*, fragte ich vorsichtig. Herb trat näher und versuchte mich vorab mit seinen Händen zu beschwichtigen. Es sei alles in Ordnung, ich bräuchte mir keine Sorgen zu machen, ich solle mich setzen. Was wollten die beiden von mir, war die Frage. Ich setzte mich, denn die Neugierde war zu groß als dass ich sie, wie so oft, hätte ignorieren und einfach hätte weggehen können. Herb trat hinter mich und nahm den Brief, öffnete ihn aber nicht. Scherzhaft fragte ich, ob ich krank sei, doch Herb verneinte, was mich nur umso unruhiger werden ließ. *»Es ist eine Nachricht, naja, eher gesagt eine Vorladung, bei der es um dich geht...«* Er machte Pausen, zögerte. Er starrte dauernd auf den Umschlag. Ein Krankhaus stellte eine Vorladung aus? Das schien mir sehr unglaubwürdig. Ulrike setzte sich neben mich. *»Wir hoffen, dass du nicht schlecht von uns denkst, wir wollten dich nur schützen.«* Ihre Stimme zitterte. Sie konnte mir nicht mal in die Augen sehen. Herb klopfte mir auf die Schulter. Und wieso war sie plötzlich so freundlich? *»Es ist vielleicht besser, wenn du mit uns in den Wagen steigst und wir es dir einfach zeigen.«* Was war hier los? Happy Birthday.

Alles wirkte so fremd familiär. Eine intakte Familie, ohne Probleme und gegenseitige Schuldzuweisungen. Erstaunlich, wie schnell Probleme in den Hintergrund rücken konnten, wenn man ein gemeinsames Ziel anging. Die Unterhaltung lag nur wenige Minuten zurück und angesichts dessen versetzte mich das Folgende tatsächlich in Erstaunen. Denn als Ulrike die Haustür auftat, schrie sie laut auf. Direkt neben der Treppe hing eine Katze, an einem dünnen Seidenstrang baumelnd. Brachial platziert, um den Entdecker binnen Sekunden wahrhaftiges Fürchten zu lehren. Ausgeweidet, ihr Innerstes nach außen baumelnd. Theatralisch optimiert und liebevoll in Szene gesetzt. *»Himmel, was ist das?«*, fragte Herb entsetzt. Auch ich traute meinen Augen kaum. *»Das ist ja widerlich. Wer tut so was? Ist das Susi?«*, fragte sich Ulrike und nach näherer Betrachtung sollte auch ich ihrer Vermutung beipflichten. Susi war eine Streunerin, so etwas wie das Maskottchen des Ortes. Jeder im Dorf kannte und liebte sie. Widerwillig schnitt Herb sie herunter und warf sie auf dem Weg zum Wagen in die naheliegende Mülltonne. *»Die hing eben noch nicht da«*, merkte er an. Bravo, ein wahrer Sherlock Holmes. *»Kennen die Teenies von heute denn gar keinen Anstand mehr?«*, schimpfte Ulrike. Ich musste schmunzeln, denn so etwas geschah hier tatsächlich häufiger. Meist mit Schafen, auf offenem Feld. Man fand Ohren in Komposthaufen oder ganze Gliedmaßen verteilt, auf Zäunen ausgehangen. Die willkürlichen Launen pubertierender Halbstarker, die sich stets an Schwächeren vergreifen würden. Langweiler. Langweiler, die nicht selten später ihr wahres Potenzial in größeren Projekten entfalten. Doch bis dahin hatte das Dorfleben wirklich nichts Besseres zu bieten gehabt. Ich war die Ausnahme. Wir fuhren 43 Kilometer. Das Ziel war bekannt. Ein anderes, jedoch mir sehr vertrautes, Bundesland. Auf der Fahrt schwiegen wir uns nur gegenseitig an, ebenso wie das Radio. Der Rhein reflektierte die Berge in solch farbenfroher Pracht, wie es mir bisher noch nie so aufgefallen war. Die, die in den Genuss kommen, sollten in so einer Gegend aufzuwachsen, konnten sich glücklich schätzen. Weder Herb, noch Ulrike, sah auch nur einmal hinüber. Leise stieß ich ein sanftes „Miau" hinaus, was bei den Unterlegenen der Nahrungskette wenig Anklang fand.

In der Eingangshalle des DRK-Krankenhauses Neuwied meldete Herb uns an. Ein gewisser Dr. Hans-Peter Kürten stand bereits fünf Minuten später in der Aula und begrüßte uns herzlich. *Snob*, dachte ich mir. Der erwartungsvolle Blick an mich war sehr auffällig. Ein vornehm nach rechts gekämmter Seitenscheitel sollte von dem faltigen Gesicht mit den Grübchen ablenken. *»Ist er das?«,* fragte Dr. Kürten Herb, welcher nur mit einem bestätigenden Nicken aufwartete. *»Dann folgen sie mir«,* führte er fort. Wir stiegen in den Fahrstuhl und ich war gespannt, welche Etage wir ansteuern würden. Seine Finger wählte die dritte Etage. Hier war die Intensivstation, aber was sollte gerade ich hier? Ich wagte nicht danach zu fragen. Als sich die Fahrstuhltüren öffneten, stockte mir der Atem. Dieses grün war tödlich für meine Augen. Zwei Polizeibeamte standen direkt vor mir. Sie sagten nichts, auch nicht, als sie uns sahen. Nur ein falsches Wort und meine Zeit als „Erwachsener" würde kürzer ausfallen als vorab vermutet. Oben angekommen ging Dr. Kürten voran. Die Beamten folgten uns. Es war alles ziemlich beklemmend. Wir passierten den Sicherheitsbereich und wurden aufgefordert, uns Kittel und Mundschutz überzuziehen. Auch die Beamten. Die Prozedur dauerte ewig und niemand sprach weiterhin auch nur ein Wort. In einem Vorraum formierten wir uns. Der Arzt überreichte Herb ein Dokument, welches er zu unterzeichnen hatte. Dann ließ er uns kurz allein. Herb legte den Kugelschreiber nieder, atmete kurz heftig aus und sah zu den beiden Herren des Gesetzes. Dann blickte er zu mir. *»Sportsfreund, jetzt wird's ernst.«* Gerade als ich etwas sagen wollte, öffnete sich die Tür erneut. Dr. Kürten wies die Beamten an, sich ein wenig zu gedulden und trat an uns heran. *»Wir sind so weit.«* Ulrike blieb. Nur Herb begleite mich zusammen mit dem Arzt durch die Tür. Der spannendste Horrorfilm konnte in mir nicht dieses Gefühl hervorrufen, das ich in diesem Moment empfand.

»Wir haben vor 2 Wochen den Anbau fertiggestellt, die Einrichtung ist so weit vorbereitet, ihn zu verlegen. Natürlich nur, wenn sie sich für diesen Weg entscheiden sollten.« Kürten sprach in meinen Augen nicht ein verständliches Wort. Das Atmen fiel mir schwer, mein Körper schwitze. Die ganze Situation reizte mich bis auf das Äußerste. Den langen Flur, der nie zu enden schien, würde ich nie wieder vergessen können. Zu meiner linken, das Schwesternzimmer, in dem die Angestellten das Nachmittagsprogramm betrachteten. Während zu meiner rechten, alternde schwache Menschen dem Tode ferngehalten wurden. Sie hingen an Maschinen, waren Maschinen. Maschinen, die auf Stand-By gehalten wurden und vermutlich nie wieder anliefen. All die Schläuche. Sie hatten nichts Menschliches mehr und wir maßen uns an, es Heilung zu nennen.

»In den vergangen neun Jahren haben wir unser Möglichstes getan, um den Zustand des Patienten so angenehm wie möglich zu gestalten. Bislang haben wir keine Möglichkeit erfolgreich der Muskeldegeneration entgegenzuwirken. Sarkoplasmen stehen zwar noch immer auf der Tagesordnung und sind ein wichtiger Bestandteil der Therapie, aber leider erschwert das stetige Liegen eine vollständige Genesung.« Kürten hielt am letzten Zimmer und bat uns kurz zu warten. Neun Jahre. Hatte ich richtig gehört? Ich sah zu Herb und fragte ihn, wer hier läge. Er nahm mich kurz zur Seite und ich erkannte wie er versuchte, die passenden Worte zu finden. *»Deine Mutter... Ich meine Ulrike... und ich, wir haben vor vielen Jahren eine Entscheidung getroffen, die uns sehr schwer fiel. Du warst zu jung um es zu verstehen. Heute bist du hier, weil du nun eine Entscheidung treffen musst!«* Dr. Kürten ließ

bitten. Zeitdruck von allen Seiten. Herb blieb und ich folgte einsamen, auffordernden Blicken auf unbekanntes Terrain. Ich stand kurz vor einer Antwort. Ich bekam immer weniger Luft, mein Herz raste. Polizisten im Genick. Der Druck und der Sauerstoffmangel waren für eine Person wie mich weniger vorteilhaft. Ich sah auf die Uhr. Der Sekundenzeiger raste förmlich vor meinem inneren Auge. 16:00 Uhr. Ich hatte noch ein Treffen mit Dennis. Tausende Gedanken schossen mir durch den Kopf. Ich schritt langsam voran. Ein grelles weißes Licht schien durch den Türrahmen zu meiner Rechten und brach sich blendend auf dem reinen Kittel des Dr. Kürten. Ich hielt ein letztes Mal inne und trat schließlich ein. Nur ein Bett. Das Zimmer war groß, anders als ich es bei der Raumgestaltung der umliegenden Zimmer erwartet hatte. Ein Bett begleitet von einem Computer. Kürten schloss die Tür hinter sich und ging an mir vorbei. *»Ich weiß nicht, inwiefern Sie informiert sind, aber ich bitte Sie leise zu sprechen.«* Ich sah mich um. Keine Bilder, keine Blumen, keine Besucherstühle. Nur dieses Bett, welchem ich mich langsam näherte. Alles um mich herum wurde still, so still, dass ich dem Klopfen in meiner Brust Bach's chromatischer Fantasie und Fuge zuordnen konnte. Am Fuße des Bettes stockte mir der Atem und die Melodie erlosch. Mir offenbarte sich etwas vollkommen Unverständliches. Das Namensetikett auf dem Rahmen trug den Namen meines Vaters. Ich sah auf und blickte in das Gesicht. Wer auch immer in diesem Laken eingemummelt dalag, war mir fremd. Brandnarben überschatteten das halbe Gesicht und nur ansatzweise ließ sich eine Übereinstimmung mit alten Erinnerungen vereinbaren. Kürten schwieg und ich stand nur so da.

Ich verfiel in meine alte Identität. Vorsichtig brach er sein Schweigen. *»Ihr Vater leidet nicht, falls Sie das beruhigen sollte.«* Ich brauchte einen Moment meine Gedanken zu sammeln. Er musste eigentlich mausetot sein. Der Gedanke sollte mich einfach nicht loslassen. Er hatte nicht das Recht zu leben, sowohl damals, als auch heute nicht. Ich erlaubte es einfach nicht. Sollte ich über das Bett springen, dem Arzt den Kugelschreiber aus seiner Hemdtasche in die Halsschlagader hineinpressen und dem Mann im Bett ein Kissen auf den Kopf drücken bis er aufhörte zu atmen? Oder sollte ich sagen… *»Das freut mich zu hören.«* Ich entschied mich für Letzteres. *»Ihr Vater erlitt schwere Verbrennungen an Torso, Armen und Beinen. Wir sprechen dabei von Verbrennungen dritten Grades, welche wir leider nicht durch plastische Operationen vollständig behandeln konnten. Er hatte Glück im Unglück. Das feuchte Handtuch, das er sich während des Brandes über das Gesicht gelegt haben muss, bewahrte es vor schwereren Schäden und rettete ihm womöglich das Leben. Nach der Einlieferung verfiel er jedoch langsam in einen katatonischen Zustand und wir waren gezwungen ihn aufgrund seiner Schmerzen in ein künstliches Koma zu versetzen, aus dem er leider bis heute nicht mehr erwachte. Es tut mir leid.«* Die schauspielerisch hoch dekorierten Worte des Arztes prallten einfach an mir ab. Typisch Vater, in der Hektik hatte er wohl gerade so viel Zeit aufbringen können, seinen eigenen Arsch zu retten. Ich verspürte keinerlei Erleichterung, dass sich mir hier eventuell eine zweite Chance bot. Mein Glück, das das Gefühl Trauer und Enttäuschung sich äußerlich beinahe gleich für andere manifestierte. Wie konnte dieser Zustand all die Jahre an mir unbemerkt vorbeigehen. Lag ich Herb und Ulrike so sehr am Herzen oder hassten sie mich am Ende doch so sehr, wie ich es all die Jahre vermutete. Kürten legte seine Hand auf den Kopf des Mannes und drehte ihn wie bei einer Schaufensterpuppe in die gewünschte Position. Ich wünschte mir nichts sehnlicher, als einen kurzen Moment allein mit diesem Mann. Die Person, die sich einst Vater nannte. War dies nun mein Geburtstagsgeschenk, fragte ich Dr. Kürten. *Diese Schmach, einem Versager sein Versagen vor Auge zu führen*, führte ich innerlich fort. *»Wir benötigen Ihr Einverständnis. Den aktuellen Gesetzmäßigkeiten obliegt es nur engen Familienmitgliedern eine abschließende Entscheidung zu treffen. Die Legislative bewertet dies sehr streng und bindet uns die Hände eigenmächtige Schritte einzuleiten«*, erwiderte er. Doch welche Entscheidung? War ich der Einzige, der nicht wusste, worum es ging? Ich hatte eine Ahnung, einen Verdacht, doch keine Klarheit. Kürten erkannte meine Unwissenheit und schrak zurück. *»Ihre Adoptiveltern haben Sie nicht informiert?«*, fragte er entsetzt, während ich weiterhin regungslos nur so dastand und ihm so die passende Antwort lieferte. Dann verstand er. Er legte das Klemmbrett auf das Bett und verließ aufgebracht den Raum. Ich dachte mir nur, *»nun ist die Scheiße durch den Ventilator geflogen«*. Ich hörte durch die verschlossene Tür, wie der anfangs so ruhige Arzt quer durch die Intensivstation Herb's Namen rief. Und ich hatte meinen erhofften kurzen Moment. Mein Vater hatte nie die Gelegenheit zu sehen, wer ihm das Ende brachte. Nun war es an mir diesen Fehler zu korrigieren. Ich nahm das Klemmbrett und legte es vorsichtig auf den Monitor der Herz-

Lungenmaschine. Dann beugte ich mich etwas hinunter, um sein Gesicht näher betrachten zu können. Mit meinen Fingerspitzen spreizte ich behutsam die Augenlieder des scheinbar schlafenden Mannes und lehnte mich so weit vor, dass ich mich völlig in den glasigen Linsen widerspiegelte. *»Hallo, alter Mann…«,* begrüßte ich ihn, die linke Hand zu einer Faust zusammengeballt. *»…wir haben uns lange nicht mehr gesehen.«* Als ich ihn so sah, erkannte ich erstmals das gemeinsame Erbgut, das uns verband und nur Regel Nummer vier hielt mich noch davor zurück, etwas Unüberlegtes zu tun. Es war das erste Mal, dass ich mit den Tränen kämpfte. *»Du hast immer gesagt, lasse nichts unerledigt. Dabei hast du wohl nie bedacht, dass du einmal diesen Fall einnehmen würdest. Du warst nun beinahe zehn Jahre lang sicher vor mir, aber glaub nicht, dass mich diese Wände und die Menschen davor oder dahinter aufhalten könnten. Ich bin klüger geworden, was dich freuen dürfte, denn für dich war ich ja immer nur der dumme Junge, der es eh nie zu etwas bringen würde. Heute ist mein Geburtstag, wie du sicherlich weißt. Ich erwarte aber nicht, dass du mir gratulierst, das hast du ja eh nie getan. Aber es gibt eine Veränderung. Ich bin heute nicht mehr dein Spielzeug, dein Geschenk. Heute… bist du es, mein Geschenk. Ich kann mit dir machen was ich will und glaub mir, für dich lass ich mir heute was ganz Spezielles einfallen. Etwas Hundertprozentiges.«*

Ich wollte die Abrechnung. Irgendwie spürte ich, dass er mich hören konnte. Tief in seinem Inneren vernahm er meine Stimme. Mein Blick wandte sich den Maschinen zu. Wohl aus Sicherheitsgründen versah man diese Geräte weder mit einem An-

/Ausschalter noch einem Stecker ohne Sicherheitskappe. Aber meiner Fantasie waren keine Grenzen gesetzt. Als ich die Finger wegnahm, blieben seine Augen offen. Er sollte mit ansehen, wie sich sein Sohn auf die Suche machte einen Weg zu finden ihn still und leise zu zerstören, ohne etwas dagegen unternehmen zu können. Er war nun das hilflose Kind. Das Geschrei draußen im Flur dauerte noch an, doch ich wusste, mir blieb nicht viel Zeit. Mit einer Spritze hätte ich Luft durch die Schläuche zu seinem Herzen führen können. Eine Luft Embolie erschien mir schmerzhaft und passend, doch woher das benötigte Werkzeug nehmen? Sicherlich wäre es mir auch möglich gewesen ihn aus dem Bett zu heben, das Fenster zu öffnen und ihn einfach hinaus zu werfen, doch hätten somit gleich zwei Leben ihr Ende gefunden und ich musste an Dennis denken. Ich hatte Verantwortung, die ich nicht so einfach aufs Spiel setzen konnte. Auch wenn es sich anbot die Kabel, die in seinen Körper führten, einfach herauszureißen, die Vernunft musste die Oberhand behalten. Der Drang nach ihnen zu greifen war zweifelsohne da und es war ein berauschender Gedanke, doch ehe ich eine passende Entscheidung treffen sollte, sprang die Tür auf. Ulrike stürmte rein, mit Herb im Schlepptau, der sie versuchte aufzuhalten. Ich war gespannt, wie sie mir das alles erklären würden. Sie sprach kein Wort, ihrer Reaktion zufolge war ich nicht der Erste, der meinen Vater so zu Gesicht bekam. Herb nahm sie und drehte sie um, um ihr den Anblick zu ersparen. *»Was soll das alles?«,* rief ich ihnen zu. Dr. Kürten war ebenfalls zur Stelle und ermahnte uns leise zu sein. Forsch wies er uns an, den Raum sofort zu verlassen. Ich weigerte mich. Ich war hier noch nicht fertig. Ulrike stieß Herb beiseite. *»Es steht dir* *nicht zu, diese Entscheidung einem Kind zu überlassen. Hast du das gesehen, er hatte seine Augen geöffnet. Da steckt noch immer ein lebendiges Wesen drin. Das ist Mord.«* Durch die Tür sah ich die beiden Beamten, welche die Situation bereits skeptisch mitverfolgten. Herb versuchte sie zu beruhigen, doch es war vergebens. Kürten bestand energisch darauf die Unterhaltung draußen weiter zu führen. Dort angekommen beruhigte sich das Ganze ein wenig. Während Ulrike weinend in einer Ecke zusammengekauert mir verachtende Blicke zuwarf, sollte ich endlich von Dr. Kürten über das Gesamtbild aufgeklärt werden. *»Ihr Vater befindet sich im Stadium des Bulbärhirnsyndrom. Die Funktionsstörungen des Hirnstammes sind grundsätzlich reversibel, haben aber häufig eine sehr schlechte Prognose. Eine Hoffnung auf vollständige, oder selbst teilweise Genesung ist hier nicht mehr gegeben. Mit anderen Worten sind wir an einem Punkt angelangt, die Maschinen abzuschalten. Es existiert eine Patientenverfügung, datiert vor 21 Jahren, die ausschließlich seinen Kindern erlaubt, medizinische Entscheidungen diesbezüglich zu treffen. Wir benötigen hierfür also Ihre Einwilligung.«* Ulrike protestierte erneut und diesmal war Herb nicht zur Stelle sie zu bremsen. *»Wo ist die Moral bei dieser Entscheidung?«* Dr. Kürten versuchte sie zu beschwichtigen. *»Sie waren es doch, die sich für diesen Weg ausgesprochen hatte, Frau Milz. Wir haben kein Recht gegen die Wünsche des Patienten zu protestieren. Diesen Punkt hatten wir doch bereits im vergangenen Jahr ausgiebig diskutiert und einvernehmlich entschlossen.«*

Der Doktor blickte durch sie hindurch, hinüber zu den wartenden Beamten am Ende des Ganges. Es war kein erfreulicher Besuch, das konnte man unweigerlich spüren. *»Bitte entschuldigen Sie mich. Ein Praktikant wird vermisst und ich habe gegenwärtig noch einen Fall auf der Chirurgie. Klären Sie bitte die Angelegenheit und treffen Sie mich später in meinem Büro.«* Ich fühlte mich deplatziert, genauso wie er. Nur, dass er eine Entschuldigung dafür fand, sich von der Situation davon zu schleichen. *»Wir hätten es damals schon beenden sollen«,* hörte ich Ulrike leise zu Herb sagen. Dann wendete sie sich von uns ab und folgte Kürten's Weg stillschweigend. Scheinbar war es nur Herb, der die Sache gelassener anging. Er betrachtete es objektiv. Vermutlich als Einziger von uns. *»Es liegt bei dir, mein Sohn, es liegt an dir!«* Die Stimme der Vernunft gegen ein kleines Stück Papier. Ich wollte es auf meine Art erledigen und dies wurde mir nun streitig gemacht. Das hätte ich mir nie träumen lassen. Mit einer Unterschrift. Dies war unter meiner Würde. Ebenso, dass ich so einem Wunsch meines Vaters entsprechen würde. Ich hatte fortan 14 Tage.

22:02 Uhr
»Ich habe Fehler gemacht, das gebe ich zu. Aber weder werde ich mich dafür entschuldigen, noch jemals dafür zur Verantwortung ziehen lassen.« Eine sehr persönliche Äußerung, sie würde tiefer gehen als alles Bisherige. Ich wurde langsam müde, hatte es satt mich unentwegt mit der Wahrheit konfrontiert zu sehen. *»Ich habe ihn gehasst. Dafür, dass er sich mehr seinen eigenen Dingen zuwendete, Marco, seine abstrusen Machenschaften. Und dabei die Liebe und Fürsorge, die er durch uns erfuhr, einfach von sich wies. Im Nachhinein war er ein dummer Mensch und*

nie für einen selbst da, wenn man ihn brauchte. Heute bin ich klüger. Ich empfinde nichts mehr für ihn. Dennis' Freundschaft bedeutet mir heute nichts mehr.« Meine Worte wählte ich so kalt, dass er sichtlich erstarrt. Nie habe ich mich zuvor so über einen Menschen reden gehört, würde es vermutlich auch niemals mehr. Mitleid war eine Tugend der Schwachen.

Tags drauf, so erfuhr ich, hatte Dennis eine Verabredung mit Marty und dessen unterbelichteten Anhängsel Björn. Björn stellte im eigentlichen Sinne keine richtige Gefahr dar. Er hatte nur wenig Interesse daran sich eine Freundschaft zu verdienen, sondern sich lieber in eine bestehende einzuschleichen und sich ihr zu bemächtigen. Er war ein parasitärer Wurm ohne eigenen Willen. Sein Drang nach Aufmerksamkeit machte ihn jedoch für viele unausstehlich. Marty hingegen erschien mir da weitaus problematischer. Er gehörte einer anderen Gesellschaftsschicht an. Einer, die davon lebte Führung zu übernehmen, statt Anweisungen zu befolgen. Menschen wie er waren zielstrebig, gerissen und manipulativ. Ihnen ging es nur darum Gewinne zu erzielen, egal mit welchen Mitteln. In gewisser Weise so wie ich. Doch in meiner Welt spielte Geld keine Rolle. Mir ging es um Ideale und dem Glauben an die Sache selbst, für die ich immer einstehen würde. Dinge die den meisten Menschen fremd blieben. Ich mochte es nicht, dass Dennis außerhalb unserer Treffen mit solchen Menschen zu schaffen hatte. Ich fand auch keine Erklärung dafür, was sie ihm bieten konnten, was ich ihm nicht schon gab. Marty's Eltern waren wohlhabend, so viel war klar und Björn wollte sich eine Scheibe davon für sich selbst abschneiden. Also was fand Dennis an ihnen? Er hatte keinen Nutzen durch sie und sie keinen von ihm. Um ihn schützen zu können, mussten die anderen weichen. Also folgte ich ihnen auf Schritt, Tritt und Rädern.
Von den wenigen Dingen, die ich wusste, glich vieles dem banalen Zusammenspiel einfacher Menschen.

Dinge, die man tat, damit man eine Beschäftigung hatte. Mal um sich kurz am Rhein größtenteils die Beine zu vertreten und zu reden, ein anderes Mal um sich in der Bücherei eines neuen Werkes zu widmen, welches gerade der literarischen Mode entsprach. Ich verstand diese Form der Interaktionen in keinster Weise. Einfach nur einer kurzfristigen Beschäftigung aus einer Laune heraus nachzugehen, deren Wirkung am nächsten Tag bereits verflogen war, erschien mir nicht logisch. Sie alle teilten ihre Interessen so offenkundig, lebten sie so ungehemmt aus. Das Risiko wurde mit jedem weiteren Tag, den sie zusammen verbringen würden, zu groß. Jeder Tag konnte der Tag sein, an dem er sich ihnen öffnen würde, wenn er glaubte, ihnen vertrauen zu können. Ich durfte es einfach nicht dazu kommen lassen. In dieser Nacht gab es wahrlich genügend Gründe, die zu all dem führen sollten. Und lange habe ich versucht, all das zu vergessen.

Ich klingelte. Es war so gegen 02:00 Uhr in der Nacht. Svenja und Chris waren nicht zu Hause, soviel wusste ich. Sie besuchten Verwandte in Leisnig, Sachsen. Doch selbst wenn dem nicht so gewesen wäre, hätte mich das in dieser Nacht nicht davon abhalten können meinen zweitgrößten Fehler zu begehen. Es dauerte seine Zeit bis er endlich öffnen sollte. Ich zerschlug derweilen die Blumenvase vor dem Eingangsbereich. Ich war betrunken, nicht Herr meiner Sinne. Die Tür stand offen und er sah, was ich angerichtet hatte. *»Hast du jetzt völlig den Verstand verloren?«,* fauchte er mich an. Ich stieß die Tür mit einem Fußtritt auf und schob ihn beiseite. Ich sah das Eishockeyspiel, dem er seine volle Aufmerksamkeit zukommen ließ. *»Mach die Scheiß Tür zu«,* schrie ich und nahm die erste Flasche aus dem Kühlschrank, die sich mir anbot. Chris hatte eine beachtliche Biersammlung über das Wochenende angelegt. In nur wenigen Sekunden leerte ich die erste Flasche. Dennis war wenig begeistert von meinem Handeln, doch auch das war mir egal. Es war lange her, dass sich derartige Gefühle in mir aufbrausten. *»Zieh dich an… ich nehm dich mit.«* In seinem Pyjama wirkte er so lächerlich und natürlich weigerte er sich, wie gewohnt. Ich wiederholte meine Worte, diesmal etwas schroffer. Das Bier floss von meinem Kinn aus direkt auf den Boden. *»Muss ich mich wiederholen? Zieh dir was an…«* und warf ihm die Flasche direkt im Anschluss vor die Reifen. Er wich zurück und beschimpfte mich. So langsam gewöhnte ich mich daran. Ich sah ihm direkt in die Augen, so wie er mir. Natürlich bewegte er sich keinen Zentimeter. *»Die Last des Leids wiegt schwer auf den Schultern, sich ihr allein zu stellen zeugt jedoch nicht von Stärke.«* Er und seine Philosophie. Ich schloss langsam die Kühlschranktür und trat vorsichtshalber einige Scherben beiseite, falls ich ausrutschen sollte. Dann sah ich ihn erneut an, doch diesmal anders. Ich ging auf ihn los und riss ihn aus diesem verdammten Stuhl. Zappelnd wie ein kleines Kind zog ich ihn die Treppen hinauf, vorbei an dem Treppenlift und den vornehmlichen Familienfotos an der Wand, die jedem unserer Schritte zu folgen schienen. In seinem Zimmer riss ich ihm die Klamotten vom Leib und zog ihm schlichte Kleidung über, gerade das Nötigste. Sein Wortschatz bezüglich üblen Äußerungen beeindruckte mich kein bisschen, ebenso wenig die Schläge, die ich einsteckte. Ihm die Schuhe überzuziehen erschien mir dagegen einfacher zu bewerkstelligen. Neben seinem Bett sah ich die Mütze liegen, die er so mochte. „Schatten des

Windes", so ein Quark. Ich legte sie ihm auf und packte sein Bein. Ich war überrascht, wie ruhig und konzentriert er plötzlich während des Ankleidungsprozesses geblieben war. Er wusste wohl, er hatte keine Chance. Den restlichen Weg schleifte ich ihn quer durch das Haus, hinunter in den Flur, durch die Haustür, direkt in das parkende Fahrzeug vorm Haus. Ich machte mir nicht die Mühe noch seinen Rollstuhl zu holen, denn dort, wo wir hingingen, würde er ihn nicht ohnehin nicht brauchen.

»Er lebt…«, schrie ich so laut ich konnte. Wir fuhren schnell. Zunächst über die Hauptstraße, dann durch einige Nebenstraßen. So spät in der Nacht war die Stadt bereits so gut wie tot, verkehrstechnisch. Dennis wunderte sich über den beißenden Geruch im Wagen, dem ich keine Erklärung zukommen ließ. Er versuchte mich immer wieder zu beruhigen, erinnerte mich immer wieder daran, in welchem Wagen wir uns eigentlich befanden. Bernds Wagen. Er verlor nicht den Überblick so wie ich. Doch mir war alles egal. Ich riss ein Parkschild um, rammte einen Kleintransporter, der an der Ecke einer kleinen Boutique parkte. Ich wusste nicht ob der Angstschweiß vom Beifahrersitz, der von Dennis, oder vielleicht noch der von Bernds Transport war. *»Was willst du beweisen?«*, schrie er aufgebracht. *»Keine Angst. Ein zweites Mal wirst du nicht im Rollstuhl landen!«*
An der Ecke Grabenstraße und Schlossstraße bogen wir in die Parkallee ein. Etwas grob, um es salopp zu sagen, denn wieder kreuzte ein Verkehrsschild unseren Weg. Dennis griff immer wieder in das Lenkrad. Als das nicht half, nahm er den Gang bei voller Fahrt heraus. In dem Handgemenge blieb mir

keine andere Wahl als schroff zu bremsen. Ich zog den Schlüssel ab und atmete erst einmal tief durch. Mir stellte sich die Frage, was ich eigentlich vorhatte. Dennis flehte mich an, ich solle ruhiger werden. Und das tat ich so langsam auch. Ich betrachtete die Lichter, die die Straße ein wenig erhellten. *»Wo ist er?«,* fragte er vorsichtig. *»Wer?« »Dein Vater!«* In dem ganzen Trubel hatte ich vollkommen vergessen, wie unwissend er war. Die Bruchstücke von vorhin reichten ihm nicht. Mir war nicht aufgefallen, dass ich ihn in meinem Wahn angesprochen hatte, seinen Namen brüllte und verfluchte. Wenn ich ihm vertrauen sollte, so durfte auch ich keine Geheimnisse vor ihm haben. Doch so richtig wusste ich nicht, wo ich anfangen sollte, also ließ ich es letzten Endes doch. So kurz vor dem Ende wäre das zu viel gewesen. *»Du hast recht, die Last wiegt schwer auf meinen Schultern. Ich will sie nur noch loswerden.«*

Gerade als ich den Zündschlüssel wieder einführen wollte, blickte ich auf die gegenüberliegende Straßenseite. Ein ca. 22-jähriges Mädchen rannte quer über den Eingangsbereich der anliegenden Wohnhaussiedlung. Sie trug nur ein durchsichtiges Nachthemd, darunter kein Höschen, soviel war zu erkennen. Durch das dünne Glas an der Fahrerseite konnten wir hören, wie sie winselte, die Tränen brachen das Licht seitlich der Straßen. Dennis deutete entsetzt auf ein Fenster im dritten Obergeschoss des sechsstöckigen Wohnkomplexes. Auf das Haus, aus dem sie gerannt zu sein schien. Ein älterer Mann streckte seinen Kopf hinaus und schrie ihr hinterher. Doch das Mädchen reagierte nicht und lief weinend über die Straße, vorbei an den Laternen, weiter an der Beifahrerseite unseres Fahrzeugs vorbei. Dennis blickte zuerst in den Rückspiegel und dann sah er mich an. Ich schaute zu Dennis. Wir beide sahen uns an, doch nur einer begriff, was nun folgen würde. Ich griff in meine Tasche, Dennis Blicke folgten jedem meiner Handgriffe. Ich brauchte nur wenige Sekunden um zu realisieren, was nun für mich zu tun war. Vorsichtig stülpte ich mir die Chirurgenhandschuhe über und öffnete das Handschuhfach. Darin befand sich die schwarze Tasche, die ich mir angeeignet hatte. *»Hey… was soll das? Was hast du vor? Wag dich nicht, mich hier allein zu lassen!«* Ich spürte den Schweiß, der sich zwischen Haut und Gummi hin und her bewegte. Es war ein schönes Gefühl, ähnlich wie bei einem Bäcker der sich die Schürze umlegte. Ich sah zu Dennis. *»Du verlässt das Auto nicht, du sprichst keine Passanten an. Sollte ich wegen dir fallen, fällst du mit.«* Nach diesem Statement öffnete ich die Tür und schritt hinaus in die kühle Nacht. In mir tat sich etwas auf, das sich nicht mehr kontrollieren lassen konnte. Zu lange hatte ich den Hunger unterdrückt und eine solche spontane Gelegenheit bietet sich nur einmal im Leben. Ich lief nicht, doch bewegte ich mich zügig. An der Pforte sah ich die Namen der Bewohner. Dritte Reihe von unten. Nur drei von sechs möglichen Namen: Meyers, Scheer, Krueger. Einer von ihnen musste es sein. Ich verließ mich auf meinen Instinkt. Bisher schien niemand in den umliegenden Wohnungen Kenntnis von der Situation genommen zu haben. So sollte es auch bleiben. Wie bei diesen Mehrfamilienhäusern üblich, war die Entriegelung der Eingangstür nicht in Schließposition. Ich nahm nicht den Fahrstuhl, sondern bahnte mir meinen Weg über die Treppe. Geographisch gesehen musste die

Wohnung an der Westseite angrenzen, somit blieben nur noch zwei Möglichkeiten. Ich löschte das Licht im Flur, indem ich die Birne hinaus drehte. Nun stach nur noch unter einer Tür Licht hervor. Scheer. Auch ohne diesen Hinweis wäre es kein Problem gewesen, ihn ausfindig zu machen. Ich hörte ihn bereits einige Meter vor seiner Tür über seine Tochter schimpfen. Tochter. Du mieses Schwein. Ich betätigte die Klingel mit dem kleinen Finger. Ich hörte, wie er brüllte. *»Bist du das, Schlampe?«* Als sich die Tür öffnete, begrüßte ich ihn freundlich und zuvorkommend mit, *»Guten Abend, Daddy«*, holte aus und brach ihm binnen einer Sekunde das Nasenbein. Die Wucht meines Hiebes schmetterte ihn hart zu Boden. Schnell schloss ich die Tür hinter mir und schob den Sicherheitsriegel vor. Mir blieb nicht viel Zeit und ich wusste, der Schlag würde ihn nur für einen kurzen Moment ausbremsen. Ich ging im schnellen Schritt von Zimmer zu Zimmer, um sicher zu gehen, dass niemand anderes in der Wohnung war. Ich war außer mir. Wieder im Flur riss ich seine Hand von seinem Gesicht und schlug erneut auf die gleiche Stelle seiner Nase. Dann setzte ich meinen Weg auf der anderen Seite der Wohnung fort. Neben ihm entdeckte ich plötzlich die zerbrochene Bierflasche. Das Blut sprudelte in alle Richtungen und vermischte sich mit dem Königsgetränk. Vorsichtig öffnete ich die Tasche in meiner Hand und zog ein Skalpell hervor. *»Schreist du, schneide ich dir die Zunge heraus!«* Ich griff unter seinen Arm und schliff ihn ins Wohnzimmer, welches weniger mittelständig eingerichtet war. Eine leere Pizzaschachtel, zwei halb-volle Gläser Wein, ein veralteter Röhrenfernseher, in dem gerade ein Porno zu sehen war. Klischee. All das verstärkte mein Empfinden. Ich hatte es so satt. Immer wieder diese sich wiederholenden Geschichten hinter verschlossenen Türen. Niemand sieht und hört etwas. Ich presste seinen Körper in den verlassenen, hellbraunen Ledersessel. *»Du hast mich wohl vergessen, hm? Hast dich sicher gefühlt. Aber nun bin ich wieder da!«* Seine Stimme zitterte. *»Verpiss dich aus meiner Wohnung«*, stammelte er. Behutsam, in Kombination mit einem verständnisvollen Blick nahm ich seine Hand von der blutenden Nase. Hieb Nummer drei saß perfekt. *»Was wolltest du sagen Daddy?«*, flüsterte ich. *»Rudolf, mein Name ist Rudolf Scheer... ich kenne sie nicht und sie kennen mich nicht.«* Er begriff den Ernst der Lage, in der er steckte, nicht. Ich schlug mit dem kalten Eisen in meiner Hand, nur knapp vor seinem Gesicht, einen Schnitt in die Luft und fragte ihn, ob er mich ärgern wolle. Er zuckte zusammen wie ein kleines Kind. *»Was tun sie hier in meinem Haus. Sie haben hier nichts verloren!«* Mir blieb nichts anders übrig als ihm zu erklären, wie uns das Schicksal zusammengeführt hatte. Ich machte ihn verantwortlich. Für alles. *»Du gehst mir auf den Sack.«* Er widerte mich an. Mein Kopf brummte, war angespannt. Er versicherte mir, dass sich vor Ort nichts abgespielt hätte, ich einen Fehler gemacht hätte und alles nur ein harmloser Streit gewesen sei. Ich wusste, es waren nur Ausflüchte. *»Ich will jetzt, dass du es mir langsam und deutlich erklärst, verstanden? Was hast du ihr angetan? Was hast du meiner Schwester angetan?«* Die Sicht verschwamm. Durch meine Lieder flossen Unmengen Flüssigkeiten. Rudolf zeigte erste Anzeichen von Panik. Er hielt mich vermutlich für geisteskrank. Ich war jenseits davon entfernt. *»Jetzt hast du Angst. Schwitzt wie ein fettes Schwein auf der Schlachtbank. Daran hättest du* *früher denken sollen… viel… viel früher. Wir waren eine Familie und du hast uns zerstört.«* Ihm standen die Tränen in den Augen. *»…Ich kenne sie nicht«*, wiederholte er immer und immer wieder. Ich schrie, *»Halt die Schnauze!«* und stach ihm mit voller Wucht die Klinge ins Bein, presste meine Hand auf seinen Mund um den Schrei zu verstummen. Déjà-vu. Diesmal war Dennis jedoch nicht zur Stelle, jedenfalls nicht direkt. Für einen kurzen Moment dachte ich an ihn, wie er im Wagen saß. Ich beugte mich vor. *»Na wie fühlt sich das an, Daddy? Hier hört dich keiner wimmern oder schreien. Nur die Schreie der Opfer werden vernommen. So ist es und wird es immer sein. Und ich werde in ihrem Namen das Urteil sprechen.«* Ich stockte, sah hinunter neben den Sessel. Ein Stück Kordel, ein Slip. Mein Körper erstarrte. *»Was ist das?«*, fragte ich erschrocken, nahm die Hand von seinem Mund und erinnerte ihn nochmals an das bevorstehende Schicksal seiner Zunge. Je mehr ich mich hinunter beugte, desto mehr drehte ich die Klinge in seinem Fleisch. Ein Mucks und es wäre vorbei. Sichte, interpretiere, ziehe deinen Schluss. Dies sprach eine eindeutige Sprache. *»Sie hat sich gewehrt, stimmt's…?«* Rudolf sah mich stillschweigend an, während ich erneut hinüber in den Flur starrte. *»…Du hast mit der Flasche nach ihr geworfen.«* Er folgte aufmerksam jedem meiner Blicke. Ich erkannte, wie sich jedes Bild in seinem Kopf zu wiederholen schien. Sein verschwitztes Unterhemd presste mir den penetranten Geruch von Angstschweiß in die Nase. Ich verlor mich, musste meine Gefühle zurückstellen. Wo war Sarah? *»Wer ist Sarah?«*, fragte er vorsichtig. Das machte mich wütend. *»Wo ist Sarah, wo ist unsere Mutter, du mieses Stück Scheiße?«*, schrie ich. In Tränen wandte er sein Gesicht von mir ab und schüttelte mit dem Kopf. *»Verdammt... ich kenne keine Sarah und dich auch nicht, ich bin kein Teil deiner beschissenen Familie... ich bin der Falsche...«* Ich forderte ihn auf still zu sein, doch er machte weiter, wimmerte. Mit voller Wucht riss ich ihn aus dem Sitz, schmetterte ihn auf ihn Boden und stellte mich über ihn. *»Hat es sich so abgespielt?«* Er schwieg. Ich stellte ihm weitere Fragen, wieder nichts. Ein fester Tritt gegen den Kiefer sollte sein Schweigen brechen, wie auch weiteres. Er spuckte auf den weißen Teppich und entledigte sich eines Zahns. Er atmete schwer. Er sollte jeden Zentimeter seines Körpers zu spüren bekommen. Ich schnitt eine kleine Wunde in den Arm, mit dem er sich versuchte aufzustützen. *»Na... ist das Stärke. Ist das Macht? War es das alles wert?«* Er kräuselte sich wie ein verwundetes Wildtier am Boden und wusste sich nicht mehr zu helfen. Plötzlich blitze ein Bild auf. Er lachend, mit einem hämischen Grinsen versehen. *»Ja, du Wichser, ich hab sie gefickt. Immer und immer wieder, und es hat ihr gut getan! Ich war ihre Medizin und sie wollte sie immer und immer wieder. Ich war die Heilung!«* Ich schreckte zurück. Die Bilder überschnitten sich sekundenweise. Einerseits ein winselnder Mann am Boden in Defensivposition, dann wieder das kalte, rohe Schwein, dass seinen Taten heroische Absichten attestierte. Immer wieder blitzten die Versionen umher. Ich schloss meine Augen, rüttelte mich, versicherte mich der einzig wahren Realität. Ich schwitzte, ein Schwindelgefühl machte sich breit. Als ich meine Augen öffnete, lag wieder das schwache, winselnde Tier direkt vor mir. Mir wurde klar, in meinen Rausch ließ sich Wahrheit und Lüge nicht mehr auseinanderhalten. Ich hatte den Kernpunkt der Exzesse erreicht. *»Ich bin nicht dein Feind. Das wird deinen Krieg nicht beenden«,* seufzte er. Ich setzte das Skalpell an seinem Kehlkopf an und dachte an Dennis. *»Nur die Toten haben das Ende vom Krieg gesehen, Platon 347 v. Christus.«* und vollendete meine Bewegung. Ich schritt langsam zurück, während das Blut aus seinem Hals förmlich sprudelte. Es dauerte seine Zeit bis das Krächzen verstummen sollte. Ich genoss jede einzelne Sekunde. Beobachtete, wie das Leben aus seinem Körper wich. Von Angesicht zu Angesicht. Ausblutend. Mit jedem Tropfen triefte auch ein Teil meines Leids hinaus in die Freiheit. Dies war die Heilung, von der er sprach. Aus der Ferne hörte ich plötzlich die Sirenen aufheulen. Das Fenster stand noch immer weit offen. Sofort sprang ich auf und rannte hinüber, lehnte mich vorsichtig hinaus. Ich sah Dennis, wie er wild mit den Armen wedelte und mit der Lichthupe kurze Signale sandte. Scheinbar hatte doch jemand nicht weggehört. Ich griff nach der Tasche und machte mich so schnell es ging auf den Weg. Auf der Treppe hielt ich inne. Eine nervige alte Frau unterhielt sich mit ihrem Mann im Schlafrock. Mir blieb keine Wahl als kehrt zu machen und den Fahrstuhl zu nutzen. Es brauchte mehr Zeit. Zeit, in der mich am Ende meiner Fahrt Menschen hätten sehen können. Als sich die Türen öffneten, stieß ich aus dem Schutz der Seitenwände hervor und verließ langsam das Gebäude. Ich sah auf meine Hände, die voller Blut waren, und begrub sie sofort tief in meinen Taschen. Dennis bemerkte mich erst, als ich die Straße überquerte. Panik stand ihm ins Gesicht geschrieben. Trotz des Getöses war die Straße verlassen. Ich öffnete die Tür, ehe der Streifenwagen in die Straße einbog, und setzte mich. Das Blaulicht im Rückspiegel beschleunigte meinen Herzschlag. Ein Krankenwagen folgte dem Streifenwagen, was mich sehr wunderte. *»Was ist los? Wieso fährst du nicht?«*, schrie Dennis. Dieser Idiot. Ich wurde ruhiger, er verlor sich in Furcht. Sobald der Motor gestartet sein würde, wäre es aus. *»Sie sind nicht wegen uns hier. Dafür sind die zu schnell hier«*, entgegnete ich. Nun war es daran ruhig zu bleiben und das Geschehnis aus sicherer Entfernung zu beobachten. Behutsam drückte ich den Wagenschlüssel ins Zündschloss, während die Beamten und Sanitäter aus dem Wagen stiegen und sich dem Gebäude näherten. Einer von ihnen blickte direkt zu uns rüber, doch die Gunst der Nacht war auf unserer Seite. In diesem Moment war mir so, als hörte ich Dennis Herzschlag. Der Beamte machte einen Schritt vor. Direkt auf uns zu. Skepsis machte sich in seinen Augen bemerkbar. Meine Finger rieben das blanke Metall, wären bereit, wenn es drauf ankommen würde. *»Sobald er die Straße überquert, überfahre ich ihn.«* Dennis stand unter Anspannung. *»Das ist doch Wahnsinn. Der erschießt uns vorher.«* Eine Entscheidung, die ich treffen musste. *»Wenn es sein muss.«* Meine Finger verschmolzen mit dem Schlüssel, alles würde sehr schnell gehen. Doch dann machte der Polizist kehrt und Dennis atmete auf. *»Kommen Sie hier her, bitte, kommen Sie doch.«* Die alte Dame im Schlafrock. Genervt wandte sich der Mann ihr zu. Er hätte Freudensprünge gemacht, hätte er gewusst, vor welchem Unheil sie ihn bewahrt hatte. *»Mein Gott.«* Er sah das Blut an meinen Händen. *»Was hast du getan?«* Als er nicht mehr zu sehen war, startete ich vorsichtig den Motor. *»Du hast jemanden umgebracht«*, stellte er entsetzt fest. Die Scheinwerfer blieben aus. Langsam fuhr ich vorwärts, ohne zu sehen wohin. Der Motor lief ruhig. Als wir eine Laterne kreuzten, bemerkte auch ich, wie viel Blut an meinen Händen klebte. *»Er wollte das Spiel unbedingt bis zum Ende spielen«*, flüsterte ich und mit einem Mal wusste ich wieder, wohin uns unser eigentlicher Weg führen sollte.

Es ging raus aus der Stadt. Hohlblock, eine stillgelegte Bimswerkstation nahe Bonn. Am Fuße der ausgehobenen Grube brachte ich den Wagen zum Stillstand, zog die Handbremse an und ließ einzig den Motor weiter arbeiten. Dennis versuchte die Tür zu öffnen, er brauchte frische Luft, doch die Zentralverriegelung hielt weiterhin sämtliche Türen unter Verschluss. Er dachte wohl, ich wolle aussteigen, um ihm hinaus zu helfen, doch da irrte er sich. Im Kofferraum fand ich alles, was ich benötigte. Als er merkte, dass ich nicht kommen würde, wedelte er mit den Armen im Führerhaus umher und versuchte vergebens das Fenster herunter zu fahren. Ich nahm den Kanister aus dem Stauraum und stellte ihn behutsam auf dem Boden ab. Dennis betrachtete voller Skepsis mein Vorgehen im Rückspiegel und löste den Anschnallgurt. Ich öffnete den Verschluss und begann ruhig damit das Benzin von hinten nach vorne auf der Karosserie zu verteilen. Dennis verfiel in Panik. Als der Kanister leer war, warf ich ihn in die tiefe Schlucht hinunter und beobachtete, wie er hart im Krater aufschlagen sollte. Ich beachtete das Gezappel hinter mir im Wagen kaum. *»Wir bringen jetzt ein wenig Licht ins Dunkel, Johnny Boy.«* Ich zog langsam meinen linken Handschuh aus, drehte mich um und nahm das Feuerzeug aus meiner Tasche. Durch das dünne Glas betrachtete ich das ungläubige Gesicht, welches mich ansah, als sei alles verloren. Die Funken sprühten bei den ersten Versuchen das

Feuerzeug zu entfachen. *»Lass mich hier raus du krankes Arschloch.«* Ich hielt die Flamme vor, direkt an die Karosserie der Beifahrertür. Dennis schwitzte wie verrückt, redete auf mich ein. Ich ertappte mich dabei, wie ich, je näher ich dem Wagen kam, immer zögerlicher agierte. Den Klang seiner Stimme vernahm ich bereits nicht mehr. Einzig seine Lippenbewegungen und der Ausdruck auf seinem Gesicht brannten sich tief in meine Gedanken. Ich wollte es so sehr. Mich befreien, ihn und mich aus der Schuld vollends davonschleichen. Das alles schien so irreal und schließlich war ich es, der dem Ende näher schien, als er, den ich als meinen Bruder ansah. *»Herr Gott noch mal! Lass mich hier raus. Du machst einen Fehler…«*, bettelte er, während meine Hand nur noch Zentimeter trennte, ehe die Flamme das blanke Metall entzündete. *»…siehst du nicht was du getan hast? Du hast dieses Mädchen gerettet! Er wird nie wieder seine widerlichen Finger an sie legen. Sie verdankt dir die Chance auf ein neues Leben. Ein Leben ohne Schmerzen und Leid. Ich verstehe es jetzt. Du musst das nicht tun.«* Eine Träne kullerte an meiner Wange hinab. *»WIR können anderen eine ähnliche Chance bieten. Ich habe es immer nur aus der Sicht der Täter betrachtet, ihre Menschlichkeit entschuldigt, aber heute habe ich die Angst in den Gesichtern der Opfer gesehen. Und es ist erschreckender als alles, was ich vorher mit ansehen musste. Ich bereue jeden Tag, an dem ich tatenlos dieses Leid Anderen zumute… Verstehst du? Ich will helfen! Ich will diesem Irrsinn das gleiche Ende bereiten wie du!«* Dennis Worte erreichten mich. So offen und ehrlich hatten sie nie zuvor geklungen. *»Wirklich?«*, stammelte ich. *»Ja… Wir werden das nicht mehr zulassen. Ich werde dir alles geben. Alles,* *was du verlangst. Ich werde dir folgen. Ich werde dein Freund sein.«* Ich öffnete die Tür und zog ihn raus, löste die Handbremse und legte den Leerlauf ein. Dennis bohrte seine Finger in den weichen Sand und presste sein Gesicht in die feuchten Hügel hinein, die er bildete. *»Danke, um Gottes Willen… Danke…«* Es brauchte nur einen weiteren Daumenschlag und das Feuer bahnte sich selbstständig seinen Weg. *»Gott hatte nichts damit zu tun. Du dachtest doch nicht wirklich, ich würde dich sitzen lassen, oder?«* Meine Worte galten eher mir selbst, als ihm. Noch ehe die Reifen den Abhang überragten, stand das gesamte Fahrzeug in Flammen. Ich blieb wie angewurzelt stehen und ließ mich von ihrem Farbenspiel hypnotisieren. Dennis beruhigte sich derweilen langsam wieder. *»Für einen kurzen Moment, ja. Da dachte ich, du würdest es tatsächlich tun und ich kann es dir nicht mal verübeln.«* Ich hörte heraus, dass er selber nicht so recht daran glauben wollte. Er drehte sich um und erfasste schockiert den Schein, der von unten heraufblitzte und uns erhellte. *»Schade um das Auto. Ich hoffe, damit ist es nun endlich vorbei. Das letzte Stück Vergangenheit. Bernd kommt uns nun nicht mehr in die Quere.«* Aus der Ferne betrachteten wir gedankenlos das Grab, das die Nacht zum Tage machte. *»Ich habe eh keinen Führerschein«*, erwiderte ich scherzhaft. Er blickte sich nachdenklich um und erfasste schließlich das wesentlichste Problem. *»Ich hoffe, du hast auch eine Ahnung, wie wir hier wieder wegkommen.«* Natürlich hatte ich die nicht. *»Keine Panik, irgendwie geht's immer. Aber auf die Kavallerie, die auf dieses SOS-Signal reagieren wird, sollten wir wirklich nicht warten.«* Heute Morgen wäre mir noch egal gewesen, wer auf dieses Signal reagiert hätte, denn dem Geschehen nur nebendran beizuwohnen war nie Teil meines ursprünglichen Plans.

22:19 Uhr
»Sie haben das Buch nun fertig?« Ich hemmte mein Gemüt, hatte ich seine Frage doch bereits viel früher erwartet. »Fast. Das ist der Grund, wieso ich Ihnen dieses Treffen gewähre. Ich möchte mein Vermächtnis komplett wissen.« Er sah sich um, in der Hoffnung das Exemplar sofort ausfindig machen zu können. »Wieso haben Sie sich so viel Zeit damit gelassen?« Ich merkte an seiner Frage, wie sehr sie ihn bereits seit seiner Ankunft beschäftigt haben musste. »Weil die Zeit es mir erst jetzt erlaubt. Die Wunden, die geschlagen wurden, werden nie richtig verheilen. Ich habe nur auf jemanden wie Sie gewartet. Eine Art letzte Prüfung, ehe ich einen Schlussstrich ziehen und den ewigen Schlaf antreten kann. Wir beide sind schließlich einer der Wenigen, die noch darüber berichten können. Nur uns steht es zu, die Geschichte richtig zu erzählen. Nicht diese Reporter oder Möchte-gern-Schreiberlinge, die sich nur auf die Theorie verlassen. Sie haben den Schmerz nicht gefühlt, die gleiche Luft im Angesicht des Todes geatmet oder die Hitze auf ihrem Fleisch gespürt. Nein, mit solchen Leuten will ich nicht reden. Und vergessen wir nicht, es sind immer noch Dennis' Notizen, und nicht meine. Dieser verfluchte Schweinehund hat mich mit einer moralisch zweifelhaften Aufgabe betraut. Es ist verrückt, aber trotz allem, was geschehen ist, habe ich noch dieses Gefühl, ihm diesen letzten Gefallen dennoch schuldig zu sein.«

»Notrufzentrale Bonn. Um welchen Notfall handelt es sich?« So hieß es immer am Telefon, wenn niemand wusste, was zu tun und die Verantwortung auf andere umzuwälzen war. *»Mein Name ist Yvonne Krämer. Hier liegt ein toter Mann im Zimmer. Überall ist Blut.«* Immer und immer wieder. *»Bleiben sie ruhig. Ein Streifenwagen ist auf dem Weg zu Ihnen. Wie lautet die Adresse?«* Die Nachrichten verbreiteten die Meldung innerhalb von Stunden, zu jeder Zeit, auf jedem Kanal, auf jedem Medium. So etwas hatte es hier nie gegeben. Es sollte für eine Menge Gesprächsstoff in der kleinen Gemeinde sorgen.

Die Frau am anderen Ende der Leitung seufzte noch einmal ins Telefon. Ich wiederholte meine Bitte erneut. *»Ich möchte bitte mit Dr. Kürten verbunden werden, das kann doch nicht so schwer sein.«* Ich tippte nervös mit dem Finger auf der Esstischplatte im Wohnzimmer auf und ab. Diese Frau raubte mir den letzten Nerv. *»Hören Sie? Ich verbinde Sie jetzt mit der Ambulanz.«* Ich erhob mich zornig vom Stuhl und schrie in das Telefon hinein. *»Nein. Nicht wieder verbinden! Ich will sofort mit Dr. Kürten sprechen!«* Doch es war schon zu spät. Erneut klang diese Melodie in meine Ohren. Tagelang hatte ich es bereits versucht, jedoch ohne Erfolg. Ständig dieses Getöse am Apparat. Wer wollte so etwas hören, während er endlich mit demjenigen sprechen wollte, der ihm eine zufriedenstellende Auskunft erteilen konnte. Es förderte die Ungeduld. *»Hallo? Herr Milz?«* Um weiteren Verzögerungen aus dem Weg zu gehen, beantwortete ich diese Frage mit einem *»Ja!«*

»Dr. Kürten ist derzeit nicht im Hause, soll ich eine Nachricht für ihn hinterlegen?« Na toll. Dafür hatte ich 18 Minuten und 37 Sekunden gewartet. *»Ich habe hier ein Antragsformular vor mir liegen, auf dem zwei Adressen verzeichnet sind. Geht das B92 nun an die Verwaltung oder an das Hospital selbst? Mehr will ich doch gar nicht wissen.«* Wie so oft bewies die Bürokratie erneut, wie unflexibel und ineffizient sie war. Die rechte Hand wusste nicht was die linke tat. Die männliche Stimme ließ mich noch etwas zappeln. *»Hören sie Herr Milz. Ich kenne den Sachverhalt leider nicht und würde Sie gerne an die Vermittlungsstelle der Verwaltung überstellen. Könnten Sie noch einen Moment dranbleiben?«* Es folgte der Urschrei eines frustrierten Mannes. *»Nein.«* Und warf das Telefon auf den Tisch. *»Was ist hier los?«* Ulrike fühlte sich wohl beim Bügeln gestört. *»Was machst du hier für einen Radau?«* Ich senkte den Kopf und setzte mich wieder. *»Dr. Kürten ist schon wieder im Urlaub. Er sagte, ich hätte zwei Wochen. Die sind lange um und nun hänge ich hier mit einem sogenannten B92, einem Schulverweis und Leuten, die mir Tag und Nacht zureden, was ich zu tun hätte.«* Ihre Meinung hierzu war bereits deutlich formuliert. Weitere Diskussionen wären überflüssig, also gab ich ihr keinen Grund, erneut Stellung zu nehmen. *»Tu es.«* Ich fragte sie verwundert, was sie damit zum Ausdruck bringen wollte. *»Hör mal. Eine Verlegung bietet nur zeitweilig eine Lösung. Ich habe mir das noch mal durch den Kopf gehen lassen und muss eingestehen, je eher es zu Ende ist, desto eher wirst du drüber weg sein. Die Wahrheit ist, dass dir einfach keine andere Wahl bleibt.«* Ich ließ mir nichts anmerken, doch Ulrikes Worte stifteten in mir Verwirrung. Eher kehrte sie das Bild, das ich von ihr

hatte, wieder ins rechte Licht. *»Wie soll ich das jetzt verstehen?«* *»Ich kann mir nicht einmal vorstellen, wie es für dich sein muss ein Menschenleben in Händen zu halten. Aber ich denke, dass es das Beste ist, für ihn und für dich. Du wirst das Richtige tun, das weiß ich! Also tu einfach das Richtige! Setz seinem Leiden ein Ende.«* Ich hörte den bitteren Klang in ihrer Stimme. Auch wenn sie mir Trost verkaufen wollte, so gab es noch etwas anderes, das sie anstrebte. Zynisch fragte ich nach ihrem Knecht. *»Wo ist Herb?«* Er musste längst zu Hause sein. *»Herb.«* Ihre Stimmlage sank. *»Herb und Christoph haben scheinbar ein gemeinsames Hobby gefunden. Er wird später kommen.«* Sie sprach in Rätseln, schloss verbittert die Augen und erhob sich. Ihre Gummilatschen quietschten auf dem Weg nach draußen. Und ich war wieder allein mit meinem B92.

Ich sage es noch mal. Ich hab das Leben nicht gewählt. Es hat mich gewählt. Seine damit verbundenen Aufgaben aufgezwungen. Und gerade deshalb musste der Rest der Welt mit meiner Anwesenheit klarkommen. Das Leben ist geprägt von Ereignissen, die unseren weiteren Verlauf bestimmen sollen. Es geht darum, seine Bestimmung zu finden und dieser konsequent zu folgen. Daher verstand ich Dennis nicht, wie er ziellos durchs Leben wandelte, ohne eine klare Vorstellung davon zu haben, welche Chancen ihm das Leben bot. Zwar hatte er nun Erleuchtung erfahren, doch ließ er dieser bisher keine Taten folgen. Ich fand die Lösung für meine Probleme im nächtlichen Beisein von Alkohol. Es war schon komisch nicht mehr nach dem Ausweis gefragt zu werden und seine Bedürfnisse dennoch mit dem monatlichen Taschengeld bewerkstelligen zu müssen.

So richtig erwachsen fühlte man sich nicht dabei. Meine nächtlichen Streifzüge verlangten mir viel ab. Stellenweise glitten Erinnerungen an den Vortag einfach so davon. Ich ließ mich buchstäblich gehen und sorgte mich nicht um die Konsequenzen. Die wiederkehrenden Albträume, die verankerten Gesichter, die mich verfolgten. Dennis musste ansteckend gewesen sein. Ich verlor einfach den Überblick. Um ehrlich zu sein, war mir alles scheißegal geworden. Ich hatte viel zu verdauen, und gerade als ich dachte, dass das Leben keine weiteren Bosheiten für mich bereithalten würde, begann es mit seinem Triumphzug gegen mich.

»Jemand ist hinter uns her«, flüsterte er. Ich setzte das Glas Limonade auf den Tisch vor mir und sah mich um. *»Hier, die hab ich von Marty«*, fügte er hinzu, als er mir die Zeitung rüberreichte. Die Gäste des kleinen Cafés machten keine Anstalten. Der Kater, den ich mir nachts zuvor zugelegt hatte, erinnerte mich Sekunde für Sekunde daran, wie schädlich Alkohol in übergroßen Maßen sein konnte. *»Was redest du da?«*, fragte ich ihn genervt. Dennis entfaltete sie direkt vor meinen Augen und deutete auf die Titelseite. *»Suche nach DNA-Killer eröffnet.«* So lautete die Schlagzeile. In den Nachrichten hieß es, es seien bisher mehrere Opfer vorausgegangen. Ein weiteres fand man erst am gestrigen Morgen, also vier Tage nach der eigentlichen Tat. Als ich die Namen las, wurde mir anders. Die Erwähnung Bernds stieß mir direkt ins Auge und natürlich der, des jüngst verschiedenen Rudolph Scheer. Die Kopfschmerzen mussten sich hinten einreihen, denn ich brauchte nun jede Faser meines Gehirns. Hatte der Polizist das Auto erkannt und womöglich eine Schlussfolgerungen gezogen? Nun war ich es, der von

Fragen überhäuft wurde. Ich begann damit, das Titelblatt aufmerksam zu lesen. Die Polizei vermutet Bernd als den Angreifer, der Rudolph aus bisher unerfindlichen Gründen aufgesucht haben soll. Die Verwüstungen, die ich mit dem Wagen hinterließ, blieben nicht unerkannt. Ebenso wenig wie Modell und Nummernschild. Sie fanden den ausgebrannten Wagen mitsamt der Fahrgestellnummer bereits am Dienstag. Doch die Meinung des Reporters verfing sich in ganz anderen Wegen. Wege, welche der Wahrheit näherkamen als mir lieb war. Es seien Blutspuren des Opfers in der Fahrerkabine sichergestellt worden, welche sie eindeutig Rudolph zuweisen konnten. Meine Erwartungen an Benzin sanken ins Bodenlose. Ich konnte nicht glauben, dass nach solch vielen Tagen überhaupt etwas Verwertbares übrig geblieben war. *»Sie sagen, sie haben auch Reste von vulkanischem Gestein im Kofferraum des Wagens gefunden.«* Die Art, wie der Reporter die Ereignisse rekonstruierte, war gleichermaßen beeindruckend, als auch beängstigend. Ganz ohne Hilfe erschien es mir mehr als ein gewaltiger Zufall. Ich Idiot hatte ihnen sämtliche Spuren in einem großen Metallsarg geliefert.

Den Namen des Autors, Charles Richmond, las ich nicht zum ersten Mal. Er war ein junger, unverbrauchter, aufstrebender Reporter eines kleinen Bonner Nachrichtenblattes. Bereits ein Jahr zuvor hallte sein Name durch die Medien, als er ganz alleine einen Millionenbetrug einer privaten Rentenversicherungsgesellschaft aufdeckte, woraufhin mehrere Vorstandsmitglieder, darunter einer seiner alten Studienkollegen, für einige Zeit hinter Gittern wanderten. Auch wenn die Spur eines Beweises für seine heutigen Behauptungen ausblieb, so war er keineswegs jemand, den man unterschätzen durfte. Doch wie kam er auf mehrere Opfer? Bernd galt bisher nur als vermisst, Rudolph wäre der Einzige gewesen. Wer waren also diese anderen Opfer? *»Wieder eine Solo Nummer von dir?«* Es klang mehr nach einer Feststellung als eine Frage. Ich versicherte ihm meine Unwissenheit. Eine Aussage, die Dennis nicht so einfach glauben würde. Dann las ich ihren Namen. Daniela Katzwinkel, das zweite Opfer. Eine 28-jährige Krankenpflegerin aus Koblenz, wohnhaft in Lahnstein. Das erweckte meine Neugierde. Dieser Mord war so weit entfernt, dass es an Hexerei grenzte, eine Verbindung zu den anderen Opfern zu erschließen. Ihr Tod lag ganze drei Tage hinter Rudolph und der Tathergang geschah unter vollkommen anderen Umständen. Der Autor ging sogar so weit, diese Taten mit Verbrechen in der Vergangenheit in Verbindung zu bringen. Verbrechen, die Jahre zurücklagen, für die er jedoch bislang noch keine Beweise vorlegen konnte. Was sollte das Ganze? Noch ehe ich mir etwas daraus zusammenreimen konnte, war es wieder so weit. *»Lies den letzten Absatz«,* forderte mich Dennis auf. *»...Ferner ließ die Polizei verlauten, dass bei beiden Opfern identische Fasern und Epithelgewebe sichergestellt wurden, welche die Tat eines Einzeltäters vermuten lassen.«* Identische Fasern und Epithelgewebe? Ab hier wusste ich, dass die Geschichte erstunken und erlogen war. Niemals konnte das auch nur ansatzweise der Wahrheit entsprechen. Zufall, der kein Zufall sein sollte. Wieder machte mir Dennis Vorwürfe. Und wieder sah ich mich um. Wollte oder konnte er mir einfach nicht glauben? Er machte solch einen Aufstand, dass ich Mühen hatte, ihn zu beruhigen. *»Ich habe verdammt noch mal nichts damit zu tun. Das ergibt alles keinen Sinn. Und erst dieser Name: DNA-Killer… wer kommt auf so einen Schwachsinn?«* Er musste mir einfach glauben. Doch er befand sich bereits in der Paranoia-Phase. *»Ich kann nicht mehr schlafen. Manchmal in der Nacht klingelt das Telefon und wenn ich abhebe, höre ich nichts als ein dumpfes Keuchen. Ich will aus dem Haus gehen und ich sehe, wie sich die Büsche bewegen, als würde sich jemand darin versteckt halten. Etwas Großes. Tausende von Augen starren mich an und ich weiß nicht, welchen von ihnen ich trauen kann.«* Ich verstand seine Sorge, doch ihm war nicht klar, dass es keinen Grund zur Besorgnis gab. *»Reiß dich gefälligst zusammen!«* Niemand würde uns verdächtigen. Es gab einfach keine Zeugen, keine Fingerabdrücke, kein Epithelgewebe, jedenfalls nicht von uns. Niemand hätte uns etwas anhaben können. Dafür hatte ich gesorgt.

»Ich wurde gesehen…« Nun setzte er dem Ganzen die Krone auf. Die Zeitung glitt durch meine Finger wie Wachs. Ich spürte nichts in meinen Händen. *»Was?«* Eine Spannung lag in der Luft, die mich geradezu innerlich zerriss. *»Ein Mann… er ging am Wagen vorbei, kurz nachdem du das Haus von diesem Kerl betreten hattest.«* Dieser paranoide Mistkerl. Es gab einen Zeugen und er wagte es, mir erst jetzt davon zu berichten. Jetzt wo es zu spät war. Dennis arrangierte sich einfach nicht mit mir und nun hatten wir gemeinsam die Konsequenzen zu tragen. *»Was soll das heißen, da war ein Mann?!?«* Dennis schüttelte eingeschüchtert den Kopf. *»Es war dunkel. Womöglich hat er mich gar nicht richtig gesehen.«* Ich hob die Zeitung auf und presste sie ihm ins

Gesicht. *»Nicht richtig gesehen? Nicht gesehen? Hier steht es schwarz auf weiß.«* »Dort steht nichts von einem Zeugen«, entschuldigte er. Doch er begriff gar nichts. *»Die Suche ist eröffnet. Das gilt nicht uns, sondern auch dem Zeugen. Wenn sich jemand auf diesen Artikel hin meldet und sagt, dass jemand auf der Beifahrerseite von Bernd's Wagens gesessen hat, dann werden sie wissen, dass in dieser Nacht mehr als eine Person dort gewesen ist. Deine Geheimniskämmerei wird uns das Leben kosten, du Idiot.«* Ich griff nach meinem Portemonnaie, schob hastig zehn Euro schweigend unter Dennis Untertasse und stand auf. *»Wo gehst du hin? Hey, wir müssen uns was einfallen lassen, wie wir das hier regeln.«* Ich drehte mich ein letztes Mal um und ließ ihn meine Enttäuschung spüren. *»Wir? WIR können da nichts mehr ausrichten. Jeder kämpft erst einmal für sich.«* Beim Verlassen entgegnete ich ihm abschließend: *»Schadensbegrenzung, ab jetzt geht es nur noch um Schadensbegrenzung.«*

Mit dem Bus erreichte ich Arzdorf in weniger als einer Stunde. Ich nutzte die Reitwege und bestellten Felder, um schneller zu Hause anzukommen. Und wiedermal stand Herb's Fahrzeug während der regulären Arbeitszeit in der Auffahrt. Das Schicksal warf mir fortwährend Steine in den Weg. *Würde sich Herb nur mal ein Beispiel an Christoph nehmen,* dachte ich mir. Doch ich hatte nun andere Probleme. Ich schloss auf und machte mich direkt ins Kellergeschoss, griff meinen Rucksack, in dem ich die letzten Überbleibsel aufbewahrte. Es waren keine Souvenirs, mehr Dinge, die mich nachts ruhiger schlafen ließen. Als ich wieder rauf kam, staunte ich nicht schlecht, als Ulrike plötzlich vor mir stand und mir den Weg versperrte. *»Na. Gehst du wieder auf Tour?«* Ich roch ihren mit Scotch getränkten Atem. *»Geht hier überhaupt noch einer arbeiten?«,* fragte ich sie und vermittelte ihr im Anschluss, dass ich keine Zeit hätte. Doch sie versperrte mir weiterhin den Durchgang. *»Dann nimmst du sie dir eben«,* fuhr sie mich an. Betrunken war sie weit aus unangenehmer als nüchtern. Vorsichtig legte ich die Tasche ab und folgte ihr ins Wohnzimmer. Auf dem Tisch stand die halb-volle Flasche Glenfiddich und ein frisch gefülltes Glas. *»Und? Hast du dich entschieden?«,* lallte sie, während sie das Glas ansetzte. Ich wusste, um was es ging. Die Antwort stand noch immer aus. *»Die Behandlungen sind recht kostenaufwendig, und wenn das neue Versicherungsgesetz verabschiedet wird, dann wird man bald auch an das Erbe deines Vaters herantreten.«* Ich äußerte mich nicht dazu. Die Entscheidung oblag mir und ich war ihr keine Erklärung schuldig, auch wenn sie diese durchweg einforderte. Mich wunderte es, dass Herb nicht zur Stelle war, um ihr Einhalt zu gebieten. Um einer längeren Diskussion aus dem Weg gehen zu können, beschritt ich einfach den einfachsten Weg und fragte nach ihm. *»Wo Herb ist? Natürlich… ja… ich verstehe auch nicht, wieso er in letzter Zeit am falschen Haus parkt.«* Sein Wagen war genau dort, wo er hingehörte. Sie hatte womöglich zu viel getrunken, wiedermal. Ihr aktueller Zustand häufte sich in den vergangenen Wochen zunehmend. *»Zieh den verdammten Stecker Junge… mach dem Ganzen ein Ende, dann kann ich es auch endlich.«* Obwohl ich unter Zeitdruck stand, löste diese Äußerung doch reges Erstaunen in mir aus. Diese dominant, feminine Gegnerin der Sterbehilfe wurde wohl soeben zur überzeugten Fürsprecherin. Zugegeben, dieser Sinneswandel binnen kürzester Zeit war doch sehr fragwürdig. Ich kannte ihre ethische Einstellung zu dem Thema und mir war klar, dass gerade sie, niemals ihre Meinung so ohne Weiteres ändern würde. Ich sagte, ich würde es nicht tun, nur weil sie mich darum bitten würde. Gespannt wartete ich ihre Reaktion ab. Ich wollte sie aus der Reserve locken, reizen, denn einfach so hätte sie nie ausgesprochen, was sie wirklich dachte. Sie nahm einen kräftigen Schluck und leerte mit ihm das ganze Glas. Wutentbrannt warf sie es zu Boden und schrie mich an. *»Du kapierst das wohl immer noch nicht. Du tust, was wir dir sagen.«* Ich verneinte abermals. *»Ich will endlich meinen Anteil, du Bastard, kapiert? Der Teil, der mir zusteht. Und das wirst du gefälligst bewerkstelligen.«* Nun stiftete sie Verwirrung. Verwirrung, die ich heute einfach nicht gebrauchen konnte. Die Frau, die vor mir stand, erschien mir plötzlich so fremd, ebenso wie das was sie zu sagen versuchte. Doch ich hatte keine Zeit. Wollte ich Recherchen anstellen, so musste ich das Tageslicht nutzen. Einen weiteren Tag zu verlieren, würde das Risiko nur unnötig erhöhen. Einer Frau, die sich kaum auf den Beinen halten konnte, weiter zuzuhören war all das nicht wert. Ich verabschiedete mich mit einem abtrünnigen Winken und machte kehrt. *»Der Grund, weshalb wir dich zu uns nahmen, war nicht dass wir sooooo großherzig und verantwortungsbewusst waren, sondern weil du zuerst 18 geworden bist und nun volles Zugriffsrecht auf das Erbe deines reichen Chirurgen Papis hast. Vorausgesetzt, du fällst das Todesurteil. Ich will meinen Anteil, mir egal, was du dafür tun musst.«* Ich hielt inne. *»Was hast du da gerade gesagt?«* Ich ließ die Tasche fallen. Es bedurfte keinerlei weiterer Worte. Der Groschen war gefallen. Sie war kaputter, als ich es von Anfang an vermutete. Sollte sie weiter an ihrem Glauben festhalten. Mich interessierte das Geld nicht, wusste nicht mal, dass welches existierte. Und auch jetzt war es mir vollkommen egal. *»Ich will mein Geld, du Balg. Es wäre Verschwendung es in den kaputten Körper deines Vaters zu stecken. Er muss keine Rechnungen bezahlen. Ich schon. Körperliche Arbeit, so was kennt bzw. kannte deine Familie ja nie. Was es abverlangt... Ihr mit euren Privilegien... Nun ist meine Zeit gekommen. Ich will meinen Anteil.«*

Ich nahm, ohne weiter darauf einzugehen, die Tasche, verließ das Haus und schmiss die Tür hinter mir zu. Ulrike machte keine Anstalten mir zu folgen, warum auch immer. Die Nachrichten dieses Tages hatten es wirklich in sich. Sie warfen mich aus der Bahn und am liebsten hätte ich laut geschrien, um meinem Frust den gebührenden Ausdruck zu verleihen. Wenn da nicht diese andere Sache gewesen wäre, mit der ich mich zuerst befassen musste. Vermutlich hätte ich früher direkt kehrt gemacht, um eines meiner familiären Probleme zuerst zu lösen, was aber vermutlich kein hübsches Ende genommen und intensive Reinigungsarbeiten nach sich gezogen hätte. In mir staute sich so viel Wut an, dass es mir schwer fiel, sie in Zaum zu halten. Doch dann sah ich rüber zu Dennis' Haus, wo sich die Haustür öffnete und „Er" hinaustrat. Der wahre Mann dieses Hauses. An jedem anderen Tag hätte mir der Blick hinüber ein wenig Sicherheit geben. Aber diesmal nicht. Denn nicht Christoph verließ das Haus, sondern Herb. Ja... Der Tag wurde soeben richtig abgerundet.

22:38 Uhr

Ich ertappe ihn immer wieder dabei, wie er zu dem einzigen Möbelstück in diesem Raum zu unserer rechten hinübersieht. Das Bücherregal. Ihm muss klar geworden sein, wo er sich gerade befand. Dem privaten Lesungsraum und Archiv. Ich lächle dabei nur und warte auf seine erste Andeutung diesbezüglich. Doch noch ist genügend Zeit. Ich greife in die Seitentasche und lege es ihm auf die aufgeschlagene Mappe aus jenem Regal hin. »Wissen Sie, was das hier ist?« Er nimmt es in die Hand und setzt sich die Brille auf. Doch so oft er es auch drehen und wenden würde, er würde nicht verstehen, was sich dort zwischen seinen Fingern befindet. »Ein Büchel Haare?« »Ein Geschenk, das er mir gemacht hatte. Nein, ich korrigiere das. Ein Geschenk, das er sich selbst machte. Ein Zeichen des Vertrauens.« Ich fordere es zurück, ehe er es beschädigen würde. »Das Markenzeichen des DNA-Killer«, äußerte er entsetzt. Seine Kombinationsgabe war makellos.

Kapitel IV – Die lange Reise

Ein Film ab 12 bedeutet der Gute bekommt das Mädchen. Ein Film ab 16 bedeutet der Böse bekommt das Mädchen. Ein Film ab 18 bedeutet, alle bekommen das Mädchen. Ein grober Scherz, über den nicht jeder lachen kann. Für manche ist es ein Schlag ins Gesicht. Genauso wie, wenn man erfährt, dass ein gut gehütetes Geheimnis aufgeflogen ist, weil jemand einen Fehler gemacht hat. Es war meine Aufgabe nun mehr zu erfahren über den Umstand „aufgeflogen". Der Titel „DNA-Killer" machte bereits die Runde und mir gefiel es nicht, mit einer Tat eines anderen in Verbindung gebracht zu werden. Doch die Tatsache, dass man identische Rückstände bei beiden Opfern gefunden haben sollte, machte mich nervös. Es war unmöglich aus rationaler Sicht gesehen. Doch der Fund der Tuffsteine in Bernds Wagen bereitete mir Kopfzerbrechen. Noch würde niemand daraus eine Verbindung sehen, doch erleichterte es womöglich die Polizeiarbeit sehr und sie würden das Gebiet sehr bald eingrenzen können. Ich durfte kein Risiko eingehen. Mein Weg führte mich also an verschiedene Orte. Auch an Orte, die gegen meine Regeln verstießen. Manchmal jedoch musste man einfach mit seinen eigenen Regeln brechen. Ich ging zurück zur alten Schule, um mich zu vergewissern, dass ich auch wirklich nichts übersehen hatte. Manchmal war es gut, bei einer Suche am Anfang zu beginnen statt mittendrin. Ich erinnerte mich gut an die Fahrt hinauf auf den Hügel. Durch all das Gras, vorbei an dem damals blühenden Maisfeldern. Ich erinnerte mich, wie ich Bernd an seinen Beinen aus dem Kofferraum zog und ihn in das Gebäude schleifte. Ich erinnerte mich, wie ich ihn nach seiner Familie fragte, damit er sich beruhigen und Hoffnung schöpfen konnte, sie wiederzusehen. Ich erinnerte mich, wie ich seine Kniescheiben mit einem Zimmermannshammer zerschlug, damit es für ihn keine Möglichkeit zur Flucht gab. Zwar waren es Bruchstücke, doch erschien es mir so real wie damals. Erneut frönte ich dem Duft des frischen Grases. Es hatte sich nichts verändert, äußerlich zumindest. Ich ging hinein, schob das Geröll beiseite und betrat den Türrahmen des einst belebten Kellerraums, in dem der alte Mann sein Ende finden sollte. Ich sah mich um. Jeder Winkel bot ein mir vertrautes Bild.

Ich erinnerte mich, wie ich am Ende die Folien von den Wänden riss und die Leiche behutsam darin einwickelte, lange, nachdem ich Dennis nach Hause gebracht hatte. Schon damals fuhr ich Bernds Wagen, was ein Risiko darstellte, doch zu diesem Zeitpunkt wusste noch niemand, wer Bernd eigentlich war. Ich legte damals jeden Stein an seinen vorbestimmten Ursprungsort. Alles sollte so sein, als seien wir niemals dort gewesen. Zuletzt schoss ich dann das finale Foto. Das Foto, das mir versteckt hinter den eigenen vier Wänden inneren Frieden bescheren sollte und den Beweis dafür, dass meine Arbeit makellos war. Es war eher eine Minibilderserie, die nichts von der Tat offenbarte, sondern eine Perspektive vorher und nachher suggerierte. Alles, was sich zwischen der Entstehung dieser Bilder abspielte, blieb allein in mir verewigt. Sie zeigten den leeren Raum in seiner unberührten Form, bevor und nachdem unsere Tat vollzogen war. Es war mein Eifer nach Perfektion, der sie entstehen ließ und mich wieder hierher führen sollte. Ich verglich es mit der momentanen Situation aus exakt demselben Winkel.

Doch dann zerbrach die Illusion. Es war nun nicht mehr identisch. Es dauerte eine Weile bis mir die Abweichung auffallen sollte. Ich wählte diesen Ort, weil dieser nur sehr wenigen bekannt gewesen war. Doch da irrte ich mich scheinbar. Ich schob das Backsteinpflaster in der linken unteren Ecke des Raumes beiseite, denn dieser war es, welcher dem Bildnis in meiner Hand nicht entsprach. Es stand auf dem Kopf. Vielleicht etwas zu offensichtlich für meinen Geschmack. Aus dem Stand war es kaum zu erkennen. Unter dem kurz angehäuften Sandhügel darunter fand ich schließlich das, was ausschließlich mir bestimmt war. Ein kurzes Büschel Haar. Schwarzes Haar. Dennis' Haar war heller und ich zu bedacht, als das es von mir hätte stammen können. Ich fühlte die Unruhe, die sich in mir auftat. Hatte Daniela Katzwinkel kein schwarzes Haar getragen? Nun machte ich schon das Gleiche wie einst er. *Ich hatte nicht genug Zeit auch ihm die Regeln zu erklären*, dachte ich mir in meiner Verwirrung. Gab es vielleicht noch mehr? War es vielleicht eine Botschaft an mich? Was hatte das alles zu bedeuten? Ich steckte es ein und ging hinüber zum Tisch. Hier war alles, wie ich es verlassen hatte. Zeit um ein wenig durchzuatmen und einen klaren Gedanken zu fassen. Vielleicht nur einige Obdachlose, die Unterschlupf suchten. Doch das schien mir zu subtil. Ich suchte nach Ausflüchten statt der Wahrheit. Alles andere blieb doch unverändert. Diese Abweichung passte nicht ins Schema und dennoch war sie da. Bernds Leiche wurde bisher nicht gefunden. Ein Anker in der brausenden Meeresströmung, den ich mir in diesem Moment selbst zuwarf. Wie könnte mir dieses Büchel Haar also schaden? Eins war jedenfalls klar: Es half mir nicht. Ich stiftete zu große Verwirrung in mir.

Spielte ich womöglich gar ein Spiel mit mir selbst? Ich begann zu interpretieren, wo es vermutlich nichts zu interpretieren gab. Dann sah ich hinüber zum Fenster. Ich hatte es mit Steinen zugemauert. Als ich das Foto ein weiteres Mal betrachtete, bemerkte ich, dass es aus diesem Winkel nicht zu erkennen war. Mein Verstand funktionierte wohl doch nicht so rückständig. Vorsichtig schritt ich heran und tastete gleichzeitig den Boden mit meinen Augen Stück für Stück ab. Und tatsächlich erkannte ich in dem feinen Staub die Fußspuren, die aus Richtung des Fensters hier hinüberführten. Das wohlgeformte „D", welches sich unter der Sohle befinden musste, stieß jedoch erst am Fenstersims so richtig hervor. Ich sah es nicht zum ersten Mal. Marty trug diese Schuhe bei unserem gemeinsamen Kampf. Es beunruhigte mich, welchen Einfluss Marty scheinbar wirklich auf Dennis auszuüben schien. Dennis sprach mit mir nie darüber. Über die Dinge, die hier stattgefunden hatten. Doch wenn Dennis nicht mit mir sprach, mit wem dann und vor allem worüber. Würde sich Dennis Marty vielleicht sogar wirklich so weit anvertraut und mich damit gleichzeitig hintergangen haben? Fand man die Antwort nicht bei einem Freund, dann nur bei seinem Feind. Ein Pro hatte stets mindestens ein Kontra, nur über die Rollenverteilung war ich mir nicht ganz im Klaren.

Marty's Behausung lag auf einer Anhöhe im Edelviertel des Wachtberger Drachenfelsblick. Von hier aus konnte man die umliegenden Dörfer in ihrem dezenten Lichtspiel geradezu erhaben überschauen. Allein dort oben zu leben vermochte dem Ego einen enormen Schub zu verleihen. Die prunkvolle Türklingel, das vornehme

Briefkastengelage, die fein säuberlich polierte Klinke über dem das goldene Namensschild Sünbock triumphierte. Ich fühlte mich davon abgestoßen, so wie vermutlich der bemitleidenswerte Briefträger, der das Haus bestellte oder der angestellte Garten- und Landschaftspfleger, der für sieben Euro die Stunde für jedwede Form niedrigster Arbeiten zu haben war. Geld konnte das Leben vereinfachen, aber auch verhöhnen. Leise schlich ich ums Haus. Die eigens angelegten Tannen und Rosenbüsche sollten den Blick auf das Grundstück weitestgehend verschleiern. Der weiße Kies, der die Konturen des Gebietes ausmachte und einen geschwungenen Weg hinaus vom Feld in den Hinterhof bereitete, wies mir die richtige Richtung. Und ich hatte Glück. Marty saß in der Abenddämmerung im Garten und las vertieft, geradezu in verinnerlichter Abgeschiedenheit, friedlich in einem Buch. Seine Hände glitten behutsam über die Brailleschrift der La Comédie humaine von 1842. Honoré de Balzac, die menschliche Komödie. Eines der ersten Werke welches in dieser Form der Schwarzschrift veröffentlich wurde. Womöglich hatte Dennis es ihm empfohlen. Die Innigkeit dieser sekundären Freundschaft widerte mich an. Seine Sinne täuschten ihn derweil nicht. Er hörte mich bereits mehrere Meter zuvor durch das Blumenbeet schleichen, noch ehe ich ihn überhaupt zu Gesicht bekam. Ich stieg über den hüfthohen Holzzaun, während er das Buch zuklappte und sich erhob. *»Ist es nicht ein wenig spät, B.? Ich habe dir doch gesagt, mein Entschluss steht fest.«* Ich war wohl nicht der Einzige, der dieser Form der Wegbeschreitung folgte. Schweigend glitt ich den feuchten Rasen entlang, stets umherblickend. Je näher ich ihm kam, desto mehr schien es ihm klar zu werden, dass der unerwartete Besuch nicht der war, den er vermutete. *»Besser spät, als nie, Marty«,* entgegnete ich ihm in einem scherzhaften Unterton. Vor lauter Schrecken ließ er das Buch fallen und stammelte nach seiner Mutter. Ich konnte ihn geradeso beruhigen und ihn davor bewahren eine große Dummheit zu begehen.

»Ich bin nicht hier, um dir wehzutun«, versprach ich ihm und setzte mich auf den freien Platz gegenüber dem Seinigen. Ich hob das Buch auf und glättete die eingefallenen Seiten. *»Was willst du hier?«,* fragte er in einer Mischung aus Boshaftigkeit und Angst. Ich schilderte ihm meine Intentionen in Form einer glaubhaften Metapher. Ich sei gekommen, um die Leichen in meinem Keller aus der Welt zu schaffen. Irgendwie wollte ich, dass er direkt begriff, dass ich es weiß. *»Frieden schließen. Und, wenn das hier gut läuft, dich zusätzlich um einen Rat bitten«,* fügte ich hinzu. Er umklammerte das Buch, welches ich ihm reichte, wie ein Ertrinkender den letzten Rettungsring. Etwas viel verlangt in Anbetracht unserer gemeinsamen Erlebnisse, doch machbar. Irgendwie war klar, dass er das Angebot nicht ablehnen würde. *»Das Leben besteht schließlich aus „Geben" und „Nehmen", nicht wahr? Teilen.«* Als ob er in dieser 450.000 Euro teuren Anlage eine Ahnung davon haben würde, wovon er da sprach. Im Inneren setzten wir unsere Unterhaltung weiter fort, bei mehr Licht und der angenehmen Wärme eines offenen Kaminfeuers. Gastfreundlichkeit war eine einstudierte Eigenschaft der Familie, auch wenn der erste Eindruck dem nicht ganz entsprach. Marty's Eltern, die Sünbocks, schienen wie erwartet, stark konservativ geprägt. Das Haus geschmückt mit modern abstrakt gezeichneten Gemälden, die Marty

wohl noch nie zu Gesicht bekam. Ich konnte mir nicht vorstellen, dass ihm das Umfeld, in dem er aufwuchs, gefallen hätte. Ich saß zu gemütlich in dem prunkvollen Wildledersessel, der mehr einem Thron glich, als dass ich mich mit einer einfacheren Sitzmöglichkeit wie dem Sofa zufriedengestellt hätte. Ich gewöhnte mich zu schnell und zu sehr an die Umwelt der gehobenen Klasse. Ich erblickte das Foto einer attraktiven Frau Anfang der 40er. Sie wirkte übermüdet, beinahe kränklich. *»Wer ist das?« »Das Bild oberhalb des Sims? Das ist meine Mutter. Sie leidet an einer Vorstufe der Alzheimerkrankheit. Frühstadium. Meinem Vater und mir bereitet das große Sorgen.«* Familiengeplänkel. Ich war für solche Themen sicherlich der falsche Ansprechpartner. Marty reichte mir zu allem Überfluss die Schale mit den Pralinen, während ich in den Flur sah und dabei unerlässlich den Mahagonischuhschrank fixierte. Irgendwie musste ich dort unbemerkt rankommen. *»Wenn ich ehrlich sein soll, wüsste ich nicht, was ich dir sagen könnte, was du nicht ohnehin schon weißt. Außerdem laufe ich Gefahr, dass ich Dennis' Vertrauen missbrauche oder dass du mir wieder eine reinhaust.«*

Ich lauschte seinen Belangen nur bedingt und stellte mir unterdessen im Schein des Daseins vor, was ich mit ihm machen würde, sollte er es wagen, mich anzulügen. *»Dennis trägt eine Begabung in sich. Er sieht Dinge, die anderen verborgen bleiben. Aber das fällt nicht nur mir auf. Wusstest du, dass bereits zwei Verlagsgruppen Interesse an seinen Werken gezeigt haben? Dennis ist nicht wie du und ich, er ist für mehr bestimmt als das hier. Vielleicht liegt der Unterschied zwischen dir und mir einfach nur darin, dass ich diese Begabung akzeptiere und nicht versuche sie zu* *bremsen, nein, sie sogar durchaus zu fördern pflege. Dennis ist kreativ und intelligent, doch er hat Schwierigkeiten diese Begabung richtig anzuwenden. Zu allem muss man ihn regelrecht hintreten. Er legt viel Wert auf verschiedene Meinungen, statt sich, wie viele, mit nur einer Sichtweise zufriedenzugeben. Es geht um Bestätigung, um den richtigen Weg. Seine Gedichte beispielsweise sind so emotional, so intensiv. Doch er behält sein Talent meistens für sich, was wirklich schade ist. Dann braucht er wieder einen kleinen Schups und es geht weiter. Er hat ein Potenzial, das...«* Ich musste ihn einfach unterbrechen. *»Sag mir jetzt nicht, dass du diesen Mist etwa wirklich liest.«* Ich wusste schon, dass ich sein verneinendes Kopfschütteln fehlinterpretierte. Dennis schrieb Gedichte? Das Tagebuch war ja schon schwer zu verkraften, aber Gedichte? Ich wusste wohl wirklich nicht alles über meinen Freund. Vermutlich trug er nachts gelbgrüne Strumpfhosen und onanierte auf die Wäsche seines Stiefvaters. Eine Vorstellung, die mir nun länger im Kopf hängen bleiben würde, wie ich bedauerlicherweise feststellen musste. *»Ja. Ich lese diesen Mist. Und du solltest diesen Mist vielleicht auch einmal lesen. Vielleicht würdest du ihn dann ein wenig besser verstehen.«* Ein normales „Hi, wie heißt du?" reichte in der modernen Welt anscheinend nicht mehr aus um einander kennenzulernen. Nun musste man dafür schon Gedichte twittern, lesen oder gar singen. Zwischen Dennis und mir gab es Spannungen, nur nicht die Form, über die man mit anderen offen sprach. War Marty eventuell schwul? *»Wahre Freundschaft zeichnet sich dadurch aus, füreinander da zu sein. Zuzuhören, auch wenn es einem Selbst nicht gefällt. Für Dennis ist es wichtig, dass ihm* *jemand hilft, seine Probleme in den Griff zu bekommen, auch wenn das nicht jeder wirklich kann. Er vergräbt seine Gedanken unter Worten, statt sich richtig mit ihnen auseinanderzusetzen. Aber vielleicht bin ich auch der Falsche, mit dem du darüber reden solltest.«* Wenn nicht mit ihm, mit wem dann? Für mich war ich bereits an der richtigen Adresse angelangt. Für mich hatte Dennis bisher keine Probleme in dieser Form. Er war normal und ich empfand es als Beleidigung, dass jemand wie Marty sich selbst seinen Freund nannte. *»…Nig ist in Dennis' neuem Projekt mehr involviert als ich. Dennis schreibt an einem Buch oder so was Ähnliches. Es soll sehr persönlich sein, wie er mir gesagt hat. Ich habe es noch nicht gelesen, aber Nig schwärmt nur noch davon. Er hat sich für ihn mindestens genauso ein Bein ausgerissen wie ich. Er mag dich deshalb auch nicht so besonders.«*

Während ich die zarte Hülle der süßen Vollmilchschokolade mit meinen Vorderzähnen durchschnitt und dem Geschmack der cremigen Substanz verfiel, erlebte ich ein Déjà-vu Erlebnis. Ein Buch? Von was für einem Buch redete er da? Ich fühlte, wie sich ein wenig Substanz von meinem Mundwinkel entledigte und auf den weißen Teppich tropfte. Er hatte es ohnehin nicht bemerkt. Dann überkam es mich. Nicht Marty trug diese Schuhe, sondern Nig. Der Tritt ins Gesicht, das D aus der Nähe. Nig wurde soeben zu meiner Hauptfigur. Es war so schlicht und einfach, dass ich es einfach nicht gesehen hatte.

Mir war, als sähe Marty mir direkt in die Augen, doch vielleicht orientierte er sich auch nur am Klang meiner Stimme. Ich schweifte ab, verlor mich voll und ganz in seinem leeren Blick. Ich musste Ruhe bewahren. *»Selbst wenn es nicht so rüber kommen mag. Dennis' Zukunft liegt auch mir am Herzen. Aber er und ich entfernen uns voneinander. Manchmal denke ich, dass er mir nicht vertraut oder ihm einfach alles egal geworden ist. Ich weiß es nicht.«* In meinem Inneren hallte unterdessen dieser eine Name, den ich nicht wagte, laut auszusprechen. Mir fehlte es an einem Vorwand, das Gespräch beenden zu können, bevor es richtig begann. Er lächelte und führte das Pralinentablett näher an meine Hand. *»Wir sehen manchmal einfach nur nicht richtig hin.«* Wollte er mir damit mehr sagen, als ich es im ersten Moment verstehen sollte? Seine unbescholtene Art und dieses perfide Augenzwinkern wirkten nicht gerade normal angesichts der Tatsache, dass dieser Kerl fast vollständig blind gewesen war. *»Sag mir ehrlich. Wie blind bist du eigentlich wirklich? Du verarschst die anderen doch, oder? Bist du auch so ein Mitleidsjunkie, der sich daran aufgeilt, dass andere ihm den Arsch nachtragen?«* Sein Gesicht wurde ernst und wirkte beleidigt. Er zog das Tablett wieder weg und schob es schroff zur Seite. *»Und bist du von Geburt an so ein Arschloch oder hat dich das Leben danach erst zu einem gemacht?«*

Berechtigte Frage. Ich entgegnete ihm darauf nichts. Woher hätte ich es auch wissen sollen? Man lebte schließlich nur ein Leben. Doch dann fuhr er erst richtig auf. *»Dein Problem ist, dass du glaubst, über alles und jeden Bescheid zu wissen und bestimmen zu können. Du hast den vollen Durchblick? Du glaubst, du hättest auf alles eine Antwort? Du interessierst dich doch einen Dreck um Dennis' Zukunft. Du brauchst ihn nur, damit du dich stark fühlen kannst. Aber da irrst du dich. Du bist in Wahrheit die Witzfigur. Du bist es, der in seinem Schatten steht.*

Wie viele Freunde hast du denn schon außer ihm? Wo kannst du denn schon noch hingehen? Er ist es, der dich akzeptiert und nicht umgekehrt.« Er sah viel für einen blinden kleinen Jungen. Ich hingegen sah genug, um nicht sehen zu wollen. Seine Worte drangen tief in mich hinein, zu tief. Aber er hatte niemals recht damit. Schließlich war nicht ich es, der sich aus dem Leben davonstehlen wollte, vor unserer Begegnung. Ich hatte meinen Vorwand gefunden. Ich erhob mich, boxte ihm eins auf die Nase und nahm eine weitere Praline, während er vor Schmerzen brüllte. Er wusste nichts von Bernd oder anderen Geheimnissen. Ich konnte das Wohnzimmer also ruhig und gelassen wieder verlassen. Ich kam in Frieden, ging im erklärten Kriegszustand. Immer wieder drehte ich mich um, erfreute mich daran, wie er mit der blutigen Nase an Möbelstücken anstieß, an deren Standort er sich noch vor Minuten zu erinnern schien. Jemanden, der sich von seinen Gefühlen und Schmerzen beherrschen ließ, konnte man nicht ernst nehmen. *»Merk dir eins. Dennis wird nicht immer für dich da sein.«* Ich hielt inne *»Ich muss mir wenigstens keine Freundschaft erkaufen. Bestell Björn, deinem Haustier, schöne Grüße von mir«,* und schloss die Tür. Nig.

22:59 Uhr

»Woher haben Sie das?« Das Büchel Haar lässt ihn nicht mehr los. *»Es war eingeklemmt, zwischen den Seiten des Buches. Für den Fall, dass er es nicht mehr schaffen würde. Eine Art Sicherheit.«* Er fixiert meine Bewegung, mit der ich mich meines Tascheninhaltes erneut vergewissere. *»Sie und ich, Thomas. Unsere beiden Schicksale waren nicht allzu weit voneinander*

entfernt. Und dennoch sind wir beide uns nie begegnet. Wie kommt das?« Er erwidert, »Schicksal, schätze ich mal, Martin. Oder... weil Marco es so wollte.« So abfällig hatte ich den Klang meines Namens noch nie vernommen.

Blaulicht und Sirenen. Als ich nach Hause kam, waren sie bereits da. Den Notruf wählte ein Nachbar zwei Häuser weiter. Was war geschehen? Zuerst bewegte ich mich nur zögerlich auf unser Haus zu. Zwei Streifenwagen, ein Krankenwagen. Der Notarzt parkte direkt in unserer Einfahrt. Herb und Ulrike standen in der Haustür und sahen mich, wie ich mich ihnen, verborgen in der Dunkelheit, näherte. Sie hatten mich, wieso auch immer, aber sie hatten... mich. So dachte ich zumindest. Herb kam die Einfahrt hinausgelaufen und rief mir zu. Ich konnte ihn kaum verstehen, wollte so schnell wie möglich kehrt machen, doch ich war wie elektrisiert. Das grelle Licht, so wie es aufblinkte, wirkte hypnotisch auf mich. Ich konnte nicht begreifen... Wie? Dann vernahm ich seine Stimme. *»Schnell... jemand hat Christoph, Svenja und Dennis angegriffen.«* Ich schluckte einmal kräftig. Nur langsam begriff ich, dass sie nicht wegen mir gekommen waren. Ich warf meinen Rucksack an den Straßenrand und stürmte auf Herb zu. *»Was ist passiert?«*, rief ich betroffen. Doch für Erklärungen blieb keine Zeit. Herb zog mich an der Jacke hinter sich her und wir rannten. Ein Beamter, der uns bei unserer Ankunft an Christoph's Haus aufzuhalten versuchte, bewachte den Vordereingang. *»Wir gehören zur Familie, lassen Sie uns durch«,* entschuldigte sich Herb. Erstmals, nach all den Jahren, sah ich wieder diese Entschlossenheit, die tief in ihm verborgen war, bereit alles zu tun, wenn es darauf ankommen sollte. Der Polizist machte keine weiteren Anstalten und vor mir bereitete sich ein Bild der Verwüstung aus. Schwer zu glauben, wie jemand derart in Rage versetzt werden konnte. Herb stürmte voran, zerbrach mit seinen Tretern das umliegende Glas der Eingangstür. *Klasse Herb, die Spurensicherung wird es dir danken*, dachte ich. Ein zerrissenes Kopfkissen. Die alte Vase, die auf dem kleinen Tisch stand, nur noch ein Scherbenhaufen. Was sollte ich von all dem halten? Ein Einbrecher, während die Familie zu Hause war? Unwahrscheinlich. Und dann auch noch Blut. Ich sah den dunkelroten Fleck am Ende des Flurs. Halb geronnenes Blut. Die Tat fand erst vor wenigen Stunden statt. Als ich das Wohnzimmer betrat, traf mich der Schlag. Zwei Sanitäter knieten vor Svenja und beatmeten sie mit Sauerstoff. Sie war bei Besinnung, obwohl unschwer zu erkennen war, dass ihr Kopf einen heftigen Schlag abbekommen hatte. *»Svenja, was ist passiert? Wo ist Dennis?«*, fragte ich. Ein Sanitäter wies mich anzuschweigen. Doch sie deutete mit dem Finger hinauf in den ersten Stock. Ich verlor keine Zeit. An der Treppe bemerkte ich, dass jemand mit Gewalt den Sitz aus der Schienenführung gerissen hatte. Ich rief Dennis Namen, bekam jedoch keine Antwort. Als ich die letzte Stufe erreicht hatte, hielt ich inne. Blutschlieren am Treppenansatz. Normalerweise hätte mich mein Weg nach rechts, in Dennis' Zimmer geführt. Doch als ich nach links sah, der Spur folgte, hörte ich wie das summende Geräusch eines mir bekannten Lautes ertönte und Stimmen, die hektisch tuschelten. Ich sah nach rechts, wo Dunkelheit herrschte, dann wieder nach links, wo es hell und belebt zuging. Durch den Türspalt des Elternschlafzimmers drang der Anblick zweier Beine hindurch, die auf dem Boden zu liegen schienen. Wieder dieses summende Geräusch. Dann wusste ich, was es war, und drang gewaltsam in das Zimmer.

Ein Polizist und der Notarzt, gelehnt über den Körper einer Person. Nur wenige Meter davon entfernt: Dennis' Rollstuhl. Wieder lud der Notarzt den Defibrillator. Starr vor Angst trat ich näher, unerkannt von den Blicken der Anderen. *»Dennis?«*, stammelte ich. Erst dann hatte ich die Aufmerksamkeit der Augen des Gesetzes. *»Wer sind Sie? Machen Sie, dass sie hier raus kommen«*, fauchte er mich an und griff zu seinem Waffenholster. Noch ehe ich erkennen konnte, wer dort lag, griff eine Hand von hinten nach meinen Schulten und zog mich zu sich. *»Er ist es nicht«*, flüsterte mir eine Stimme zu. Herb. Er war mir gefolgt. *»Er ist es nicht«*, wiederholte er.

Ich realisierte, wer dort vor mir lag. Es war Christoph. Ich machte es öffentlich und verbarg meine Erleichterung darüber keineswegs. Ich kannte Christoph kaum und er hatte keinen Nutzen für mich. *»Er ist tot«*, flüsterte der Notarzt, als ich hinaustrat. Doch wo war Dennis? Ich riss mich los von Herb und sprintete hinüber in das Zimmer, das ich zuerst hätte aufsuchen sollen. Ich schlug die Türklinke runter und öffnete die Tür. Doch das Zimmer war leer. Auch hier herrschte das Chaos, schlimmer noch als in den anderen Räumen. Wie angewurzelt stand ich nur so da. Der Pulsschlag an meiner Schläfe machte mich wahnsinnig. Diese Ungewissheit. Leise vernahm ich die Schritte, die sich mir vorsichtig näherten und dann verstummten. Ich konzentrierte mich auf das Pochen in meiner Brust, versuchte ruhiger zu werden. Dumpf hörte ich Herb. Verstand ihn kaum. *»Er ist drüben… bei uns im Haus.«* Und mit einem Male fiel eine gewaltige Last von meinen Schultern. Ich hätte nur fragen müssen.

Ich zögerte keine Sekunde, rannte rüber, in mein Haus, ließ Herb zurück. Der Notarztwagen. War er wegen Dennis hier? Ich schloss die Tür auf und begab mich in die Küche. Ulrike erwartete mich bereits. Und da war er. Dennis. Zusammengekauert, übersät mit blauen Flecken im Gesicht, und mit einer Platzwunde an der Stirn. Seelenruhig am Esstisch sitzend, bestückt mit einer heißen Tasse Tee. *»Sei bitte vorsichtig, wenn du mit ihm sprichst. Er hat einiges durchgemacht«,* warnte mich Ulrike. Ich bat sie, mich mit ihm allein zu lassen. Nachdem sie gegangen war, schloss ich die Tür hinter ihr ab und trat zurück an den runden Esstisch. *»Was ist passiert?«,* fragte ich. Doch Dennis zeigte keinerlei Reaktion. Teilnahmslos blickte er weiterhin stur auf die Tasse. Ich nahm den Stuhl direkt gegenüber und legte zunächst meine Jacke ab. Erneut fragte ich ihn, was geschehen war. Die Antwort blieb dieselbe. Mir wurde klar, ich musste ihn wieder zurückbringen. Zurück in die Realität. Dafür musste ich ihm etwas nehmen, auf das er fixiert war. Vorsichtig glitt meine Hand über das alte Holz der Tischplatte und umschlang die Tasse, die direkt vor ihm positioniert war. Dann zog ich sie langsam zu mir rüber, immer weiter von ihm weg. Nach nur wenigen Zentimetern überraschte mich seine Reaktion so sehr, dass ich zusammenzuckte. Er griff blitzschnell nach meiner Hand, seinen Blick weiter auf den heißen Qualm gerichtet. *»War das Schadensbegrenzung?«* Seine Tonlage war ernst und gefasst. Anders als ich es erwartete. *»Was ist passiert?«,* fragte ich ihn wieder. Er nannte mich einen Heuchler. Ich versicherte ihm, dass ich eben so ahnungslos war, wie der Rest der umliegenden Beteiligten. Er glaubte mir nicht. Vorsichtig zog ich meine Hand zurück und faltete sie zusammen. Ich überlegte kurz, wie ich nun weiter vorgehen würde. Wäre er bereit, seine Geschichte mit mir zu teilen, wenn ich ihm sagen würde, dass sein Stiefvater verstorben war. Doch plötzlich ergab es sich von selbst. *»Du bist in unser Haus eingedrungen. Du hast die Wohnungstür aufgebrochen und Svenja geholt. Ich war oben in meinem Zimmer, also habe ich dich zuerst nicht gehört. Dann muss Christoph der Nächste gewesen sein. War es so? Ich hörte aus meinem Zimmer, wie er mit jemandem zu kämpfen schien. Als ich rausfuhr, rüber ins Schlafzimmer, da standst du plötzlich vor mir. Du hast mich aus dem Stuhl gerissen, mir zweimal ins Gesicht geschlagen. Schläge, und du hast kein Wort gesagt. Danach kann ich mich an nichts mehr erinnern.«* Ich? Er fantasierte, stand womöglich unter Schock. Ich fragte ihn, wie er wirklich ausgesehen hatte, fragte, ob es vielleicht Nig war. Doch er antwortete mir nicht mehr. Er fragte mich nur, ob ich mich nun besser und sicherer fühlen würde. Nun begriff ich sehr schnell, dass das, was er zum Ausdruck brachte, sein bitterer Ernst war. *»Bist du verrückt? Wie kannst du glauben ich hätte etwas damit zu tun?«* Maßlos erzürnt schlug ich mit der Faust auf den Tisch. *»Oh… das hast du… an all dem hier bist nur du schuld«,* klagte er mich an. Ich vernahm, wie jemand von außen versuchte, die Tür zu öffnen. Eine männliche Stimme forderte mich auf, ihm sofort Einlass zu gewähren. Mir blieb nicht viel Zeit. *»Ok. Schluss mit der Fantasie. Kommen wir wieder zur Realität. Die Geschichte, die du mir gerade erzählt hast, hast du die genauso irgendjemanden hier erzählt?«* Sein steifer Blick verriet nichts darüber. *»Wo ist das Buch?«,* fragte ich Dennis. Er sah zu mir auf und schwieg mich erbost an. *»Hör auf mit den*

Spielchen, das hier ist ernst. Sie werden es finden, wenn sie die Wohnung durchsuchen. Also sag mir, wo es ist. Es muss verschwinden!« Das Hämmern an der Tür wurde lauter, doch Dennis blieb ganz ruhig. *»Wir waren Freunde, du und ich. Wie konntest du uns so etwas nur antun?«*

Wer von uns war voller Schuldgefühle? Ich erkannte, dass er in seinem Zustand zu keinem klaren Gedanken imstande war. Während ich zur Tür schritt, machte ich ihm leise klar, dass er zu schweigen hatte. Dass wir alles später besprechen und die Sache aufklären würden. Seinen verachtenden Blick würde ich nie wieder vergessen können. Ich versprach ihm, dass wir den Verantwortlichen dafür finden werden. Dann schloss ich auf und der Polizist, von der Eingangstür, stand einfach nur so da. Ebenso erwartungsvoll, doch zugleich skeptisch dreinschauend, wie mein Freund mit der Teetasse. *»Alles in Ordnung hier?«*, fragte er mich anprangernd. Dennis wendete seinen Blick ab und widmete sich weiter seinem Rauchspiel aus der Tasse. Der Beamte hob seine Hand und gab mir zu verstehen, ich solle ihm folgen. *»Es ist weg, mein Freund. Er hat es mitgenommen«*, hörte ich von hinten Dennis' Stimme rufen. Dieser Idiot machte es so offenkundig, dass nun jeder wusste, dass sie nach etwas suchen müssten. Er hat es mitgenommen? Großer Gott. Was stand darin? Welche Namen wurden genannt? Doch ehe ich mich dieser Fragen stellen konnte, musste ich mich der Neugierde Anderer stellen. *»Wissen Sie etwas darüber?«* Ich verneinte. *»Wovon sprach der Junge gerade?«* Ich zuckte selbstzweifelnd mit den Schultern. *»Wir sind die besten Freunde. Ich glaube, er sprach von seinem Handy. Ich habe ihn gefragt, wieso er mich nicht* *direkt angerufen hat. Nun weiß ich warum.«* Der Beamte akzeptierte diese Antwort. Sofort gab er einen Funkspruch durch und wies mich an ihm die Nummer von Dennis' Handy auszuhändigen. Amateure. Sie klammerte sich an die Vorstellung den Täter über die SIM-Karte ausfindig machen zu können. Solange das Handy sendete, keine schlechte Idee. Zu dumm nur, dass ich es im Haus gegenüber im Wohnzimmer liegen sah. Und erst dort erkannte ich die Anwesenheit des Beamten, der Nig nach unserem gemeinsamen Streit abgeführt hatte. Zu meinem Glück erkannte er mich nicht. Niemand machte irgendwelche Anstalten darüber, etwas Sonderbareres entdeckt zu haben. Noch war ich sicher. Ich schilderte ihm mein wahres Verhältnis zu Familie Bender, auch dem zu Dennis' Mutter. Es schien mir wichtig eine enge Beziehung vorauszuschicken. Nur so konnte ich noch am gleichen Abend Erkundigungen bei ihr einholen, was hier wirklich geschehen war, ohne dabei verdächtig aufzufallen. Doch dazu sollte es nicht kommen. Sowie die Polizei, als auch die Ärzte wiesen die Sanitäter an, die beiden in das naheliegende Krankenhaus zu überstellen. Zusammen mit Dennis sollte sie für weitere Untersuchungen herhalten müssen, um unscheinbaren Verletzungen vorzubeugen. Doch wollte man auch vermeiden in dem Haus zu übernachten, in dem gerade vor wenigen Stunden ein Mensch verstorben war. Niemand wollte in dieser Nacht zurück in das Haus. Niemand, außer mir. Denn es galt etwas zu finden. Die Wahrheit.

23:22 Uhr

»Ihre erste Frau. Wie ist sie so?« Die Neugierde hat ihn wieder einmal gepackt. Doch ich will nicht mehr von mir preisgeben als nötig. »Gefällt Ihnen das? Einen alten Mann leiden zu sehen?« Er verneint meine Vermutung mit einem sanften Wink mit dem Kopf. »Das bedeutet wohl, sie weilt nicht mehr unter uns. Das tut mir Leid.« Ich mache keine Regung. »Gehen wir zurück, zurück an die Stelle, wo wir aufgehört haben.« Ich lächele. »Oder an die Stelle, an der es wirklich angefangen hat.«

Das Bonner Stadtkrankenhaus lag nahe dem Rhein. Mit der Fähre konnte man schnell dorthin gelangen. Ulrike und Herb ließen nicht lange auf sich warten und besuchten Svenja und Dennis gleich am ersten Tag, bepackt mit Blumenstrauß und Pralinen. Für Dennis, sie wussten um seine Schwäche für gute Bücher, hatte sie sich etwas Besonderes einfallen lassen. So trennte sich Ulrike von ihrem kürzlich abgeschlossenen Roman „Der faule Henker". Es sollte ihm ein wenig Ablenkung verschaffen. Ich fuhr nicht mit. Es gab zu viele unerledigte Dinge, die auf mich warteten. Statt mich mit ihrem Ritual der Bemitleidung zu befassen, kam es mir eher in den Sinn weitere Gefahren von ihm abzuwenden. Die Aufgabe eines Helden. Noch in der gleichen Nacht des Angriffs, sobald das Haus von den Offiziellen verlassen war, nutzte ich die Gunst der Stunde und stieg durch das mit Absperrband verriegelte Fenster. Man erkannte in der Dunkelheit nichts, sodass mein Körper häufiger an irgendwelchen Hindernissen anstieß. Ich hatte nicht genügend Zeit, meine Suche musste also oben beginnen. Es gab zu viel zu interpretieren. Im Haus herrschte das reinste Chaos. Ich stellte mir vor, wie er vorgegangen sein musste. Wie er systematisch die Schubladen aus den Schränken der Küche gerissen hatte und deren Inhalte auseinanderpflückte. Einige geöffnete Briefe am Boden des Wohnzimmers, wild verstreut, ein ausgeschlachteter Schulranzen. Ich bemerkte beim Heraufgehen auch die dünnen Schnitte im Sofa, die das Futter offenlegte. Er hatte das Messer mitgebracht. Seine gewaltsamen Absichten entstanden also nicht aus einer Situation heraus. Er hatte sie einkalkuliert, wenn nicht fest eingeplant. Doch all diese Informationen sollten mir erst einmal nicht weiterhelfen. Mich interessierte nur das kleine, schwarz-braune Schriftstück, das ich ihm schon viel früher hätte abnehmen sollen. Doch ich suchte vergebens. Das Buch war nicht da, genauso wie Dennis gesagt hatte. Vielleicht suchte ich auch einfach nur zu verkrampft. Einige Gemälde waren von den Wänden gerissen worden. Ich schloss daraus, dass diese Tat keineswegs von einem Fremden verübt worden war. Das Ganze trug eine viel zu persönliche Note. Vielleicht jemand, der einen Groll gegen Christoph hegte? Verübeln konnte man es ihm kaum, wenn es denn so gewesen wäre. Jeder wusste, welchen Umgang Christoph pflegte. Welche politischen Ansichten er offenkundig vertrat. Die alte NSDAP-Fahne über dem Bett im Schlafzimmer hätte diese These unterstrichen. Er musste sie noch in seinen letzten Sekunden angehimmelt haben. Der farblose Fleck am Boden, mit der Kruste darauf, hielt mich davon ab weitere Schritte voranzuschreiten. Es war eine Sackgasse. Wer sie beschritt, war verloren. War das vielleicht am Ende die Lösung? Ein Racheakt für frühere Ausschreitungen? Gab es womöglich andere Motivatoren hierfür? Der Gedanke daran hinterließ einen faden Beigeschmack und stimmte mich keineswegs ruhiger. Hätte es der Angreifer bei seiner Attacke wirklich nur auf das Buch abgesehen, so wusste er bereits im Vorfeld, mit wem er sich hier angelegt hatte. Warum also solch ein Risiko eingehen? Warum in Betracht ziehen, geschnappt zu werden? Sie waren ihm zahlenmäßig überlegen, Christoph kein Schwächling. Er musste ihnen körperlich überlegen gewesen sein. Eines war sicher, am Ende hatte er bekommen, was er wollte. Nun war die Frage, wie er mit den gegebenen Informationen umzugehen vermochte.

Mir war irgendwie klar, dass ich an diesem Abend womöglich keinen sonderlichen Erfolg davontragen würde. Das „Heute" zählte. Es war wieder dieser immens auftretende Tatendrang in mir und das ausstehende Ergebnis, welche mich alles andere als zufrieden stimmten. Ich kam also am darauffolgenden Morgen wieder, um bei Tageslicht effizienter und schneller agieren zu können. Erleuchtung fand man bekanntlich nicht in der Dunkelheit. Meine Finger begannen wieder in den engen Gummihandschuhen zu schwitzen an. Irgendwie vertrug ich das Talkumpuder nicht. Dennoch war es unerlässlich. Vermutlich erging es dem Täter ähnlich. Es hätte mich gewundert, hätte er leichtfertig Fingerabdrücke hinterlassen. Es hätte mir gezeigt, dass dies keineswegs die Tat eines Profis war. Das Blut im Schlafzimmer hatte wieder an Farbe gewonnen. Mich überfuhr bei dessen Anblick erneut ein kalter Schauer und mahnte mich, mein derzeitiges Dasein nicht allzu weit vorauszuplanen. Der Angreifer ließ nichts unversucht, war wild entschlossen und musste am Ende den Triumph in jeglicher Hinsicht für sich entschieden haben. Doch mein Besuch sollte nicht länger andauern. Das Motorgeräusch von Herb's 95er-Ford Mondeo drang bis in Dennis' Zimmer hinein und unterbrach meine Arbeiten an dessen Schreibtisch. Ich verlor jedwedes Zeitgefühl und bemerkte nicht einmal, dass weitere zwei Stunden vergangen waren. Von dem Zimmer aus sah ich, wie der Wagen die Auffahrt hinauffuhr. Als Ulrike und Herb vollständig im trauten Heim verschwunden waren sammelte ich mein Zeug und schritt hastig hinunter in den Flur. Die Verärgerung darüber, wieder mit leeren Händen zu gehen, ließ sich nicht in Worte fassen. Doch gerade als ich zur Hintertür hinaus, in den hinteren Teil des Gartenanwesens flüchten wollte, fiel es mir auf. In dem umgekippten Mülleimer platziert, das Logo, welches mir geradezu ins Auge stieß. Gedankenlos griff ich blitzschnell zu und öffnete die Tür. Über Earl's Zaun gelangte ich, etwas abseits der Straße, unbemerkt hinüber auf die andere Straßenseite. Auf Samtsohlen schlich ich mich zurück ins Haus und hörte, wie Herb bereits stetig meinen Namen rief. Mir blieb nichts anderes übrig, als dies erst einmal zu ignorieren. Würde ich nun in voller Montur vor ihm stehen, wäre das ziemlich schwer zu erklären gewesen. Durch den separaten Terrasseneingang erlangte ich unbemerkt Zutritt. Doch sofort erklangen die Schritte aus dem Flur, die sich in meine Richtung bewegen sollten. Hastig befreite ich mich aus meiner Jacke und warf sie in die Ecke hinter dem Esszimmerschrank. Der Schweiß meiner überstürzten Flucht glitt über meine Stirn. Die Handschuhe. *Verdammt,* dachte ich, *...da bist du ja. Hast du mich nicht gehört?* Ich versuchte ihm gegenüber die schweren Atemzüge meiner Lungenflügel zu unterdrücken und schnellte meine Hände hinter meinen Rücken. Er warf die Schlüssel auf den Esstisch und lehnte seinen Kopf zur Seite. Irgendetwas beschäftigte ihn, das spürte ich. *»Wie geht es Ihnen?«,* erkundigte ich mich oberflächlich, während ich blind meine Finger des klebrigen Überzugs zu entledigen versuchte. Doch Herb lenkte ab. Es schien ihm offenbar nichts daran gelegen zu haben. *»Es geht ihnen gut. Svenja... ist über dem Berg und so langsam realisiert sie, was geschehen ist. Sie akzeptiert es. Auch das mit Christoph.«* Sein Unterton. So niedergeschlagen hatte ich ihn noch nie erlebt. Vorsichtig drückte ich die Handschuhe in meine hinteren Hosentaschen und pustete innerlich die Erleichterung darüber hinaus. Ich hörte, wie Ulrike im Obergeschoss umherlief. Es war ein gereiztes Stampfen über das dünne Laminat. Herb sah, wie ich fragend hinaufstarrte. Er wusste, er war mir noch eine Erklärung schuldig. *»Ulrike und ich… wir… werden womöglich eine Auszeit voneinander nehmen. Das alles hat sie sehr mitgenommen.«* Ich wusste, dass das nicht der vollen Wahrheit entsprach. *»Ich hoffe,… dass du das verstehst. Wir werden versuchen, dich weitestgehend nicht damit zu belasten.«* Noch ehe er anfangen würde, sich in Widersprüchen und ungerechtfertigten Entschuldigungen zu verstricken, musste ich verschwinden. Auch wenn es mich nicht im Geringsten interessierte, wie sie ihr gemeinsames Leben verbrachten, Verständnis konnte nun wirklich keiner von ihnen erwarten. Ich hatte ohnehin keine Zeit für seine melancholischen Momente, war ich mit den Meinigen genug beschäftigt. Sein Zustand rechtfertigte es, ein kleines Risiko meinerseits eingehen zu können. Die Jacke in der Ecke stach mit beiden Ärmeln hervor, also kniete ich nieder und nahm sie an mich. Ich ließ ihn einfach stehen, schritt zügig an ihm vorbei. *»Es liegt nicht an dir«*, warf er mir noch zu. Er glaubte womöglich, ich wäre wegen ihrer Trennung so betrübt. *»Es liegt immer an mir«*, erwiderte ich und ging weiter.

Ich schlich unbemerkt an dem neuen Schlafzimmer von Ulrike vorbei. Sie hatte sich vor geraumer Zeit in dem kleinen Gästeraum niedergelassen. Verständlich. In meinem Zimmer zog ich die Rollläden runter und schaltete das Licht ein. Wollte ich ungestört sein, musste ich mir des Schutzes vor neugierigen Blicken sicher sein. Ich schloss sicherheitshalber ab und legte die Jacke aufs Bett. Dabei starrte mich der Brief an und ich starrte auf das Logo darauf. Woher kannte ich das nur? Ich hielt kurz inne, in der Hoffnung, selbst auf die Lösung zu kommen. Doch es wollte mir einfach nicht in den Sinn. Ich öffnete ihn und las die Adressleiste. Der Brief trug meine Anschrift, meinen Namen als Empfänger… Absender: Das Neuwieder DRK-Krankenhaus. Es war eine Kopie des Dokuments, welches ich an meinem achtzehnten Geburtstag an mich nahm. Was suchte es da? Es brauchte nur einen kurzen Moment, bis ich das fehlende Teil des Puzzles eingesetzt hatte und sich mir die Antwort offenbarte. War Herb in Wirklichkeit so verrucht und verzweifelt gewesen? Nutzte er tatsächlich meine bemitleidenswerte Geschichte, um mit Svenja eine Neue schreiben zu können?

Sofort rannte ich die Treppe hinunter. In meiner Hektik streifte ich an der Wand vorbei und riss das Hochzeitfoto von der Tapete. Mir war es egal. Im Erdgeschoss rief ich nach Herb. Die Küche war leer. Er saß im Wohnzimmer, die Hände über dem Kopf zusammengeschlagen, ein Glas Whisky zu seiner rechten. *»Du Schwein… Das hat also alles nichts mit mir zu tun? Hab ich das richtig verstanden? Gerade von dir hätte ich so etwas Abartiges nicht erwartet.«* Herb erhob sich aus dem Sessel. Ich stürzte weiter auf ihn zu und schupste ihn an die Wand neben dem Kamin. *»Hat Ulrike es dir etwa gesagt?«*, stammelte er. Ich hob den Brief und wedelte ihn vor seinem Gesicht. *»Wie man sich in Menschen irren kann. Du machst einen auf Mitleid um deinen Schwanz bei der Mutter meines besten Freundes zu versenken? Lassen sich neuerdings so die Dorfschlampen hier* *bekehren?«* Herb hob seine flache Hand und holte zum Schlag aus. Doch für die Vollendung konnte er nicht den nötigen Mut aufbringen. Wie ein eingeschüchtertes Reh neigte er sein Haupt und senkte den Arm. *»Weißt du, wie schwer es ist mit einer Frau wie deine Mutter zusammenzuleben? Ich hatte es einfach satt. Das alles hier. Ich habe es satt!«* Ich presste mich näher an ihn heran und packte ihn am Kragen. *»Bist du in das Haus gegangen? Hast du Christoph ermordet? Du wolltest deinen Nebenbuhler aus dem Weg räumen, damit du freie Bahn hast. Antworte mir!«* Herb sprach kein weiteres Wort mehr. Es machte den Anschein, als wüsste er die Antwort auf diese Frage nicht. *»Hast du es getan?«*, schrie ich ihn an. *»Nein, das hat er nicht.«* Ich drehte mich um und sah, wie Ulrike im Flur stand, auf den zersprungenen Rahmen in ihren Händen blickend. *»Dafür hat der Scheißkerl nicht genug Mumm. Er ist ein Versager, genau wie sein Vater«,* fügte sie herablassend hinzu. Ich ließ von ihm ab. Diese Kälte, mit der die Worte ihren Mund verließen, kehrte meine Ansichten in eine andere Richtung. War es unter Umständen gar sie gewesen? Ein Akt aus Eifersucht? Zugetraut hätte man es ihr. Ihre Koffer waren fertig gepackt. Teilnahmslos ließ sie den Rahmen zu Boden stürzen. *»Und was ist mit dir?«* So einfach hatte ich es mir gemacht. Geradeaus, ohne Umschweife wollte ich das Geständnis erzwingen. Sie wusste es. In all den Wochen zuvor war sie das wachsame Auge über das Haus gewesen. Sie wusste von jedem Schritt und Atemzug, den Herb in ihm verrichtete. Ihre dunkle Persönlichkeit entfaltete sich zunehmend. *»Nein. Ich wollte sogar, dass er es mit ihr tut. Ich habe nur gehofft, dass am Ende etwas mehr dabei herausspringen würde. Sollte er sie ficken,*

*mein Anwalt hätte alles aus ihm rausgeholt. Aber wie
es aussieht, obwohl er nicht dein Vater ist, bist du ihm
ähnlicher geworden, als ich es je für möglich gehalten
hätte. Du bist genauso schwach und erbärmlich wie
er. Merk dir eins für die Zukunft: So etwas wie die
perfekte Familie existiert einfach nicht. Das Ganze
hier war Zeitverschwendung.«* Herb staunte ebenso
wenig schlecht, wie ich. Sie hob ihre Koffer und
öffnete die Haustür, sah nicht mehr zurück und
verließ wortlos das Haus. Sie verließ Herb. Sie verließ
uns. In so kurzer Zeit zerbrach unser aller Leben.
Jedem von uns wurde etwas genommen. Jedem von
uns brachte die Veränderung Leid und Schmerz. Ich
konzentrierte mich zu stark auf Dennis, sodass ich
alles um mich herum einfach vernachlässigte, nicht
mehr richtig wahrnahm. Den Wald vor lauter
Bäumen nicht sah, wie ein Sprichwort zu sagen
pflegt. Herb war gebrochen. Svenja verloren. Ulrike
erhaben. Dennis betrogen. Und ich. Ich war schuldig.
An allem. Mich hatte es am härtesten erwischt.

23:47 Uhr
»Sie haben nicht zufällig eine hier?« Das Zucken in
meiner Hand wurde unausstehlich. *»Ja. Warten Sie.
Ich müsste hier irgendwo… ja, hier hab ich eine.«* Er
reicht mir die Packung hinüber und ich zögere keine
weitere Sekunde. *»Haben Sie auch Feuer?«* *»Ja… ich
hatte auch mal Feuer.«* Ich grinse. *»Da waren Sie
nicht der Einzige.«*

Die nächste Woche brach an. Ulrike war bereits seit zwei Tagen fern geblieben. Verzweifelt stellte Herb ihr nach. Versuchte sie auf der Arbeit anzutreffen, schickte ihr zahlreiche SMS, wählte pausenlos ihre Nummer. Ich war der Einzige dem klar war, dass sie nie wieder zurückkommen würde. Unterdessen versuchte ich das Chaos zu retten, welches mein Leben bestimmte. Am Ende ging es nur um mich und das führte ich mir unentwegt vor Augen.
Ich kam aber nicht weiter. Probleme, egal wo man hinsah. Meine gesellschaftlichen Pflichten vernachlässigte ich dabei immer mehr. Zur Abwechslung drückte ich nach längerer Pause mal wieder die Schulbank. Es sollte mich ablenken, wollte den Kopf freibekommen. Ich fühlte mich fremd und das schien für die anderen keineswegs anders. Für sie und meine Lehrer war ich ein Geist, der sie ab und an aufsuchen würde. Fächer wie Mathematik, Englisch und Physik waren an einem jeden Dienstagmorgen Pflichtprogramm. Natürlich konnte ich dafür keinen klaren Gedanken fassen. Ich kritzelte wie wild auf meinem Notizblock umher, fertigte unzählige Skizzen der Tat und deren möglichen Ablauf an um diese ansatzweise verständlich rekonstruieren zu können. Diese Anfänger, die sich meine Mitschüler schimpften, würden das Rad nie neu erfinden und so langsam störten mich die zahlreichen Zwischenrufe während des Unterrichts immens. Ich war nicht wie sie und würde es nie werden. Diese willenlosen Marionetten, wie ich sie gerne nannte. Niemand würde sich in der Zukunft an sie erinnern. In der Pause bereitete ich meinem Leid ein Ende und blätterte in meinen Notizen umher, lange, nachdem

der Schulhof verlassen war. Die alte Eiche spendete mir Schatten vor der ungewöhnlich warmen Herbstsonne. Ich betrachtete Peter's altes Foto, dessen Anblick mich sonst nur in meinen Gedanken verfolgte. Er war ein ständiger Begleiter auf meinen Wegen. Er war mein erster großer Triumph und zugleich meine größte Niederlage. Dennoch hätte ich seinen Rat gut gebrauchen können. Er führte mich zu meiner elementaren, ersten Regel: Lass dich nicht täuschen.

Gegen zehn würde es eine neue Zeitung geben. Eine andere Quelle mit anderen, frischeren Sichtweisen. Vielleicht hätte die Polizei neue Beweismittel veröffentlich, denn bisher gab es nichts Greifbares. Bei unserem Verhör auf dem Revier bekamen wir nur die gleiche Geschichte zu hören, wie ich sie schon von Dennis erfuhr. Bruchstücke. Er hatte tatsächlich keine Spuren hinterlassen. Er war vorbereitet, entschlossen alles zu tun. Eine Entschlossenheit, wie ich sie mir gerade selbst gewünscht hatte.
Ein sanfter Schein drang durch die Blätter und berührte meine Stirn. Ich genoss die Wärme, die sich langsam auf meinem Gesicht ausbreitete. Als ich aufsah, direkt durch das Blätterwerk hindurch, erkannte ich plötzlich diese Gestalt. Sie stand hinter dem Zaun, welcher das Schulgelände von der Außenwelt abschnitt. Sie stand einfach nur so da und beobachtete mich aus der Ferne. Ich schlug das Heft mit den Notizen zu und erhob mich. Die Gestalt erhob im gleichen Moment seine Hand und winkte mir zu, so als wolle sie mich grüßen. Doch in dem Bruchteil der Sekunde, indem die Sonne auf meine Augen traf und mich blendete, brach der Sichtkontakt ab. Als sich meine Sinne wieder auf

mein Umfeld eingestellt hatten, war es bereits zu spät. Die Gestalt war verschwunden. Ich bekam Kopfschmerzen, blickte hinter mich, rechts von mir, links von mir. Der ganze Druck, der auf mir lastete, war einfach zu viel. Mein Zustand verschlechterte sich von Tag zu Tag mehr, das spürte ich. Ich begann zu fantasieren. Die schlaflosen Nächte hinterließen immer deutlichere Spuren. Ein Lehrer trat aus dem Gebäude und näherte sich mir aus der Ferne. Mit arrogantem Blick sah er zum Himmel hinauf und lächelte selbstgefällig. *»Verlassen Sie bitte sofort das Grundstück«*, sprach er im ruhigen Tonfall. Ich kannte ihn. Zumindest wusste ich, dass er keiner meiner Lehrer war. Ich fragte ihn, wieso ich das tun sollte. *»Direktor Hecker wünscht, dass Sie, bis auf Weiteres, dem Unterricht fern bleiben. So wie Sie es ja bereits seit Wochen praktizieren. Ein weiterer blauer Brief ist bereits auf dem Weg zu Ihnen, eine erneute Verschwendung von Portogeldern. Wenn Sie sofort aufbrechen, schaffen Sie es vielleicht ihn erneut vorzeitig abzufangen. Ihrem beschleunigten Abgang von dieser Schule steht wohl bald nichts mehr im Wege.«* Er baute sich vor mir auf, wie jemand, vor dem ich Respekt zeigen sollte. Wie man sich irren konnte. *»Was glauben Sie, bemächtigt Sie, so mit jemandem zu reden, wo Sie doch nicht wissen können, welche Konsequenzen das nach sich ziehen kann?«* Wieder dieses großspurige Grinsen. *»Sollte das eine Drohung sein?«* Ich schüttelte nur ernst mit dem Kopf und signalisierte ihm meine Form von Stärke. *»Eher ein kleiner Denkanstoß. Wissen Sie, wir leben in gefährlichen Zeiten. Die Welt ist verrückt geworden. Man kann leicht Schaden nehmen.«* Er antwortete nicht und grinste einfach weiter. *»Genau diese Haltung ist manchmal der Grund, weshalb eine*

Nachrichtenmeldung mit den Worten beginnt… Seine Nachbarn beschrieben ihn als stets ruhig und hilfsbereit.« Ich vergaß mich, schoss unbemerkt über das Ziel hinaus. *»Verlassen Sie sofort das Grundstück oder ich rufe die Polizei. Sie haben an dieser Schule keine weitere Zukunft.«* Heute würde ich sagen, ich wollte ihm nur eine Lektion erteilen. Wer weiß, was ich damals wirklich gedacht habe. Doch seine Arroganz ließ ihn das Offensichtliche nicht erkennen. Er machte kehrt und ließ mich einfach stehen. Er hatte alles gesagt, was er zu sagen hatte. Ich nicht. Meinen kulturellen Neigungen zum Trotz erwarb ich vor meinem Aufbruch nach Hause noch schnell die aktuelle Morgenausgabe am Kiosk an der Ecke. Doch in dem regionalen Klatschblatt fand der Übergriff keinerlei Beachtung. Entweder war es ihnen entgangen oder es war schlichtweg zu unspektakulär geworden. Die Präsidentschaftswahl der USA und die Debatten über die Energiewende waren wohl zu starke Konkurrenten. Erbärmlich. Dieses Mainstreamblatt würde ich nie wieder kaufen. Die Menschen wollen nur zu schnell vergessen. In gewisser Weise fehlte mir Dennis schon. Mir fehlte es an Konversation und meine Überlegungen ihn eventuell doch zu besuchen steigerten sich. Doch die Realität sprach andere Bände. Er würde mich sehen wollen, geschweige denn mit mir dieses Rätsel lösen. Er hatte sich seine Meinung bereits gebildet, mich verantwortlich gemacht. Er brauchte Zeit und die gestand ich ihm zu.

Vertieft in einem Artikel von Claudia Bernstein staunte ich nicht schlecht, als ich die Straße hinunter zum Haus der Benders sah. Da stand Svenja, mitten auf dem Rasen, eingemummelt in einer dicken

Strickjacke. Niemand hatte mir etwas gesagt. Meine Überlegungen verflüchtigten sich jedoch spontan ganz von selbst. Etwas war anders, sie war anders. Mit einem Rechen sammelte sie willkürlich das Laub im Vorgarten zusammen, während sie beinahe katatonisch zu Boden blickte. Nur zögerlich näherte ich mir ihr. Die Tonnen am Straßenrand quollen bereits über. Überreste von Glas und Keramik unter den Blättern verborgen, als wolle sie die Vergangenheit darunter begraben. Die Haustür stand sperrangelweit offen und gewährte den umherfliegenden Resten der Blätter Einlass. Behutsam grüßte ich, doch war mir, als nahm sie keine Notiz von meiner Anwesenheit. Sie starrte nur, streng dreinblickend, zu Boden und konzentrierte sich darauf das Laub richtig anzuhäufen. Vorsichtig stellte ich mich neben sie und beobachtete ihr Tun. Ihre Augen, rot unterlaufen, bezeugten die andauernde Trauer und die Unmengen an Tränen, die sie vergossen haben musste. Leise deutete ich hinüber zur Tür und klärte sie darüber auf, dass diese offen stand. Sie folgte weiterhin nur stillschweigend dem stupiden Auf und Ab des Gartengeräts. Dann fragte ich sie leise nach Dennis, nach Herb, wie sie nach Hause kam. Doch es geschah nichts. Die Jalousien des ersten Stocks waren noch immer zugezogen. Ich überlegte, ob ich einfach ins Haus gehen und mich selbst des Umstands vergewissern sollte. Doch irgendwie war ich noch nicht so weit, so wie sie vermutlich. Wie würde er auch reagieren, wenn ich plötzlich vor ihm stehen würde? Dennis hasste mich, weil er falschen Tatsachen Glauben schenkte. Ich musste ihn überzeugen, doch nicht jetzt. Jetzt war es dafür einfach noch zu früh. Ein verständnisvolles Kopfnicken sollte die flüchtige

Begegnung zu einem sanften Ende führen. Es waren nur wenige Meter, die ich hinter mich brachte, ehe sie ihr Schweigen brach. *»Er war maskiert…«* Ich blieb stehen. *»…dass wolltest du mich doch fragen. Wer es gewesen ist.«* Ich drehte mich um und Svenja lehnte den Stiel an die Tonnen, hielt ihn jedoch weiter mit ihren Händen fest umschlungen. Anschließend stand sie einfach nur so da. Ihr standen erneut Tränen in den Augen, ihr Körper zitterte. *»Er kam ohne Vorwarnung. Christoph hat den Fernseher zu laut gemacht, sonst hätte ich ihn gehört. Wie er das Fenster aufgebrochen hat. Ich hätte ihn retten können. Ich hätte meinen Mann retten können.«* Meine Hände berührten ihre Schultern und spendeten Trost. *»Was genau ist passiert?«* Am liebsten hätte sie sich fallen gelassen, so kraftlos war sie gewesen. Sie brach innerlich zusammen und ließ dem angesammelten Frust freien Lauf. Nichts als Tränen entledigten sich. Ich versuchte sie nach besten Kräften zu stützen, doch ich fand keinen Zugang. *»Was ist mit Dennis? Ist er oben? Geht es ihm gut?«* Jemand schuldete mir einfach eine Erklärung. Plötzlich wurde es still. *»Dennis… Christoph«,* schluchzte sie. Wenigstens wusste sie noch, wer das war. Ich wiederholte meine Fragen und bestand auf eine Antwort. Sie stammelte wirres Zeug. Meine Hände griffen nach dem Rechen und legten ihn behutsam zu Boden, ehe sie sich damit verletzen würde. *»…er hat mich allein gelassen. Ich habe niemanden mehr.«* Christophs Tod nahm sie schwer mit. Ich war verwirrt, wie sehr ein Mensch an einer emotionalen Bindung zugrunde gerichtet werden konnte. Ich wusste nicht, wie ich darauf kam, doch mir fiel in diesem Moment nichts anderes ein. *»Er ist nun an einem besseren Ort.«* Erbost drehte sie

ihr Haupt und sah mir tief in die Augen. *»Wie, zum Teufel, kommst du darauf, dass ich von Christoph spreche?«*
Ich schluckte einmal tief und nahm mir eine Sekunde zur Besinnung. Ich sah zu seinem Zimmer hinauf. Dort waren die Rollläden nicht zugezogen. Sofort riss ich meine Arme los und rannte zum Haus. *»Es ist zu spät. Sie sind vor drei Stunden aufgebrochen«*, rief sie mir lachend hinterher. *»Aufgebrochen wohin?«*, schrie ich. Panisch rannte ich die Treppe hinauf. Die Tür zu Dennis' Zimmer stand ebenfalls weit offen. Als ich eintrat, erwartete mich nur ein leer geräumtes Zimmer. Mir war als würde der Raum mir keine Luft zum Atmen lassen. Die Regale, die offenen Schränke, das Bett. Alles war verlassen. Kein Staubkorn war geblieben. *»Dennis…«*, stammelte ich traurig vor mich her. Meine Finger glitten zitternd über die letzten Spuren, die sein Rollstuhl in seiner Hast in das Parkett gedrückt hatte. Wo war er? Ich fing an die Schubladen aus dem Schreibtisch zu ziehen und um mich zu werfen, in der Hoffnung eine Nachricht an mich zu finden. Doch egal wo ich suchte, er hatte nichts für mich hinterlassen.
»Wo ist er Svenja? Wo ist Dennis?«, fragte ich die einzige Person, die es wissen musste. Doch noch immer lag sie lachend im Gras. *»Sie haben mich verlassen, sie haben mich alle verlassen«*, tobte sie und schwankte zwischen Lachen und Weinen. Wütend hob ich sie auf und presste sie gegen den Zaun. *»Reiß dich gefälligst zusammen und sag mir, wo er ist!«* Ich griff so hart zu, dass sich ihr Arm womöglich einen Bluterguss zugezogen haben musste. Langsam kam sie zu sich. *»Herb hat ihn vor drei Stunden zum Bahnhof gebracht, zusammen mit Marty. Sie wollen alle nur noch weg von mir. Aber*

du… du bleibst doch, oder? Du wirst mich nicht verlassen! Wir sind doch Freunde geworden.«

Sie klammerte sich an jeden Strohhalm, den sie finden konnte, um nicht vollständig verrückt zu werden. *»Marty«,* flüsterte ich. *»Wohin sind sie gegangen, Svenja? Wohin?«* Doch Svenja schüttelte nur mit dem Kopf. *»Mir sagt keiner was. Sie geben mir die Schuld. Mir wird niemals jemals etwas anvertrauen... nie wieder«,* stammelte sie immer und immer wieder. *»Du lässt deinen Sohn einfach so gehen? Ohne zu fragen wohin und warum?«,* fuhr ich sie an. Doch dann erkannte ich es. In ihrem Blick las ich, dass man ihr wirklich nichts gesagt hatte. Was nur umso erschreckender auf mich wirkte. Dennis hatte sein Versprechen wahr gemacht. Er würde verschwinden, ohne großes Aufsehen, ohne auf Wiedersehen zu sagen. Einfach und konsequent. Er ließ uns alle zurück. Er ließ mich zurück.

Das musste ich erst mal verdauen. Als ich zu unserem Haus ging, sah ich, dass der Zeitungsbote gerade seine Runde gemacht hatte. Als ich die Zeitung von außen herausnahm, fiel mir ein kleines, hellbraunes Kuvert auf. Ich hatte den Briefkasten bereits morgens geleert und mir wurde klar, dass dieses erst vor Kurzem hier eingeworfen wurde. Vielleicht doch eine Nachricht von Dennis? Es trug weder einen Stempel noch eine Briefmarke. Nicht mal einen Absender. Nur ein Name stand groß mit Druckbuchstaben in der Mitte des Umschlags. Es war der Meinige. Niemand anderes hatte Anlass mir zu schreiben und natürlich öffnete ich ihn sofort. Ich hoffte so sehr, es wäre eine Nachricht von ihm. Doch dann erschrak ich. Mit meinen Fingerspitzen zog ich die Seiten, die sichtlich für mich bestimmt waren, vorsichtig heraus. *»Eintrag 30.05.2006 14:00 Uhr. Diese Woche war etwas*

Besonderes für mich.« Zwei herausgerissene Seiten aus Dennis' Tagebuch. Die Handschrift war unverkennbar. Mein Herzschlag verdreifachte sich. Jemand hatte es wirklich an sich genommen. Hastig presste ich die Seiten zurück an ihren Ursprungsort. Dabei bemerkte ich einen weiteren Zettel, tief unten versteckt. Ich zog ihn raus und las die wenigen Worte, die mir das Blut in den Adern gefrieren ließ. *»Ich weiß, wer du bist. DNA.«* Die Art, wie sich die Buchstaben in das Stück Papier gepresst hatten, verriet mir, dass sie auf einer Schreibmaschine eingestanzt wurden. Ich sah mich um, in der Hoffnung jemanden zu erwischen, der dem Schauspiel beiwohnte. Immer wieder drehte und wendete ich den Umschlag. Ich geriet in Panik, die ich nach außen hin mit Gelassenheit zu überspielen versuchte. Ein schwarzes Haar. Es hatte sich an der Klebestelle verfangen. Ich glaubte nicht an einen Zufall und mir war klar, dass dies durchaus kein Versehen war. Es war seine Signatur, die die Echtheit der Botschaft untermalen sollte. Und in mir tat sich der Verdacht auf, dass dies nicht die Erste war. Christoph's Tod sollte mir zeigen, dass wir auf seinem Radar erschienen waren. Der DNA-Killer wollte sich endlich meiner Aufmerksamkeit vergewissern. Er hatte sie. Ich nahm ihn und seine Taten zur Kenntnis. Er wollte endlich aus dem Schatten heraustreten und dafür spielte er nun gegen jede Regel. Meine Regeln.

00:01 Uhr
Ich ertrank den Glimmstängel in dem abgestandenen kalten Kaffeesatz. »Wir hatten alles zu diesem Zeitpunkt kaputtgemacht. Er war noch nicht bereit für die Welt da draußen.« Ich spüre den Kloß, der sich in

*meinem Hals auftut, wie ein Tennisball, der sich aus einem Auspuffrohr zu quetschen versucht. »Aber damit hörten die Morde natürlich nicht auf, habe ich Recht, Martin?« Ja, hatte er. »Ok. Diese Regeln. Wie lauten sie? Ich weiß nicht, ob ich schon einmal danach gefragt habe. Jedenfalls habe ich mir dazu nichts notiert.« Ich lehne mich zurück und würde ihm nun von den Dingen erzählen, die in den falschen Händen zu den falschen Entscheidungen geführt hatten. »**Regel 1:** Lass dich nicht täuschen, **Regel 2:** Kenne deine Umgebung, ihre Geschichte und ihren Ablauf, **Regel 3:** Ein Geheimnis bleibt ein Geheimnis, solange nur du es kennst, **Regel 4:** Das Spiel kennt keine Emotionen, **Regel 5:** Spiele niemals zweimal das gleiche Spiel, **Regel 6:** Behalte stets die Kontrolle über dich und andere, **Regel 7:** Mach keine Fehler, **Regel 8:** Blicke und kehre niemals zurück.«*

»Konsequent und beängstigend präzise.« Ja, so konnten diese Regeln auf jemanden außerhalb des Kreises wirken. Dennoch muss ich uns wieder auf den Boden der Realität zurückführen. »Ja, das waren sie, in der Tat. Mir lief ein kalter Schauer über den Rücken, als ich sie das erste Mal las. Es war vermutlich ihre Version der zehn Gebote. Die zehn Gebote des Mordens. Aber, wie auch immer. Sie verhinderten nicht, dass Marco und Dennis, sie beide... trotz ihrer Vorsicht und ihres Einfallsreichtums... trotz all ihrer Regeln... dennoch... genau durch sie und durch die Hand des DNA-Killers am Ende ihren Tod finden sollten.«

Abschlusskommentar des Autors:

Ich möchte mich bei Ihnen, dem Leser, noch einmal vielmals für Ihr Interesse an diesem Werk bedanken und hoffe, Sie hatten mindestens ebenso viel Spass beim Lesen wie ich beim Schreiben.

Wenn Sie mir oder anderen Beteiligten Anregungen oder einen Kommentar zukommen lassen, Vorschläge unterbreiten oder Kritik äußern möchten, so bieten wir Ihnen hierzu gerne die Gelegenheit:

unter:
https://www.wesmoriarty.de
https://www.facebook.com/wesmoriarty
https://www.facebook.com/wesmoriarty.naturalinstincts

Bruder.
Freund.
Amokläufer.

Vielen Dank und bis zum nächsten Mal

Ihr

Moriarty - Self - Publishing